马识途谈艺录

MASHITUTANYILU

马识途　著

慕津锋　编

青海人民出版社

图书在版编目（ＣＩＰ）数据

马识途谈艺录 / 马识途著；慕津锋编 . -- 西宁：
青海人民出版社 , 2023.10
ISBN 978-7-225-06579-3

Ⅰ.①马… Ⅱ.①马… ②慕… Ⅲ.①文艺评论—中
国—当代—文集 Ⅳ.① I206.7-53

中国国家版本馆 CIP 数据核字 (2023) 第 165926 号

马识途谈艺录

马识途　著

慕津锋　编

出　版　人　樊原成

出版发行　**青海人民出版社有限责任公司**

　　　　　西宁市五四西路 71 号　邮政编码：810023　电话：（0971）6143426（总编室）

发行热线　（0971）6143516 / 6137730

网　　址　http://www.qhrmcbs.com

印　　刷　青海雅丰彩色印刷有限责任公司

经　　销　新华书店

开　　本　890 mm × 1240 mm　1/32

印　　张　12.125

字　　数　240 千

版　　次　2023 年 10 月第 1 版　2023 年 10 月第 1 次印刷

书　　号　ISBN 978-7-225-06579-3

定　　价　68.00 元

马识途

爱我中华

二〇一八年九月书

百二四岁叟马识途

1

不忘初心
守記使命

二〇一八年七月

百〇四歲叟
馬識途

满江红　中国共产党诚立百年志庆

建党百年航指向千秋伟业回首壁举多苦战银毛

岁月十亿神州金脱贫英豪超百志奇绝应记取环视糊晓

金瓯缺室方向划长策大帅放溪改革肃党风政纪更

书严柯船列中流浪更高望山字道须防跌十四

亿奋勇弄寄列尽豪杰

二〇二一年四月书

马识途

附十一百零七岁

党龄二十三载

与有肝胆人共事

于无字句处读书

周恩来名句

马识途

4

甘坐冷板凳

不追熱風潮

我来自海之角兮天之涯
浪迹江湖兮闿处为家韬
光养晦兮人莫我识风云
际会兮待时而发

二〇二一年夏月书旧作
八〇七岁史焉微逢

老子曰靜為躁君

靜

二〇〇五年春 心一齋 馬識途

気教無類

九三秋 馬誠連

8

開卷有益

二〇一四年十二月

百歲叟馬識途書

德蕙雙馨

厚積薄發

一〇七歲變馬城連

博觀約取

二〇二一年三月書東坡句

為天下立言乃真名士

能耐大寂寞是好作家

辛卯夏發書册撰

九七叟馬識途

13

為文以載道
論詩將通禪

馬驥達 [印]

14

五十春秋轉眼過　昆明聚首意如何
斯文常讀青衫濕　風雨相看白髮多
宏論高談文化巷　詩詞細琢啟先生坡
蓮池花畔婆娑樹　還聽當年畢業歌

乙丑年十二月西南聯大校友聚首昆明作七律一首以華崇良

八十煙塵過眼花　滇池風雨臺
能忘翠湖繼軍閒　蒙昧香港獨飲
茶說興亡不憾春風遲入戶獨
憐斜雨柱敲窗薺城聚眉頭皆
白猶卜太平聖小康

壬午仲夏小節東坡社之展心之祥一首

馮城達

辭親負笈出襄門
三峽雄風卷巨瀾
燕京此去磨民斂
不報國功誓不還

一九三一年夏余離華董于鄉村十餘里即負笈出峽去北平為找救國之道途經荊門一溯澎湃動魄驚心念之不忘用書之乙亥十一月於一首雜憶 濰迖

未遷受天磨人算三災又難入死出生怎能叫鋼丁鐵漢
惟經歷盡水險山百折千迴驚濤駭浪才領略況味人生

甲申冬之吉九一一馬濰迖

風波亭上壯圖空亡字
寇祝恨未窮後世狂言
誅佞檜凶本是宋高
宕

康區辛巳右書
的定具文窩
之能胎處砂
图書辣高宕
可恨人史
馬識達

捧着一颗心来

不带半根草去

马识途

19

書以載道

辛子元旦書

百壽翁馬識逵

大江東去浪淘盡了古風流人半故壘西邊人
道是三國周郎赤壁亂石穿空驚濤拍岸卷起
千堆雪江山如畫一時多少豪傑遙想公瑾當
年小喬初嫁了雄姿英發羽扇綸巾談笑問檣
櫓灰飛煙滅故國神游多情應笑我早生華髮
人間如夢一樽還酹江月

二〇〇六年丙戌書
東坡詞一首
九三雙井張□□□

21

蓋文章經國之大業，不朽之盛事。年壽有時而盡，榮樂止乎其身，二者必至之常期，未若文章之無窮。是以古之作者，寄身於翰墨，見意於篇籍，不假良史之辭，不託飛馳之勢，而聲名自傳於後。

曹丕典論論文

二○一三年冬十二月書

九九叟

馬識途

22

刪繁就簡三秋樹
領異標新二月花

板橋論文的意見之句

渡之文

讀書破萬卷下
筆如有神

杜工部句贈

24

目　录

信　念

　　"你还在写呀？"几年前，我正在同志们的帮助下检查我在文艺工作中的错误，并利用写检查材料余下的纸笔和空闲的时间，又搞起自己的创作时，某一天一位同志发现我在创作，十分惊讶地这样问我。从他的神色中，我看出了他的意思：你知道你现在正处在一种什么样的环境和情况下，竟又偷偷写起作品来！但是我听了一笑置之。我知道当时他对我是不理解的。正因为同志们对我的帮助，涤荡了我灵魂深处的污秽，使我变得更加健康起来；正因为那些尖锐的语言，揩净我的武器上的锈垢，使我的笔更加锋利，我为什么不写呢？我仍然利用难得的闲暇和充足的纸笔，继续写我的作品。

　　"你还在写呀？"当我得到群众的谅解，获得解放，重新走上工作岗位，我的朋友们发现我又在工作之余，开始抄改和整理我的文稿时，十分诧异地这样问我。我从他们那种关切的眼神中，看出了他们的意思：因为写文章，你给自己带来的麻烦已经够多了，许多有自知之明的人早已搁笔，你竟这么一意孤行，打算把自己带到哪里去呢？谁愿意来承担发表你的作品的风险呢？但是我听了仍然一笑置之，还是利用晚上，孤灯独坐，抄改我的作品。

"你还在写呀？"这轮到批林批孔、"四人帮"搞"三箭齐发"的时刻了。就因为我说了"'三突出'算不得原则"这么一句话，就触犯了"四人帮"的天条律令，又是批，又是送材料，搞得不亦乐乎。我的老伴发现我满不在乎，竟然从她"坚壁"了的文稿中又抽出作品来偷偷修改，她十分沉痛地这么问我。我从她那忧心如焚的脸色上，看出了她的意思：他们统治了文坛，正在找你的岔子，谁还要你的作品？难道你真要搞到"罪孽深重，弗自陨灭，祸延子孙"，才肯罢休吗？但是我听了仍然一笑置之，没有回答，照样利用她不觉察的深夜，写我的作品。

"你还要写吗？"这最终临到"四人帮"帽子满天飞、棍子遍地打的1976年了。我这样的老家伙，当然最适合"四人帮"发明的"老干部＝民主派＝走资派＝反革命"的公式了。当时有许多老干部都落进他们制造的这种两根杠子做的夹棍里去，日子很不好过，我却因为处在他们的文艺突破口的风头上，更是搞得惶惶不可终日。这时，我似乎终于觉悟，这么责问起自己来了，而且下决心洗手不干。但是在我对某些存稿进行火的葬礼的时候，总难免泪眼潸潸。偏偏我的一些作品中的人物，常常跑到我的睡梦中来打扰我，有的公然对我把他们火葬提出抗议，呼吁他们生存的权利。最糟糕的是当我处境最不愉快的时候，他们跑到我的眼前来，给我打气。只要我回到自己梦想的小天地里，又和我的人物亲热地有说有笑，我的手又痒痒地想铺开稿纸，拿起我的笔来。

几年来，我就是处在这样一种境遇中，似乎有一千条理由搁笔，没有一条理由执笔，而自己却冥顽不灵，想坚持写自己的作品，似乎只要地球还在转动，我还能呼吸，我的手还在，就谁也不能阻止我写下去。

是的，我要写，我要坚持写下去，直到我的最后一息，黄沙盖上了我的脸。就像李商隐的诗中说的，"春蚕到死丝方尽，蜡炬成灰泪始干"，我愿意吐尽自己最后一寸丝，发完自己最后一份热和光。

我要歌颂毛泽东思想，我要为美丽的社会主义祖国尽情歌唱，我为什么不写？

我要表彰那些把他们的鲜血洒向红旗，使我们的红旗变得更为鲜艳的革命先烈和鞠躬尽瘁死而后已的革命先辈，我为什么不写？

我要刻画那些为了保卫和建设我们美丽的祖国而英勇献身，那些甘心把自己化为一把土、一块砖埋进社会主义大厦的基础里去的平凡而伟大的普通劳动者，我为什么不写？

我要用我并不够锋利的笔刀，去解剖我曾经经历过的旧社会，去暴露那些嗜血狂的剥削者的丑恶面目，去鞭挞那些叫作"人"的两脚动物的凶恶嘴脸，我为什么不写？

我为什么不写？

诚然我只拥有一支秃笔，我不过是文艺战线上一个长了胡子的新战士，我的思想水平很低，灵魂上还有着旧社会的许多烙印，我还可能犯这样那样的错误。但是我有一颗赤忱的心，愿意把有限的余年奉献给祖国的艺坛。即使妖蛾横行，艺坛变成祭坛，我也愿意奉献我的最后一滴血。

我坚持写下去。为什么这样地死心眼儿？因为我有一个不灭的信念。

我深信我们的人民有无限的创造力，只要我走进他们里面去，和他们干一样的事，唱一样的歌，做一样的梦，怀抱一样的理想，享受一样的欢乐，忍受一样的痛苦，走一条社会主义的光明大道，我就能从这永不枯竭的生活源泉中，汲取不尽的智慧、力量。

我更深深相信伟大的毛泽东思想，它不仅照亮了我们过去解放的道路，也照耀着我们将来前进的道路。凭借毛泽东思想的灯塔，不管航程多么曲折，我们一定能够驶到共产主义的光明彼岸。我深信毛主席的革命文艺路线是无往而不胜的，定能扫荡"四人帮"散布的一切迷雾，设置的一切暗礁，胜利向前。

我更深深相信，我们的党是伟大的党，我们的军队是伟大的军队，我们的人民是伟大的人民。

就是这样的信念，使我在风云变幻中，紧紧握住我的笔。

原刊于《人民文学》1977 年第 10 期

建立有中国特色的社会主义新文化

　　奥林埃娜·法拉齐，是一个思维敏捷、才华横溢、谈锋犀利的意大利著名女记者。她访问过世界上许多重要政治家，以惯会提不好回答的刁钻问题而闻名于世。她于 1980 年 8 月曾来我国访问过邓小平，在经过两次六个小时的交锋后，对邓小平十分拜服。她后来对人说："我见过那么多领导人，邓小平先生给我的印象最深，他是一个很不寻常的人，性格很不寻常。我很喜欢邓小平先生。"邓小平对这位女记者也很欣赏，他在数月后会见意大利总理佩尔蒂尼时说："你们意大利有一位伟大的女性，一个伟大的法拉齐。"就是这个法拉齐，于 1993 年又来中国访问，有人问她："时隔十三年，这次来华，感想如何？"

　　法拉齐回答："我这次来，印象相当美好，我看到变化了的中国。人们穿得丰富多彩，不一样了。我看到许多欢乐，而很少悲哀。但由于我非常热爱你们，也产生了两种忧虑：一种是将来你们不要太模仿我们。如果连西方的错误和荒谬也模仿，这样就会忘记你们的传统，忘记你们是中国人。第二种是，这么大的变化，如果结果仅仅是经济上的，而忽视文化精神方面，那么任何变化都不会是好的、真正的变化。"

就从她的这几句话，果然看到这个法拉齐观察敏锐，思想深刻，谈吐犀利，一针见血。她这几句话，很值得我们中国人思考。值得那些自以为很有文化、很有思想的中国人的思考，特别值得那些自认为走在历史前头，站在时代尖端，拥有"新潮思想"，孜孜于与世界文化接轨的中国人的思考。也很值得那些一心只扑在经济工作上而较少想到精神文明建设，眼见精神文明滑坡，文化素质低下，法治观念薄弱，社会风气欠佳，道德水平下降而无动于衷，或虽动于衷然而苦于没有多少办法来扭转滑坡的某些党政领导思考。当然也值得我们的思想家、哲学家、历史学家们对中国传统文化进行思考。这里不包括那些主张"全盘西化"的勇士们，也不包括那些"国粹主义"者，和这些人我们没有共同语言。

我以为法拉齐提出的问题，实际上就是一个如何对待中国传统文化和如何建立社会主义新文化的问题。

关于这个问题的讨论，在中国历时不下百年，参加讨论的人何止成千成万，发表的论文书籍真可算是汗牛充栋了。直到现在还有无数的海内外学者专家、专门研究机构和不知多少的报刊书籍，在从事这个课题的研究。说论宏文，洋洋大观，然而仍然处于百家争鸣中，很难有统一的观点，也不可能有统一的结论。因为这个问题涵盖太宽太广太深，可以在某一个方面或某一个专题出现有真知灼见的专家，却很难甚至不可能出现一言九鼎的权威。

在下本非研究学者，才疏学浅，只就日常生活中所见所思，就我们建设中国新文化的讨论中，如何对待自己的传统文化这个问题，发表一点意见。也就是法拉齐提醒我们"不要忘记你们的传统，忘记你们是中国人"这个问题，发表一点感想。

我们一直在说，在建设社会主义物质文明的同时，要建设相适应的社会主义精神文明。党中央一直告诫我们，两手都要抓，两手都要硬。这当然是很对的。但是不知道为什么，说了十几年，却一直还在说"一手硬，一手软"，甚至说精神文明大滑坡，全民族的文化素质不是提高了而是下降了，说是社会风气不好，道德败坏，人际关系尔虞我诈，认钱不认人，如此等等。也许有夸张的成分，但是对于精神文明建设普遍不满意，却是不争的事实。

我们针对一些现象，采取过一些措施，如加强爱国主义、集体主义教育；表扬见义勇为的行为，评选模范人物；打击贪污盗窃，防伪除劣；在党内加强党风建设，对反腐倡廉做出种种详尽的规定，做得很认真；以及不断地"扫黄""打黑"，并且十分注意舆论导向；如此等等。不能说努力得不够，也的确取得一些成果，但是似乎还很难令大家满意。

这到底是怎么一回事？

我以为我们虽然对当前存在的问题，做了一些治标的工作，而对于一个民族至关重要的文化基本建设，仍然任重道远，要在社会形成一种为社会各阶层人民普遍接受的文化体系、思想意识，形成大家的思想方法、行为规范、社会风尚，以至成为深入人心融化进血液里去的风俗习惯。这样整个民族的文化素质提高了，才能根本解决问题。这当然不是一朝一夕之功，但是要动手去做，并且贵在坚持。

因此，研究中国现代大文化的产生、发展、流变、走向，十分迫切。我们现在所看到的各种文化现象、意识形态、价值观念、道德风尚，其实都是从我国现代文化发展的根基上发展和显现出来的。把我国现代文化的来龙去脉搞清楚了，我们便能解释各种文化现象，从而也就能找到治理的办法，找到我国新文化发展的道路。

关于中国现代文化的形成和发展，我曾在一些学术会上几次提出自己的看法，作刍荛之献。要研究起来，这可以说是一个巨大的系统工程，我不可能在这里展开论述，我只做一个粗线条的介绍。

中国现代文化，在一百年中，至少在五四运动以来的近八十年中，一直是有三千年发展历史的中国传统文化，和西方资产阶级国家的以民主和科学为标志，以个人自由相标榜的资产阶级文化，以及主要从苏联渠道传入，以共产主义作为理想、以社会主义作为当前目标、以集体主义和国际主义为号召的马克思思想体系的文化互相碰撞、融合中发展起来的。这是一个十分复杂，有时是很激烈的发展长过程。这个过程决定了中国之命运和历史走向，还要长期地进行下去。一百年来，中国曲折的历史发展过程，惊天动地的历史事件，开天辟地的历史人物和领导人民创造的伟大业绩，以及他们的失误和失败，都和这个复杂的文化发展过程有关，都和这几种文化的冲突、矛盾、斗争、融合联系在一起。过去和现在的许多文化现象，都可以从这里得到解释。

回顾一下中国近百年文化发展历史，可以看到，在新中国成立前的几十年中，中国的有识之士，后来许多成为中国的资产阶级民主主义者，他们立志去从西方寻求富国强兵之道，提倡科学和民主，他们和腐朽的统治阶级以及固守中国封建文化的国粹主义者展开了思想文化斗争，演绎出许多可歌可泣的民主革命政治斗争，然而都没有取得真正的胜利。西方的资产阶级用炮舰政策打入中国，把中国的新兴资本势力努力转化成为买办势力，和中国的封建势力相结合，在中国建立了半封建半殖民地的文化体系。使中国愈发贫穷落后，甚至有转化成为帝国主义的殖民地的亡国危险。

这时中国的爱国者，有识之士，包括某些资产阶级及其知识分子，奋起救国，寻求新的文化和民族解放的道路。十月革命一声炮响，传来了马克思主义，这是全新的文化思想，反帝反封建的革命思想，于是新的革命运动，在中国如烈火般燃烧起来，呈现燎原之势。无论帝国主义和他们在中国的买办势力和封建势力怎么纠结在一起，疯狂地向革命人民进攻，绞杀革命的新文化，中国的革命志士和人民一起，还是在新文化思想的引导下，忍受了空前的灾难和无数的牺牲，前仆后继，英勇斗争，把革命推向前进，终于在中国出现了人民解放胜利的曙光。

但是马克思主义文化思想体系，在中国的传播和革命实践过程中，也产生了一些问题，有些问题且十分严重，最根本的就是脱离中国实际的教条主义思想。中共党内一些早期的"左派"从莫斯科背着"尚方宝剑"回来，对中国的历史和文化知之甚少，对于中国革命的实际情况更是不够了解，然而他们却对中国的革命发号施令，指手画脚起来。他们不是从中国的实际出发，而是唯上（唯共产国际之命是听）唯书，几乎葬送了中国的革命。在中国土地上生长起来的革命家们，一面和外部的强大敌人进行艰苦的斗争，和半封建半殖民地的文化思想进行斗争，一面和内部的教条主义和错误路线进行斗争，终于出现了把真正的马克思主义和中国革命的实际情况结合起来的思想，就是我们后来所说的毛泽东思想，最终把中国革命导向解放自己的正确道路，以革命的战争，以乡村包围城市，然后夺取城市，终于夺取了全国的胜利，建立了中华人民共和国。

解放以后，在我们当时的脑子里，实际上存在着一种错误的文化判断，认为蒋介石那套半封建半殖民地的文化体系，自然是不能要了，西方资产阶级那套民主自由文化，甚至科学和民主，也理应在被排斥之列，至于中国原来的传统文化，那更是封建糟粕，更应该彻底打倒。那么我们用什么文化呢？顺理成章地自然是全盘引进苏联的那套文化。于是"一面倒""以俄为师"之说,成为天经地义。甚至于提出"搬过来再说"的口号。这实际上就是要求我们"全盘苏化"了。"全盘苏化",不就是另外一种的"全盘西化"吗?但是现在回头来看,苏联的有些东西并不高明,苏联模式给苏联人民固然带来无数的灾难,对我们苏区不也曾带来惨重的祸害吗?至于他们的经济体制,影响我国经济走了许多年的弯路,已是有目共睹的了。教育文化也是一样,给我们留下许多必须改革的地方。

其实当时这样的做法,并非没有引起国内有识之士的非议,但是当时对于"老大哥"那一套意识形态,那一套文化思想,认为是最先进最正确的,是嫡派的马克思主义,是在我国居于至高无上的统治地位的文化;一切中国的传统文化,特别是西方的文化,都是被批判的对象,都要臣服于苏联文化。谁敢非议,谁就将受到群起而攻之的下场。批判资产阶级,是每一次运动必不可少的节目。其实当时在党内也并非没有人看出问题,毛泽东就有许多不同看法。他就有"只学苏联先进经验"的说法。无论在搞社会主义经济建设或搞社会主义改造,都有不同的做法。对于教育体制有不同的看法,在文化学术上提出了"百花齐放""百家争鸣"的方针。但是总的说来,我们未能摆脱苏联那套基本框架,没有摆脱苏联的意识形态和文化思想作为我们的统治思想的地位。直到十一届三中全会提出"解放思想,实事求是"的思想路线,才改变了这样的局面。

在这同时,我们是以乡村包围城市从而夺取城市取得胜利的，这是一个优点，但也存在着问题。所以在入城前的七届二中全会上，党中央和毛泽东明确提出，进城以后，应该是以城市领导乡村，以工人阶级领导农民阶级及其他阶级。并且提出"严重的问题在于教育农民"。可是事实上我们进城后，忙于许多紧迫的斗争，忙于"土改"、清匪反霸，恢复经济，安定生活，还忙于批判资产阶级，二中全会决议上提到的重大问题，实际上无暇顾及。在农村中长期形成的农业社会主义思想、小农经济意识、平均主义的乌托邦思想，并没有彻底丢掉，有的还带进城里来。封建主义没有受到彻底批判。对于农民意识的改造没有引起很大注意。工人阶级的现代工业生产思想、民主科学思想、现代文化意识，没有很好树立起来。相反的有的同志以解放者和改造者自居，似乎已忘记了在改造客观世界的同时，还有改造自己主观世界的任务。特别是实行"以阶级斗争为纲"的路线后，更把批判和改造资产阶级知识分子作为头等任务。从此"政治运动"不断，以至波及党内，把党内有不同认识的思想斗争，上纲为两个阶级、两条路线的斗争，以至转化为革命与反革命的生死斗争。使担负着建设国家重大任务的大量领导干部和知识分子，只能谨小慎微唯命是从，不能充分发挥自己的积极性。在社会主义改造中走得过快，工作粗糙，难免有强迫命令。在社会主义建设中，又急于求成，盲目提出超英赶美的年限，缺乏科学求实精神，出现一些瞎指挥，眼见给国家生产和人民生活带来严重问题，而一时难以纠正。发展到后来，这种封建社会的落后意识在"文化大革命"中，被政治野心家和投机分子加以利用，篡夺权力，残害干部，排斥异己，制造混乱，给中国带来前所未有的浩劫，这已是有目共睹的了。

这种历史性的错误，有的人把它归之于或主要归之于一个人犯错误，其实是不公正的。这种弯路的出现，有它的历史必然性，是由当时的社会文化意识所决定的，不以哪一个人的主观意志为转移。最多因为人的偶然因素，出现错误的方式和严重程度有不同而已。同样的，在"文革"之后，解放思想、实事求是的思想路线和改革开放路线的出现，其实是对"文化大革命"的反拨，也是有其出现的历史必然性的，最多是出现的早迟和时机不同而已。

在中国现代历史上所发生的一切事件，一切文化现象，终其极都是中国的传统本体文化、西方资产阶级文化和苏联模式的文化（其中许多并不是真正的马克思主义文化），在中国这片土地上的碰撞、融合的表现而已。而中国现代的新文化，我们所说的有中国特色的社会主义文化，也必定要在这种碰撞、融合中建立起来，也只有在这种碰撞、融合中，才能建立起来。也就是以中国的几千年长期形成的传统文化中扬弃其糟粕的精华部分作为根基，认真地吸收西方以民主和科学为标志的资产阶级文化中的精华，在马克思主义的基本精神指导下，扬弃长期在中国占有支配地位，然而现在已经证明并不先进的苏联文化和经济、政治模式，以及文化思想，扬弃西方资产阶级正在努力输入，但并不能证明适合于中国现实的意识形态和腐朽的文化，而吸收其先进的文化、科学技术和管理经验，以建立起中国的现代新文化，也就是我们说的有中国特色的社会主义文化。

这个建立过程，是一个十分复杂和十分艰难的过程。这中间有矛盾和冲突，有吸收和融合，有斗争和痛苦，还不可避免会有错误和失败。我们现在在社会主义精神文明建设中，正面临着这样的复杂的困难的情况。

现在许多人都在埋怨说精神文明大滑坡，对于精神文明建设表示不满意。有的说，风气日坏，道德沦丧，尔虞我诈，人际关系恶劣，金钱万能，什么东西都商品化，特别是权力商品化，贪污贿赂成风，人的身体以至灵魂也商品化，丑恶现象丛生，超前消费，享乐主义，浪费财物。各种封建迷信活动死灰复燃，会道门、黑社会帮派重新出现，盗贼横行，偷抢骗，嫖赌烟，又成为公害。而且好像扫而不清，消而难灭，还在蔓延滋长。而某些地方某些部门领导作风不正，上下钻营，追名逐利，官僚主义，吃喝享乐，欺上压下，形式主义，搞假政绩，甚至贪污盗窃，案子越来越大，级别越来越高。群众看在眼里，想在心里。这到底是怎么一回事？难道当年黄炎培在延安说的"君子之泽，五世而斩，其兴也勃焉，其败也忽焉"的担心会要重演吗？

我却不这样认为。我以为这些现象的出现，也是有其历史必然性的。是我们在建设社会主义新文化中，建立新的市场经济体制和新的政治体制的过渡阶段中，难以避免的。可以说是一个新的大文化体系在中国诞生前的阵痛，也是我们建立新社会所必须付出的代价。这正是在中国新与旧的文化和中与西的文化的碰撞、融合过程中必然要出现的现象。既要弘扬我国的传统文化，又要防止封建文化的沉渣泛起；既要发展市场经济，吸收西方的科学文化，又要排斥几乎是伴生的某些精神垃圾。这自然是很复杂和很困难的事情，需要时间和韧性。但是我对于在中国建立新的社会主义文化、在世界上是最先进的文化，寄以希望，我对于在中国扫除这些暂时存在的不良现象以至丑恶的现象，满怀信心。

这些现象当然是不好的，这对于我们建立社会主义市场经济体制和政治秩序也是有害的。党和国家正在采取各种措施加以消除，也取得一些大快人心的战果。但是要根本解决问题，必须治本，也就是从建设社会主义精神文明，即建立中国新文化这个根本问题上多下功夫。也就是如何尊重和发扬我国传统优秀文化和道德，摒弃封建主义糟粕，如何吸收西方的科学民主精神、技术和管理经验，而又排斥其腐朽的思想和文化，同时要大力发扬马克思主义的革命精神和实事求是的思想作风。在信仰、思想、文化、作风、社会道德、行为规范的建设上多下功夫。我们自己的封建主义的文化糟粕，西方资本主义的某些文化垃圾，就是我们建设中国新文化的大敌。我相信中国几千年历史形成的优良传统文化如爱国主义、集体主义，民族凝聚力，勤劳朴实、坚毅勇敢、团结互助、仁爱宽恕，重道德、讲信用等等的社会传统美德，和西方的科学民主、自由活泼、紧张效率，和他们的管理经验、法治观念，以及良好文化素养等等结合起来，并且在马克思主义思想的光照下，不断在自己的实践中，加以检验改进，中国的新文化思想、道德观念，一定会树立起来，并且深入人心，以至成为社会风气、行为规范、风俗习惯，涤荡那些不良现象，就不会是难事了。

原刊于《文史杂志》1995 年第 5 期

从中华民族文化研究说到儒学研究

　　中国郭沫若研究会以"郭沫若与儒家文化"为题，在孔子故里山东曲阜举行学术讨论会，这是很有意义的事。我因为奉中国作家协会之命，和几个作家出访意大利，不能参加这次大会，深引为憾。

　　我对于儒家很少研究，对于郭沫若与儒学，更是茫然。但是我知道儒学对中国文化产生了正面的和负面的极大影响，是应该批判地继承和发扬，取其精华，弃其糟粕的。郭沫若作为一个文化巨人，传统的儒家思想，对于他自然也产生了一些影响。但是过去我们不分青红皂白地在"打倒孔家店"的口号下，完全否定儒学，因而也殃及池鱼地把郭沫若和孔老二捆在一起来批判一通。"文革"中批林批孔，却转成了批孔批周公，批孔批郭了。然而到底孔学是否都是秕糠？郭沫若和孔学的渊源如何？

《十批》是否不是好文章？至今似乎还没有说清楚。

我对于郭沫若与孔学实在没有研究，我只就民族文化与儒家研究说一点自己的看法，以就教于学者，也算是滥竽充数吧。

儒学在中国的民族文化中长期占有一个十分显著的地位，要讨论儒学问题，不能不首先讨论中华民族文化的流变，要讨论儒学的现代意义，不能不结合建设有中国特色的社会主义文化的问题，进行讨论。

我以为，建设有中国特色的社会主义文化，实质上就是如何正确地把马克思主义的原理和中华民族文化的实际相结合的问题。我说的是结合，而不是企图以马克思主义文化，或者更直接地说，以苏联文化来取代或改造中国民族文化，甚至消灭中国民族文化。如何正确地相结合？我以为就是以马克思主义的立场、观点和方法去认识、研究和发展中华民族文化。也就是正确地解决民族文化的继承和发展、扬弃和创新，解决继往开来、推陈出新的问题。无往即无来，不继往则不能开来，无陈即无所谓新，不推陈则不能出新。继往和推陈都不是一概肯定或一概否定，而是取其精华，弃其糟粕，取其能适应中国人民生存和发展的需要，能促进社会生产力的发展之精华，弃其与时代生活不合拍，有碍民族精神的发扬，阻滞社会生产发展之糟粕。

所谓建设有中国特色的社会主义文化，就是建立具有：一、中国特色；二、社会主义的；三、新的文化，此三者缺一不可。这就是说，第一，既然是有中国特色的，那就是立足于弘扬中华民族优秀文化，创建适宜于促进人民团结向上、奋发图强的文化，包括良好的民族精神、道德、风尚、人际关系在内。第二，既然是社会主义的，那就应该以马克思主义作为建设文化的指导思想。所谓指导，不是照搬马克思主义的教条，更不是照搬苏联模式，以取代中国民族文化，而只是以马克思主义的思想方法即辩证唯物主义的观点来认识、继承和发展中国民族文化。就是马克思主义也不是凝固的僵死的教条，而是随时代而发展，不断在人民实践中更新自己的理论和观念。第三，所谓新的文化，除开中国人民自己创造的新文化成果外，同时要面向世界，面向未来，广泛地吸收世界上过去的和现在的文化成就，大胆借鉴人类社会创造的一切文明成果，取其先进，弃其腐朽，为我所用。

但是不幸的事实是几十年来，由于种种历史的原因，苏联社会主义的文化和意识，以至规章制度，在中国占有优势。本来应该如毛泽东同志说的，对中国传统文化采取推陈出新，古为今用；对西方文化采取取精去粕，洋为中用的办法；对于苏联经验只学其先进的部分，主要是把马克思主义的原理和中国的革命实践结合起来，形成有中国特色的东西而不是教条主义地一招一式地照搬。但是我们过去在很多场合吃了教条主义的亏，食洋不化，照搬照套。在革命年代里，我国革命为此走了许多弯路，遭到严重损失，几乎断送了革命。只有把马克思主义的原理和中国革命具体实践相结合后，才挽救了中国的革命，并夺取了解放全国的胜利。在新中国成立后开始建设，我们没有经验，也没有现成的模式可循，只得在经济、政治体制上照搬苏联模式，在文化上不是吸收和借鉴世界上一切文化成果，而是独尊苏联一家。这种"左"的教条，有排斥中国传统文化和西洋文化的天然趋向，以致我们既容易否定传统文化，又全面否定西洋文化。

更不幸的是，苏联模式的文化，和经济政治模式一样，经过实践证明，都不一定是先进的，有的甚至是很落后的。那个时候，言必称老大哥，使我们的新文化长期抄袭苏联的一套，缺乏生气和创造性。就是提出了"百花齐放，百家争鸣"的方针加以纠正，但有"左"的排他性，事实上"双百"方针，未能真正实行。

直到党的十一届三中全会提出"解放思想，实事求是"的思想路线后，我国才真正走上了发展自己的有中国特色的经济、政治和文化的道路，才正确地解决了如何继承和发展祖国优秀文化，如何吸收西方先进的科学文化问题，正确认识苏联文化问题。从此中国在各方面都有突飞猛进的发展，这是有目共睹的事实。恐怕也是在这样的历史背景下，才使我们有可能从容地来研究建设有中国特色的社会主义文化，来研究孔子和儒学，来开这样的学术讨论会，研究郭沫若和儒学的问题。

我之所以要班门弄斧地追寻中国现代新文化发展的轨迹，正是我以为，要弄清这样的历史脉络，才可能来正确地研究中国的传统文化，才可能来正确地研究孔子和儒学。中国的传统文化，内容十分博大，从两千余年的发展历史看，儒家文化曾经占有一个十分显著的地位，长期成为统治阶级的思想和统治思想，对于中国社会的发展，民族和人民的意识形态，产生了深远的影响。不可否认曾经经过统治阶级做的为我所用的改造，形成阻碍历史前进的思想体系，掩盖了儒学的本来面目，歪曲了孔子某些产生过良好影响的教义。因此要研究中国的传统文化，不可不研究孔子和儒学思想的发生、发展、变易的过程，不可不研究其精华和糟粕并存的实际情况，而采取正确的态度。过去既有一概继承的国粹主义，也有一概否定的民族虚无主义，正如对西方文化采取一概排斥或全盘西化的两种截然不同的态度一样，都是不可取的。

儒学思想在中国有其极为深厚的根基和深入民心的思想影响，不是用苏联那套"左"的僵化文化思想所能否定的。事实上某些儒家精神仍然是中华民族精神的重要组成部分，它还有许多对于建设社会主义新文化和精神文明有益的成分，对于提高人民的道德修养和品质有益处的成分。过去曾经反对过"道德继承论"，实际上从孔学在日本和新加坡所产生的良好影响看，道德是可以继承的。孔学既然对他们能产生良好影响，为什么我们就不可以把孔学和社会主义精神文明建设结合起来呢？当然，这要加以实事求是地推陈出新，有的要扬弃，有的要加以改造。

有的学者曾提出，我也认为，中华民族精神应该包括：一、重德精神，注重道德的自觉追求和完善，注重高尚人格的修养；二、务实精神，采取入世的人生观，以置人民于衽席之上作为人生的目的；三、自强精神，天行健，君子以自强不息，从事社会的变革；四、宽容精神，厚德载物，忠恕之道；五，爱国精神，不惜为民族大义赴死殉难的士大夫气节道德。

是不是这五种精神便概括了中华民族精神，还可以讨论。但是这五种精神，实质上许多都是孔学和儒家精神所具备的，可以说是孔学的精华。而且这样的精神在中国历史上曾经产生过推动历史前进的作用。这样的儒家精神对于我们建设有中国特色的社会主义文化，对于社会主义精神文明建设，是不是还有推陈出新的可能，使之对于提高人民素质能够起促进的作用呢？我以为是可能的，当然要把儒学加以现代化，和现代人的思想结合起来，有的要加以实事求是地改造。因此，研究儒学思想的现代化问题，实在是一重大的研究课题。

对于儒学的现代化问题，有不同的看法。有的认为孔家店应该一把火烧掉，根本说不上什么现代化问题。五四时代这种论点占绝对优势。那个时候高叫"打倒孔家店"，实在是为了矫枉必须过正，势所必要的。甚至胡适提出"全盘西化"，也自有它的历史背景。但是冷静地想一想，有五千年历史根基的中国文化是不可能被弃绝的，在中国文化中占有重要地位的孔学，也是不应该也不可能被打倒的。既然中国文化要现代化，孔学应该而且可能现代化，也就是不言而喻的了。

孔学怎么现代化？这是一个文化系统工程，内容庞大，情况复杂。有的正确与错误相纠结，优点与缺点不可分，而且经过历代统治阶级和儒学家们的改造和利用，有的已经面目全非。实际上孔学和儒学就有所不同，既有上下相承的关系，却又有畸变和背离的现象。要真正恢复孔学的本来面目，并且加以现代化，使之在社会主义新文化中发生正面的作用，是要细心加以研究的。

当然，原则好说，就是取其精华，弃其糟粕嘛。但是如何取，如何弃，却是不简单。我以为现在可以不必在理论上做多么深入的研究，暂且继承和发扬那些于我们建设社会主义精神文明有益的东西，比如我在前面说到的大半取于孔学的民族精神那几条。这也许是实用主义吧。但是我看到日本和新加坡这么做，取得提高了人民精神素质，改善了人际关系，安定了社会秩序，促进了生产发展的效果，我们何乐而不为呢？

我只是一个作家，不是一个学者，更不是研究儒学的，要更深层次地说点什么，我实在无能为力了。我实际上只是提出一个问题，请大家注意研究。我相信大家有许多高见，我对于各位学者的研究，寄予厚望，并乐观其成。

原刊于《郭沫若学刊》1993 年第 4 期

在四川国际文化交流中心第四届理事会第一次全体会议上的讲话

　　我很高兴来参加四川国际文化交流中心第四届理事会第一次全体会议。四川国际文化交流中心已经成立三十年了，在这三十年里，做了许多文化交流工作，取得了不少的成绩。这些成绩的取得，都是与四川省委及有关部门领导的关怀和支持、四川各界文化部门专家学者的参与和努力、文化交流中心的秘书长及机关全体同仁们的团结奋斗分不开的。这三十年中，我因省人大常委会和文联作协工作的牵扯，加之现在年老体衰、尸位素餐，对文化交流中心的工作照顾不周，深为疚歉。这次换届，终于让我从理事长的位置上退了下来，我深表谢意。

　　文化工作，近来日益显得重要。最近习近平总书记主持的文艺和哲学社会科学两个座谈会及最近举行的党的六中全会上，习近平总书记说到道路自信、理论自信、制度自信、文化自信。他特别强调文化自信，他说"文化自信是更基础、更广泛、更深厚的自信"。我国文化工作取得了辉煌的成绩，我国五千年来的文化积淀十分深厚，我们在马克思主义的光照下，近百年形成的革命新文化蓬勃发展，我们的确可以"文化自信"。我们在既深又广的文化自信的基础上树立起来的道路自信、理论自信和制度自信，必然更加发扬光大，在世界文化的发展园地上独树一帜，成为楷模。

但是在目前国内和国外瞬息万变、极其复杂的情况下，却出现一些值得关注的问题，习近平总书记已经在他的讲话中说明白了。我在十多年前曾经对文艺方面的领导说在我们面前有"内忧外患"。内忧，就是在文化上低俗化倾向，低俗、恶俗、媚俗现象屡见不鲜，拜金主义盛行，文化工作为金钱所裹胁，迎合低级趣味，用文化垃圾去供给少不更事的青少年，影响很坏。外患，我发现世界上的确有一种文化霸权主义。他们挟其雄厚的资本，打起冠冕堂皇的旗号，用潜移默化的手段，对弱小国家实行文化侵入，培植他们的代理人，改变他们的意识形态，假以时日，机会成熟，就可以发动他们各种名目的"颜色革命"了，于是文化侵入，大功告成。他们已经在中东、北非的某些小国得手。他们也并不因为中国是个大国而又有深厚的文化底蕴，就不敢对中国一试身手了。不然，他们也会千方百计地用潜移默化、软硬兼施的手段，以文化产品入侵。当然，我不是说不和他们进行文化交流，我们要和世界上一切国家进行文化交流，我们一定要吸收一切先进文化，并且加以改造，为我所用。并且在交流时把我们的文化输送出去，让他们了解丰富的中国文化。而对那些想对我们实行文化霸权主义，企图文化入侵的，要能够加以识别，正确对待。

四川的国际文化交流中心，地处西南，应该更多注意和东南亚及南亚这些发展中国家多做文化交流。不用我多说吧，谢谢。

2016 年 12 月 7 日

彰显社会主义文艺的中国特色

繁荣发展社会主义文艺，需要对文化市场的资本运行有效监督，需要雅文学和俗文学更加互信互助，需要更加注重文艺作品的社会效益，说到底，希望我们的作家艺术家们不忘初心、牢记使命，提供更多体现社会主义核心价值观的具有中国特色的优秀文艺作品。

我今年已进入一百零四岁了，年老体衰，已无力在文学创作上再作贡献，但我和一些"心存魏阙常思国，身老江湖永矢志"的老作家一样，对中国当代文学特别是创作思想的走向，寄予深切的关注。

目前，我正在学习党的十九大文件，深感习近平新时代中国特色社会主义思想作为工作准绳的重要性。在文艺工作座谈会、全国第十次文代会和第九次作代会上的讲话中，习近平同志都明确提出要繁荣发展社会主义文艺，指明中国文艺要以鲜明的中国特色屹立于世，并且语重心长地指出当前存在的诸多问题。这些讲话让我深受启发，我曾反复思考，什么是中国文学的中国特色呢？如何理解"中国特色"的理论精髓和深刻内涵并在文学创作实践中彰显它呢？

在细读和研究后，我试图用几句话来加以概括：中国当代社会主义文学应当是在马克思主义光照下，以习近平新时代中国特色社会主义思想为引导，以人民为中心，贯穿中国精神，用老百姓喜闻乐见的有中国新风格和新气派的生动的中国话语，讲好波澜壮阔的中国故事，并艺术性地体现社会主义核心价值观，服务于中国人民。

我以为中国的作家都应该在自己的创作中彰显这样的中国特色，而要彰显这样的中国特色，就需要认识和协调以下三个关系：文学与资本的关系，雅文学与通俗文学的关系，文学的思想性、艺术性和娱乐性的关系。

自尊自励　增益世道

没有资本的投入，文艺活动无法持续进行，这一点不言而喻。过去是由国家按计划提供创作资金，所以文艺创作多注重社会效益，很少考虑经济效益，改革开放以来，容许资本进入文化市场，几十年来已取得辉煌成就，人所共见。

而资本有自我增殖的本能，关键就看投资者意图和资本运用的优劣。由于投资动机不一、目的不同、运行办法各异，产生了优劣不同的效益。在文化市场中，有的投资者是为了报效祖国，服务人民，不计回报，追求社会效益，这种优良品质受到国家和人民的赞许；也有一些投资者依法依规投资文化市场，以优良产品获得合法利润，这样的投资者占大多数，为社会所认同；唯有另一类投资者，为数不多，为害却烈，曾有过一段时间的恶性发展。这是一群运用资本追求利润最大化的食利者，他们窜入文化市场，搜寻和瞄准最能获得暴利的文化投资项目。当发现一些低俗恶俗的节目容易受到青少年和追求娱乐至上的人喜欢，因而可以获得丰厚利润时，便挟雄厚资本，凭借最易传播的网络平台，收罗少数醉心名利、实是写手的所谓作家，穷思极想，写出低俗作品，交由唯利是图之徒加以制作，投入文化市场，牟取暴利。正如马克思说过的那样，创作出自己的作品的同时，也就制造出自己的读者。他们千方百计地培养、制造牟利需要的"粉丝"，竭力侵占文学的阅读领地和文化市场。随着利润的诱惑不断膨胀，他们日益突破文化管理的藩篱，推出"三俗"产品，甚至喊出要"爱得死去活来，打得昏天黑地，笑得气闭肠断"的所谓"枕头、拳头、噱头"的"三头"作品，污染市场，毒害观众。

当然，这只是一时出现的不良文化现象，已引起文化管理部门的重视和治理，大有改观。相信文化市场的食利之徒只是极少数，"三俗"作品的写手应自尊自励，成为真正有益于世道人心的作家。

雅俗共美　文学大兴

中国当代文坛一直有两种不同的文学，就是所谓雅文学和俗文学。这两种不同的文学似乎各有特色，在两股平行的轨道上行进，遥相对望，很少交流。直到作为通俗文学当代继承者的网络文学异军突起，声势煊赫，投资纷纭，挤占了雅文学的阅读园地，直到有些雅文学作家喊出文学"边缘化"了、"式微"了，才引起广泛注意，这两种文学才相互注视和关切，相向而行，开始互助互学的交流。近几年来，成效显著。

自新文化运动起，西学东渐，白话文学发展出雅文学，成为当代中国文学主流，涌现无数新文学作家和广泛的创作活动，出版大量文学作品，其中不少对精神文明建设作出不可估量的贡献。但是，正如习近平同志所指出的，"在文艺创作方面，也存在着有数量缺质量、有'高原'缺'高峰'的现象"。现在的文学出版物数量的确是不少，甚至听说有一年出版了四千部长篇小说，这就意味着我们曾有四千位作家争相去爬文学金字塔的高峰。一年四千部长篇小说，恐怕不少是粗制滥造，只能落入化为纸浆的命运，而那么多作家想登上塔尖，其中大半也只能半途而废，甚至会掉下来，这是多大的人力物力的浪费？

从诞生高峰的目标来看，我们现有高原的高度还不能说很高，我们的作家应该、事实上也正在不断为建设更高水平的高原、促成高峰的出现而努力。当然，要出现更高的高峰，恐怕更是不容易的事，珠穆朗玛峰到底只有一座。所谓"李杜出而唐诗亡",后来还有"唐诗衰而宋词兴"的说法,这些都说明,要想出现更高峰,必须是有前所未见的智慧和胆识,能创造出前所未见的文学环境和文学作品者。在这个意义上,中国当代文学前程远大,任重道远。

近年来异军突起的网络文学特别是网络小说,其实是我国有长远历史、深厚影响的通俗小说的现代继承和发展。我国通俗小说发端于唐宋如《红拂传》之类的传奇,兴盛于明清勾栏瓦舍的"说话",而以《水浒传》《西游记》等小说拔其尖。不过据查,其实在宋朝苏轼时已见市井有"说三国"的流行。降至于清末民初以后,通俗小说寄生于时新报纸副刊,以长篇小说连载为主要形式。鸳鸯蝴蝶派、武侠小说派、社会小说派,各有千秋,出现了张恨水、金庸这样的拔尖作家,成为今日部分网络小说的精神宗师。在继承中国通俗小说历史脉络的基础上,吸收借鉴西方侦探、悬疑等类型化通俗小说,就形成今天各派网络小说异彩纷呈的繁荣景象。当然,有些低俗以至"三俗"作品也混迹其中。

对于网络文学,我曾写过一篇文章《要善于引导,也要宽容一点》,我始终以为雅文学和网络文学是中国当代两支文学大军,应当相伴相容,互助互学,取长弃短,提高水平。我一直有一个梦想,两支大军日益靠近,最后达到雅俗共赏、老少咸宜的非古非洋、亦中亦洋的新文学。这虽然可能只是一个幻想,但是我仍然想仿费孝通先生说的"各美其美,美人之美,美美与共,天下大同"的话,说出我的希望:"美雅之美,美俗之美,雅俗共美，文学大兴。"

品格为上　娱乐有度

　　一切文艺作品都有思想性和艺术性，但近年来也有人提出文艺作品有思想性、艺术性、认知性、教育性、娱乐性的所谓"五性"，我不以为然，却难以分析，直到读到仲呈祥同志的一篇文章，才恍然判明。他提出要区分文艺理论上两组不同的概念，思想性和艺术性同时产生于作品创作过程中，而认知性、教育性和娱乐性以及我们经常说的观赏性则产生于作品问世以后。一个在当时，一个在事后。思想性和艺术性属于创作美学的范畴，认知性、教育性、娱乐性以及观赏性等都属于接受美学的范畴，是不可以混同的。

　　我很赞同这种说法。一件文艺作品投入文化市场后所产生的观赏性和娱乐性，虽然都属于接受美学范畴，但是目前特别值得关注的是文化市场里过分强调娱乐性，以至于弱化美学观赏性的现象。娱乐性当然是有必要的，但应该有个度。过度强调娱乐性就有可能让食利之徒为了获取扩大化了的利润，而乘机大量生产和制作"三俗"作品。这些作品与我们提倡的主流价值观相左，挑战公众的道德底线，带来不小的危害。

　　我们的消费者进入文化市场消费，有接受倾向的差异。有些消费者倾向于思想上的启迪，艺术上的欣赏，希望真正在精神上有所收获。也有的消费者单纯是为了消遣娱乐，在工作学习之余，愉悦精神，放松身心，这也无可厚非。但还有一些消费者，在娱乐至上思潮影响下，更倾向于感官刺激，肉欲享受，这正是食利者投资所迎合的。他们提供的低俗作品，破坏良好的美学观赏环境，助长文化市场的秩序混乱，使寻求美学观赏的人们避而远之。可以说，这是文化市场过度强调娱乐性，忽视社会效益而只求经济效益的必然结果。这样的现象，是我们的文化政策所不容许的。作为精神文明建设者重要组成部分的作家艺术家，对维护文化市场正常秩序有着不可推卸的责任，应该努力为这个市场提供更多更好的为中国老百姓所喜闻乐见的优秀文艺作品。

我对上述三个关系所作的诠释，无非是希望：第一，对文化市场的资本运行进行有效监督，坚决抵制食利之徒制造出的不良文艺作品；第二，雅文学和网络文学更加互信互助，提高艺术水平，追求雅俗共赏、老少咸宜的好作品，共同创造文明的文化环境；第三，不要过分强调文艺作品的娱乐性，应更加注重社会效益。说到底，就是希望我们的作家艺术家们不忘初心、牢记使命，为我们的文化市场提供更多体现社会主义核心价值观的具有中国特色的优秀文艺作品。

原刊于《人民日报》2018 年 5 月 25 日

文艺随谈

　　文学艺术深奥的道理我说不清，但凭借我多年主管文艺工作又自己从事文学创作的实践经验，有几点浅显的道理，想说出来作刍荛之献。

　　第一，世界上人类一出现，就有美的追求，人类一劳动，就有抒发自己感情的欲望，于是就出现音乐、舞蹈、美术等艺术。有了语言和文字的交流，就有文学了。即使在阶级社会，爱美之心，人皆有之。女奴也喜欢一串贝壳项链。谁都希望有美的享受。所以文艺的终极目的就是追求美，作家、艺术家的任务，就是给人们提供美的享受。真和善也是通过美来表现的。

　　第二，一切文学和艺术所要显示的，一切作家、艺术家所追求的，就是真善美。可以说一切作品，特别是小说、戏剧都是形象地描绘（不是叙说和解析）人类生活中的真善美与假恶丑的斗争，人性与兽性的斗争，人道主义与非人道主义的斗争，本性的人与异化或物化的人的斗争。一切艺术作品如果说有什么目的的话，就是净化人们的灵魂，提升人的趋善的精神境界，鼓励人们相信真理，追求真理，让人们从作品的美学享受中得到灵魂的安息与鼓舞。

第三，文学艺术应该是超然独立的，它有自己存在的理由和产生规律。只有遵循它的固有的为大家公认的规律进行创作，才能达到美学的目的，才能发挥出它的功能。这种规律是不可取消的，甚至削弱也是不好的。这和一切事物一样，关乎它的生死枯荣。

第四，因此从事文学艺术创作的作家、艺术家必须具有自由的思想和独立的人格。必须有提高人们精神境界、净化人们灵魂的历史责任感，向人们提供美学享受的神圣职责，而不是相反。

第五，文学艺术诚然是不能脱离政治的（人本来就是政治的动物），作家、艺术家和他的作品怎么能脱离他所在的历史背景和政治环境呢？但是作家和艺术家以及他的作品不应该主要是服务于政治，成为政治的附庸和工具。也不主要是为金钱服务，成为金钱拥有者的奴仆。政治也好，金钱也好，可以对文学和艺术产生好的或坏的影响，但不应主宰，文学更不能纳入政治和金钱的操纵之下。一操纵，文学和艺术就死了，作家艺术家就出局了，或出现病害了。

第六，文学和艺术作品的社会效果产生于艺术效果之后，而不是在之前。社会效果是艺术效果产生以后自然出现的客观存在，而不是主观地设定社会效果然后去从事艺术创作、产生艺术效果。无论是政治主题先行或是经济效益先行，都不可能产生最精美的作品，甚至不能产生良好的作品。

第七，作家和艺术家从事文学艺术创作首先或主要是形象思维。他为现实中的艺术形象所感染，所激动，发挥到极致了，就可以进行创作，也只有这样才能开始创作。他不会因理性思维而进行创作，也不会随理性思维而做创作活动。对作品的理性思维的分析，那是评论家的事，他们的分析也只能产生于形象思维之后，不能预设于前。

第八，思想性艺术性也不是谁是第一性谁是第二性的问题，而是二者是共生而不可分离的。严格说倒是主体与副体，本生与派生的关系。只有本生的艺术性成立了，才可能有派生的思想性。文学艺术终归是艺术，不是理论，没有艺术的存在，哪来思想？从作品里读出思想性，那是哲学家和评论家的事。表现出艺术性，产生美化效果，那才是作家艺术家的事。思想多高，作品多高的说法，那是事后评论的说法。作家、艺术家的思想水平高些，他的作品一般说会高些。但是他在进行一件具体创作时，他当时的艺术创作环境，他的艺术才华和艺术构思，却是起决定作用的。历史上多有思想水平高的诗人作家写出平庸的作品，而思想水平高的文艺理论家和哲学家，肯定创作不出艺术性高的作品来。

第九，创作要深入生活。即所说"三贴近"（生活、现实、群众）是必要的，没有生活就没有创作。生活是源，创作是流。但是有源不一定就能流，有了生活不一定就能创作，还必须有其他的条件，即有强烈的美学追求和被生活激发出的昂扬的激情才行。没有生活，不能出艺术，但生活并不等于艺术，必须有美学的加工、提炼、凝结、升华才行。因此创作中遵循美学固有的规律是成败的关键。因此先设主题，分配任务，下去生活，回来创作，就可以产生好作品，未必一定。艺术创作不是急功近利的事。配合政治任务，搞形式主义，劳民伤财，不是好办法。可以号召，可以强调，但什么时候，写什么，怎样写，表演什么，怎样表演，是作家艺术家自己的事，不可横加干涉。

第十，作家、艺术家平时多读点书，特别是多读点中国的文化典籍，提高自己的文化素养，是绝对必要的。注意提高自己的道德修养，更是有必要的。自己灵魂不洁，何以净化别人的灵魂？

以上是我随口拈出的十条。这些浅显的道理，我还喋喋不休，恐怕是班门弄斧了。

2006 年 4 月 17 日录

祝科学与文艺的结合

——《科学文艺》代发刊词

在我国，科学的春天已经到来，文艺的春天也已经到来，科学与文艺的万花园中正是百鸟争鸣，众芳争艳的时刻，又有一本新的刊物，在我们面前——《科学文艺》出版了。

科学文艺，也许有人会感到惊奇：科学是以自然世界为研究对象，文艺以人类社会为描写对象；科学是逻辑思维，文学是形象思维。科学和文艺怎么能搞到一块呢？

能！不特能，而且十分必要！

谁是祖国明天科学的主人？我们社会主义的广大人民群众。要向群众普及科学知识，培养对于科学的兴趣，我们必须在他们的心田里播下科学的种子，使之在阳光雨露的滋润下，茁壮成长，开花结果。但是，科学知识往往艰深难懂，正如鲁迅说的那样，"常人厌之，阅不终篇，辄欲睡去"，因此，必须使科学通俗化，这就要借助于文艺这个形式，用生动的形象来表述玄妙的道理。这就是科学文艺。

科学文艺在中国和外国都受到有识之士的重视。我们的鲁迅在七十年前就提出："……于不知不觉间，获一斑之智识，破遗传之迷信，改良思想，补助文明……导中国人群以进行，必自科学小说始。"苏联大作家高尔基也在五十年前赞扬科学小说显示了"人们预见未来现实的一种惊奇的思想能力"。我们知道大科学家法拉第自认他是读了玛尔赛特的科学通俗作品《谈谈化学》才引起他从事科学研究的念头的，他自己写的《蜡烛的故事》，就曾经引导几百万青少年对科学发生兴趣。而比利时的大诗人梅特林克称赞法国以清新文笔描述昆虫生活，写出了《昆虫记》的法布尔是"昆虫世界的荷马……他的额上理应戴上一顶双层的灿烂的皇冠"。

我们要培养明天的科学家，就需要今天的科学文艺。也许一篇引人入胜的科学通俗作品，能引导出一个明天的非凡的科学家，像法拉第自认的那样；也许一堂生动活泼的数学猜想的通俗介绍，带来一个未来的大数学家，像我国数学家陈景润所经历的那样。安知一部星际旅行的科学探险电影，不能启迪一个未来的宇宙的征服者？安知一部历精察微的科学幻想小说，不能鼓舞一个未来的生命奥秘的探索者？

我们生活在一个多么神奇美妙、瑰丽多彩的世界上呀。我们的广阔无垠的平原，磅礴逶迤的山峦，波涛汹涌的大海，繁星闪烁的星空,该蕴藏了多少的神秘。就是一片彩霞,一声雷霆,一阵风,一丝雨,池塘里一泓绿水,古树上一抹斜阳,深林中一声鸟唱,天际边一钩新月,峰峦间一缕云烟,都能勾起我们多少奇思遐想。宏观大至宇宙,微观小至粒子,都会激励人们去幻想,去探索,去追求,去创造。

是的,我们需要幻想。这正如列宁所说的幻想是"极其可贵的品质",没有幻想,不可能创造出伟大的文艺作品,没有幻想,也不可能出现伟大的科学发明。幻想,也如大科学家爱因斯坦说的,"概括了世上的一切,推动着进步,并且是知识进化的源泉"。幻想可以激励人们去探索世界的奥秘,去追求知识的瑰宝,去创造美好的明天。

那么我们为什么不用科学幻想小说、科学文艺去把广大群众,特别是青少年引导进理想和幻想的广阔天地里去呢? 让他们在夏夜繁星闪烁的星空遨游,让他们去云蒸霞蔚的天空中驰骋,让他们在数学的迷阵里玩耍,让他们在电子轨道上飞旋,让他们进蛋白质里观察,让他们和计算机赌输赢,让他们和机器人交朋友。出神入化,标新立异。使他们真如古人刘勰说的"寂然凝虑,思接千载,悄焉动容,视通万里";陆机说的"观古今之须臾,抚四海于一瞬"。而从他们这些科学的幻想、探索、追求和创造中,将如群星闪耀,涌现出许多卓越的科学家,将为我们创造出高度科学文明的明天。

是的,科学需要幻想,但是幻想需要自由,自由需要民主。没有科学自由和科学民主,就不能激发出科学幻想来,只有从绽开的幻想的繁花中，才能结出丰硕的科学果实来。回顾一下科学发展的历史，在中世纪没有民主和自由的黑暗时代里，在那宗教裁判所的火堆里，烧灭了多少有着为科学创造开辟途径的奇思遐想！而一旦民主自由思想冲破封建的牢笼，科学就像骏马一般飞跃前进，带来了 20 世纪的现代文明。让我们什么时候都不要忘记，"百花齐放，百家争鸣"是我们搞科学文艺的坚定方针。我们要为捍卫科学的民主和创作的自由而献身。

科学需要文艺，文艺应该帮助科学。那么，中国的科学家们，中国的文艺家们，让我们为了明天，为了明天的科学家，为了明天的美好生活，来创作更多更好的科学文艺作品吧，让我们共同来办好《科学文艺》吧。

原刊于《科学文艺》1979 年第 1 期

文学有用

　　我总觉得，文学是有用的……

　　我且从反面来说吧。文学如果是无用的，那么你搞文学干什么？有的作家说他搞文学是为了挣几个烟钱、饭钱。好，挣钱不就是有用吗？有的作家说，他搞文学是因为他活腻歪了，无聊之极，在纸上写写画画，闹着玩的。好，"玩文学"，不正是一种治疗"活腻歪了病"的有用之药剂吗？还有一些作家说，我烦恼，我痛苦，我欢乐，我得意，我想上天，我想入地，我想倾诉，我想呐喊，于是我展纸握笔，想写什么，就随便涂在纸上，人家说这就是文学。好，凭借人家说的文学，能够倾诉你的思想、感情，能唱出你的心思，文学不是成为你有用的工具了吗？

　　不，文学什么别的东西也不是，文学就是文学。文学家就是为文学而文学,从来不管它有什么用处。——有的作家坚持说。

按照这样的逻辑,A 就是 A,那么有人问他,人是什么?他回答说:人就是人。凡人听了这样的话,不说这个人是在发梦呓吗? 不然就是这个人将要成仙得道,脱离这个世界,到茫茫真人、渺渺大仙那里去报到了。

我不管别人怎么说,仍然坚持,文学是有用的。文学是人类有所为而为的一种社会活动。人类的任何活动都是一种有目的的和有意识的活动,是一种历史现象一种历史过程,都不是任意而无序的,都是想从这些活动中得到物质或精神的满足。满足便是人们使用了一种有用的事物所产生的一种满意的情绪。人们使用文学这个工具,也是为了满足人们的精神需要,自然是有用的了。

文学之所以在有一些人看来无用,因为它不像粮食,几天不吃,就要见阎王;不像布匹,一冬不穿,就要翘辫子,所以连白痴也会知道粮食布匹是有用的。文学这种精神产品就不同了,从来没有享受过或享受很少的人,也许没有多少感觉;享受惯了的人,一时不享受,最多一时感到不舒服罢了,不享受文学既不会死人,也不会亡国。但是奇怪的是,一有人类出现便有艺术活动的出现,最原始的人也会跳舞、唱歌、绘画,做出一串贝壳来挂在颈项上。这些活动既不能吃,也不能穿,只能提供一种精神享受。为什么原始人那么看重,简直和茹毛饮血一样不可须臾或离呢? 因为他们可以从这里获得精神上的满足,以改善他们的生活条件,促进进步。对他们来说,这不都是很有用吗？至于现代人认为文学可以抒发人们的感情，净化人们的灵魂，激发人们的斗志，促进物质生产，是尽人皆知的了。甚至抽烟这种医生认为无益有害的活动，在一个作家看来，抽烟可以刺激他的灵感，对他是很有用的呢。怎么可以说他从事的文学创作，倒反而成了无用的劳动了呢？

我想有些文学家之所以坚持文学无用论，是他们在从事文学创作活动时，总想避免急功近利这种庸俗动机的干扰，而想凭借自己的主观感情，遵循文学本身的规律，创作出比较好的作品来。所以作家在从事创作的时候，不孜孜于追求有用，甚至不计有用无用，所谓只问耕耘、不问收获是也。但是作品一旦出来了，投向社会，便成为社会公有的精神产品，就会影响读者的精神和思想，就会产生有益或无益的社会效果，就会起到好的或不好的客观作用。

因此我认为文学是有用的，无论你承认不承认。作家在进行创作时，可以不斤斤计较于有什么用，而遵循文学规律，描绘客观世界，写出真实的人和社会。如果说一句据说过时了的话，"创造典型环境中的典型性格"，我更希望不必向作家事先提出这样那样的特别要求，颁发这样那样的特别戒条，一定要产生这样那样的特别社会效果。有没有社会效果，让他写出来，投向社会，接受读者的检验，接受历史的淘洗吧。

原收录于《马识途文集》第 16 卷《文论讲话》，
四川文艺出版社 2018 年版

文学三问

——在四川省作家协会六届四次全委会上的讲话

　　建构一个社会主义和谐社会，是当前全国上下正在讨论和贯彻的一个重大理念，文化界正在研究和阐发的一个重大课题。我的理解，从科学发展观看，一个和谐社会必然是建立在先进文化的基础之上而又为先进文化提供广阔的发展平台的社会。在那样的社会里，必然是经济发达、科学昌明、政治民主、文化繁荣，人人可以在先进思想和理想的引导下自由发展，人人可以在法律面前平等相交，人人具有较高文化素质和道德修养而和睦共处，总之人人过上幸福生活。这样的社会就是我们所追求的理想社会。建构这样的社会，全国人民将要付出极大的努力，是一个长期奋斗的过程。

　　和谐社会既然是建立在先进文化的基础上而又能促进先进文化的发展，我们文学家是从事文化工作的，在为推进先进文化、建构和谐社会方面，就负有义不容辞的责任。可以说，一个作家的最高理想和神圣职责，就是在意识形态领域里，为在中国建构一个和谐社会而献身。就是用我们的笔，形象地深刻地描绘中国人民在建构和谐社会中不懈的奋斗历程，在各种矛盾的纠结和演化中，他们的前进与后退，成功与失败，快乐与痛苦，追求和迷离，希望与失望而终于前进的曲折过程。表彰伟大的民族精神、优良的道德风范，歌颂真善美。揭露一切阻碍历史前进、残害人民的黑暗势力，批判假恶丑。用我们的高尚的思想、优美的文采、真挚的情感，去抚慰人们的心灵，鼓舞他们的斗志，娱悦他们的生活。可以说，建构和谐社会的理念，给我们作家的创作，提供了一个极其广大的活动舞台，也给我们提出极其光荣的创作任务。我想任何一个有良知的作家，都会理解提出建构和谐社会这个理念的意义，乐于承担起我们应该承担的责任。

　　但是，我近年来对中国文坛静观默察，颇有一些感触。我们的作家，在建构社会主义和谐社会的进程中，都能担负起精神文明建设中应该承担的责任吗？我有些想法，也有点看法，但是我不想公开说出来，怕蒙上"正统"的恶谥。我只曾对李致和朱丹枫同志吹过几句，也语焉不详。现在这里给我提供了一个发言的机会，我想我虽然还没有到"气息奄奄，人命危浅"的地步，却已经是日薄西山、余霞渐黯的时光了。想说的话不说出来更待何时，谁知"明年此会知谁健"呢？

我曾对李致他们说，我静观默察今天的文坛，有一喜，一忧，一愁，一惧。

一喜的是我们到底迎来了一个比较宽松和谐的创作环境，不像我们那时动辄得咎，无所适从了。因而新秀辈出，群星闪烁，力作迭出，光耀文坛。而且他们已经形成文坛的主力军集团，青出于蓝而胜于蓝。后继有人，我们大可放心了。

一忧的是在文学和影视创作中出现的某些低俗化倾向。在利益的驱动下，低俗、庸俗、媚俗、恶俗之风，不胫而走，花花绿绿，摆满书市。有意打"擦边球"的泛黄作品，所在皆是，以至身体写作之类，"三头（枕头、拳头、噱头）主义"之作，大行其道，愈演愈烈。至于戏说中国历史，乱改红色经典，歌颂封建帝王，展示糜烂生活，暴露社会丑恶、尔虞我诈的详尽刻画，对性生活的淋漓尽致的描写，已是充斥书市和荧屏，司空见惯了。这些文学，在创作总量中占多大分量，我不得而知，但大有喧宾夺主占领市场之势，令人心忧。

一愁的是在目前一片产业化的呼声中，许多文化部门、文艺团体都在领导的动员下，摩拳擦掌，行动起来。我们作协如何产业化法？心里一直没底，实在令我发愁。那些出版、发行、放映单位等，本来一直在市场中运作，一说产业化，改制成立集团，驾轻就熟，好像容易些。可是我们这些作家团体，一直是吃"皇粮"的事业单位，哪懂得什么产业化？做生意过去试过，全都蚀本搞光，还差点把我这个作协的法人弄到公堂。我正在茫然无计，忽然看到中央领导同志讲话，说"根据六届四中全会精神，要坚持一手抓公益性文化事业，一手抓经营性文化产业的方针"，才知道并不是所有的文化事业都要产业化，因此作协这种文化事业单位如何做法，还得从长计议。也许我们许多作家，仍然可以在文学创作中，经营自己那"一亩三分地"，"挖自己那口深井"，施展自己的才华，精益求精地拿出高水平的作品来。我高兴地看到阿来、裘山山和许多青年作家都还是孜孜以求地从事雅文学的创作。

我想我在这里必须说明，我绝无意否定文化产业化的大方向，也深知文艺部门体制终将改革，铁饭碗终将被打碎。甚至我从中国作协领导同志谈建构和谐社会时说的"文学是意识形态领域的重要组成部分，是电影、电视、戏剧等其他艺术门类的基础、源头和'母本'，对广大人民群众有极其重要的思想影响和情感熏陶，潜移默化地影响着人们的理想信念、价值取向和思想道德"这样的话中受到启发：文学既然有如此重大的作用，作家除开发挥自己的长处努力创作出高质量的文学作品外，也可以有一部分作家转入产业化了的电影、电视、戏剧等其他艺术部门，帮助他们创作出较好的"母本"来，也可以组织起自负盈亏、专门提供本子的创作集体。当然什么时候也不要忘记自己是一个作家，不能放弃文学创作。柳建伟调到八一制片厂来向我辞行时，我就是这样对他说的。他果然做得两不误，都出了彩。

作家如果到某些文化产业化的部门，当然要努力让那些文化企业在市场上占有更大份额，取得更大利润。但是我以为文化产品除开具有商品的属性外，它还具有意识形态的内涵，具有认识、娱乐和教育的作用。这无疑是更其重要的东西，商品不过是它的负载形式而已。因此写什么，怎样写，更应受到作家的重视，不能被蝇头利润和丰厚的报酬牵着鼻子走。一个清醒的作家应该自觉地抵制低俗恶俗的倾向，为提高这种文化商品的品位而努力，让受众除开从中得到愉悦外，还能受到良好的潜移默化的影响。这就是我们说的社会效益，也是文化商品不同于其他商品的根本所在。如果文化变成单纯的商品，它就要遵循市场的规律以追逐最大利润作为其出发点和归宿点，如果掌控不好，就有流于低俗化的危险。这是我们作家所不取的。

一惧是一直作为文学主流的雅文学的日益边沿化和文化霸权主义的咄咄逼人。这几年来，许多人慨叹雅文学的不景气，在社会上日益受到冷落。除少数名家，读者越来越少，出版越来越难，印数越来越少，稿酬越来越低。于是有的作家不能不乞灵于书商的钱袋，跟老板的指挥棒转，写些无聊的低俗作品，帮助老板赚钱，哪管社会效益。有人告诉我：你五十个雅文学作家创作五十部雅文学作品，平均每部只印几千册，还不如书商炒作包装一两部无名作者写的擦边球地摊文学，印他五十万册一百万册所产生的经济效益。听起来不觉悚然！

造成雅文学不景气的原因，有的说是由于目前中国已经进入消费社会，代替原来雅文学所起的娱乐、认识、美学欣赏和教育作用的消费品，层出不穷，消费者的选择性很大；有的说是由于迎合一般平民趣味的低俗文学的大量出现；还有的说，文学队伍自己不争气，乱了阵脚，写作日益私人化，不反映群众现实生活，表现形式又越来越诡异，越来越西化，一般群众难以接受。如此等等，我想都有道理。我想说最根本的原因还在于我们作家自己。我们反躬自问：我们的社会责任感和历史使命感到底如何？我们的确是"三贴近"了吗？我们是不是把反映这个伟大时代的伟大英雄业绩，反映广大人民的艰苦创业，反映错综复杂的社会矛盾，反映革命和建国的风雨历程，反映我们的民族精神作为我们的主旋律？我们是不是尽力用我们的精神产品去满足各种群众的各种文化需求了？我们是不是少去追求谁也说不清楚的虚无缥缈的全球化，多搞点为老百姓喜闻乐见的大众化？我是一直主张多样化的，在最早只提出提倡主旋律时，我就主张多样化，还在主席团委员会上引起过争论。但是我也一直不赞成多样化到"淡化革命，颠覆英雄，否定崇高"的地步。我们反对高大全，但不能否定中国的确经历过一场天翻地覆的革命，中国历史上直到现在的确涌现过无数伟大的英雄，世界上的确有崇高的事业，中国人民正在从事亘古未见的崇高事业。文学作品反映这些绝不是多了，而是远远不够。我至今认为"文学是人学"，人终归要在文学作品中占主要地位，不写人物，或不写社会性的人，只写生物性的人，我以为不值得提倡。我赞成学习世界上一切先进的思想文化，引进世界上多样化的文学思想和作品，但我不赞成生吞活剥地模仿，特别是把这些作为我们的文学创作主流思想的企图。

我在这里想提一下也许没有引起大家注意的文化霸权主义

问题，这却是我一直关注并引以为惧的问题。我甚至认为我们提出建构社会主义和谐社会都和这个问题有关。这个世界本来是由各个国家、多种民族、多种文化所构成的一个和谐的多极世界。每一个民族都有自己的传统文化、民族精神，都有自己的主流意识，都在为创建美好生活而奋斗。但是现在的现实却不是这样，不仅有单极与多极的不谐和，而且有把自己的主流意识，自己的人生观、价值观和生活方式强加于人，要把自己的主流意识强制输入，成为别民族的主流意识。要达到这个目的，有的采取军事入侵，大半采取文化入侵。这就是文化霸权主义。它以其强大的经济实力作为背景，把自己强势的文化产品，输入到弱势国家，占领文化市场，潜移默化地灌输自己的主流意识，希望最后取本土的主流意识而代之。这种文化入侵和意识的占领，有时比公开的武力入侵还有效。一旦占到主流，便可以呼风唤雨，什么颜色的"革命"都可以搞。到了那时，受侵者悔之晚矣。对付这种文化入侵的办法，不是闭关主义，而是充分放开，取其优势文化之优，弃其不适合本民族的文化之粕，以发展自己的民族文化，以之凝聚民心，振兴国家。绝不容许仰人鼻息，放弃自己的民族主流意识。在文化阵线上工作的人，对于反对文化入侵，坚持自己的主流意识，有不可推卸的责任。我们作家就是民族精神的传承者，民族主流意识的固守者，民族灵魂的铸造者。我们的责任是光荣而伟大的。

我们的作家果能如此，那么在文化霸权主义的侵略性日见彰显之时，我那天对李致和朱丹枫同志说的"文学三问"（一问，谁来守望我们的人文终极关怀的文学家园？二问，谁来保卫我们文学的美学边疆？三问，谁来坚持我们在马克思主义光照下的社会主义主流意识？）似乎就没有必要了。

以上讲话，请批评指正。谢谢。

2005 年 3 月

文学创作要追求真善美

——在四川省作家协会六届五次全委会上的讲话

去年，我在四川省作协全委会上，作过一篇《文学三问》的讲话，没有想到这篇讲话经新华社发了通稿，《人民日报》又加以报道，产生了一些共鸣，大概是反映了文学界的心声吧？其实我只提出了三问，关于文学创作中的终极关怀、美学边疆和主流意识，并没有加以展开申论，现在我想在这一次的作协全委会上加以申论，向作家们请教。

我当时提出三问，虽是就当时我所见文学创作的某些情况而发的，其实还是我对文学创作的根本追求而说的。人文终极关怀，就是追求至善，美学边疆就是追求至美，主流意识就是追求至真。文学的至真至善至美就是达到文学的极致，就是一切文学创作所追求的最高境界、终极目的。

不仅文学创作，其他方面何尝不是如此？人类自从直立行走，能思考和用语言交流，能制造工具成为人类以来，便一直在发展中企求提升自己，达到更真更善更美的境界，更具有人格、人道，更体现作为人的本质，发扬人性，远离兽性。

古往今来，无分中外，一切至圣先哲，一切大仁大勇，无不以追求人类能发展到至真至善至美的境界，建立一个人与自己，人与人，人与社会，社会群体与社会群体，人与自然和睦相处的和谐社会。中国孔子的大同社会理想，西方哲人的理想国、乌托邦，以至宗教的天国、极乐世界等等，无不以建立一个至真至善至美的和谐社会作为自己的理想。至于以反映人类的生活，净化人的灵魂，从事文学创作的作家，当然也是在自己文学创作中追求至真至善至美，以之作为出发点和归宿点。这便是人之道，这便是人道主义。人道主义是几乎全世界的作家都认同的文学所追求的宗旨，但是在中国却曾引起过一场争论，这个有关人道主义和人的异化的争论直到现在没有结论。

这种争论我不想涉足其间。但是我想，人类总是想提升自己到至真至善至美的境界并作为人类的永远追求的理想，这总该是人所共识的吧。准此，反映人类生活，净化人的灵魂的文学，自然也应该以追求至真至善至美作为自己的神圣职责。这样的提法应该是作家们的共识吧？

但是我们知道，一切生物都有与生俱来的本性，那就是一要生存，要摄取食物；二要发展，繁衍后代。以至于想把自己的族类扩展到地球的所有空间，延续至无限的时间。而生物品类繁多，地球空间有限，可以提供生存和发展的资源有限，于是出现物竞天择、适者生存的自然规律，动物之间更是出现了互相残杀以至自相残杀的所谓兽性。人类作为高等动物，在演化成为人以及以后的发展过程中，自然也在争取生存和更好生活以及繁衍后代中，也自然具有兽性的本能。于是兽性与人性共生于一体。当社会生产的产品有了富余，人剥削人成为可能时，在人和社会中就具有既要发展人性，体现人的本质，追求理想的至真至善至美，人人具有高尚道德和遵守法律和公共秩序，人人能自由地全面发展，人类社会成自由人的联合体的和谐社会（这就是马克思主义的共产主义社会理想）；但是与此同时，在出现阶级社会以后的历史长河中，就必然出现阶级压迫和剥削，因而出现阶级斗争，自然就会出现奴役、欺诈、吞并、残杀的兽性，贪婪无已的侵略野心和种种丑恶的无耻行为，出现假恶丑以至极假极恶极丑的行为，出现民族和国家间的侵略、征服和战争，以至出现大规模屠杀人类的原子弹和生物武器，出现独裁、暴君和法西斯，甚至出现波兰奥斯威辛犹太人集中营和南京大屠杀这种惨剧。同时也出现恐怖主义活动及因此以武力威胁和入侵别国屠杀别国人民等种种浩劫。这都是人类自私贪婪的兽性的表现，这是人类的自作孽。直到现在，人类仍然存在着人性与兽性的斗争及其消长，真善美与假恶丑的斗争及其消长，和谐与争斗，剥削、奴役与反抗，战争与和平的斗争及其消长。这就是人类的历史。人类一直陷于人与自己、人

与人、人与社会、群体与群体、人与自然的矛盾和争斗中，
于是出现至圣先哲，出现宗教救世主，他们提出种种治理假
恶丑、弘扬真善美的理想主义，企图解救人类免于沉沦与毁灭。
这就是人类人性与兽性、真善美和假恶丑斗争的历史。

使我们欣慰的是，在历史发展的长河中，总是不断地出现
具有睿智和理想的圣贤和先知，创造出表现人类本性的真善美
的思想和理论，以消除兽性和假恶丑现象为志向的主义和宗教。
与他们同时，还出现许多诗人、作家、艺术家，他们创作出表
现人类真善美的艺术作品和活动，以挽救人类精神的堕落，铸
造出高尚的灵魂，揭露和抨击一切假恶丑。可以说一切文学好
作品，特别是小说和戏剧，都是描述真善美与假恶丑的斗争的，
都是弘扬真善美，批判假恶丑的，这便是一切文学作品的评判
标准，也是作为一个所谓灵魂工程师的作家的唯一的神圣职责。
所以我们现在的文学提倡以高尚的精神鼓舞人，以崇高的形象
感染人。我们的文学仍然是在人与自身、人与人、人与社会、
人与自然的种种矛盾中，描绘真善美与假恶丑，人性与兽性的
斗争景象，从中弘扬真善美，张扬人性，揭露假恶丑，批判兽性，
以求人类能在精神上提升自己，净化自己的灵魂，以帮助构建
一个和谐社会。可以说，这仍旧是我们今天文学的主题。无论
表现什么题材、体裁，无论用什么形式，无论采取什么创作方
法，归根到底，我们的文学，就是为了净化人们的灵魂，提高
人们的思想，构建一个和谐的充满真善美的理想社会而存在的，
这也是作家的神圣使命。

关于文学创作的出发点和归宿点都是追求真善美的观点，十几年前我就和艾芜老人讨论过，我还发表过文章《文学的目的——真善美》，人微言轻，没人注意。我现在仍然坚持这个观点。如果我的观点能够成立，那么以之考察今天的文学作品，就可知优劣了。如果我们作家都在追求真善美，那么文学的人文终极关怀、美学边疆、主流意识的问题也就解决了。

我之所以在这一次大概是我的告别讲话的全委会讲话中特别强调作家创作要追求真善美，我是想告诉作家们，作为一个以灵魂工程师自命的作家，无论在什么时候，在什么环境中，做什么事情，面对任何威胁或诱惑，都不要动摇自己在人间追求真善美反对假恶丑的决心，哪怕像我在巴金老人灵前说的要付出生命的代价。我想鲁迅说的"横眉冷对千夫指，俯首甘为孺子牛"，也就是这个意思吧。

下面我对今年省作协工作谈点补充意见，这里只说提纲。

一、发现、培养、扶植、推出青年作家，是作协的第一的也是最终的任务。

发现调查青年作家情况，有些什么人，有些什么作品，有些什么打算，新苗的情况如何？

培养落实到人头和作品中去，要求深入生活，身入，心入。有的可挂职。真正做到"三贴近"。

扶植吸收为会员，有较好创作计划的可聘为创作员，组织短期学习，多读点书，多学习中国文化，注意道德品质修养。要做灵魂工程师，首先自己要有正确的"荣辱观"。开作品讨论会，不只摆好，多说不足，帮助想提高的点子。

推出帮助发表和介绍作品。参加评选活动。组织宣传，但不瞎吹。对新苗更不要瞎捧瞎吹，结果昙花一现。莫追求急功近利，多抓他们的基本功。

二、坚持岗位和转移岗位。有些作家坚持挖自己那口"深井"，有的"十年磨一剑"也可以，一部分作家有意识地转移到影视文学的创作中去。绝不可轻视影视的巨大影响和作用。全国有1795个电视台，天天要播文艺节目，有125个核准的电视剧摄制单位，该需要多少一剧之本的本子呀？这是一个战略性的考虑。那里有一个广大的文化消费市场。但要注意不跟老板钱袋转，防止低俗化。

三、注意网络文学和短信文学的发展。那是一个广大的园地，那里有好苗子，有好花，也有杂草。

四、儿童文学一直是我们的弱项。调查一下孩子们书包里装的什么读物。要重视儿童文学作家和科幻小说作家。国家要大发展动漫画和游戏软件，作家应该提供本子。

五、"三农"问题很重要。农村将有大变化，各种人物都会站出来表演，这是出好作品的机遇。注意抓农村题材的创作，多关心这方面的专业作家。能否设奖？

六、中国作家协会要开换届作代大会，四川要选代表，四川也要筹备开换届作家代表大会。这两件工作要做好，一句话，公开公平公正，少扯皮。

七、省作协要以对作家服务为本，为出作品、出人才营造一个和谐宽松的创作环境。不搞衙门化，不搞形式主义，这些都无须我多说了。

2006 年 3 月 31 日

文学的目的

——真善美：记一次和艾芜老人的谈话

有一次我和著名作家艾芜老人闲谈，说到文学到底有没有目的，如果有，那是什么？

艾芜老人说，他一生都在思考这个问题。他一生创作，一直在追求一个目的；他一生为人，也一直在追求一个目的。这个目的，一言以蔽之，就是追求真善美。真善美是文学创作的极致，是人生的最高境界，真善美就是人类的终极目的，就是回归到人的本性。

人类不断进步，就是向人类这个终极目的，向真善美的人类世界前进。也许永远达不到，却一直在追求，这就是人之所以异于禽兽的根本区别。

但是，人以至整个人类，自从出现阶级以来，在不断进化的同时，也不断地在异化，就是脱离人的本性，异化为兽性、兽道。而人从本质上说，又是不断地和这种兽性、兽道进行斗争，以期回到人的本性。这种斗争，促进了人类的进步。

因此文学作为人的意识形态，自然就是以人的异化和反异化作为描述的对象，以反对异化，反对假恶丑，追求真善美，作为文学的终极目的，作为文学家的追求目的。真善美的境界就是人生的最高境界，也是文学的终极追求，是文学高低的评判标准。

所谓人生的价值，是人在处理与外部的关系中实现的。大概有三种关系：第一，认识关系，其实质在于求真；第二，价值关系，在于求善；第三，审美关系，在于求美。人类为求进步，总希望达到求真的知识境界，求善的道德境界和求美的审美境界。全部人类的历史就是一部力求掌握至真以实现至善，从而达到至美的境界的历史。

文学并不刻意去表现和描写这种异化和反异化的斗争，不在创作中阐释哲学命题，使之成为劝善的道德经，它是以美的形式来表现现实，以形象来描绘人的生活的。作家只要在作品中不断地追求人性美，追求人道美，在美中自然就涵盖了真与善。这也许就是文学的功能，如果说文学真要有功能的话。

以上就是我和艾芜老人谈文学的目的时交换的意见。总的思路是艾老提出来而由我加以表述的。最后艾老与我相约，我们无须向人做理论的表白，努力在自己的作品中表现吧。

现在公之于作家，如能从中悟出一点道理来，也许是文学之福。

原收录于《马识途文集》第 16 卷《文论讲话》，
四川文艺出版社 2018 年版

提倡以东方文学为基础的比较文学研究

——在比较文学国际学术研讨会上的致辞

比较文学国际学术研讨会今天在成都举行，我作为发起单位之一的四川省作家协会的主席，理应到会对于远道而来的海内外学者们和四川的学者们表示欢迎，并祝贺这个研讨会取得成功。然而我也只能来表示欢迎和祝贺而已。因为对于比较文学，虽然五十年前在大学学习外国文学时，曾听说过 comparative literature 这个怪名词，印象很浅，可以说对于比较文学毫无知识，在这样的学术研讨会上是没有发言权的。

如果一定要我说几句话，那么我说，既然叫作文学的比较研究，参加比较的文学、作家和作品，就应该是站在平等的地位上，长短互见，优劣同校，互相发明，相得益彰。而不是以一种文学、理论、文化思想作为中心，以为标准，向外辐射，及于他种文学、理论、文化思想。甚至以己之长，比人之短，显出自己的优越和高傲。这是一种文化偏执思想，并不能显出其高明，反而暴露其无知。故步自封，对于发展自己的文化也未必是有利的。中国封建王朝曾自居天下之中，闭关自守，拒绝西方文化，使自己日趋落后的教训是深刻的。同样的，以为自己的文化一切都是陈旧落后的，一无可取，羞于示人，连月亮也是外国的圆，这种文化自卑思想，对于发展自己民族的文化也是有害的，对于世界文化的发展也不是有利的。

东方文化和西方文化有很大的差异，东方文学和西方文学，虽然在文学的本质上是相同的，在美学观点上也是相通的，但是仍然有许多不同的特点。过去东西方文学进行比较研究时，由于中国现代文学受到西方文学的影响很大，而中国的现代作家，他们的文学作品和理论，由于西方的学者熟悉汉文的人很少，而我们介绍得又很不够，几乎不为他们所知道，我曾经在欧洲一个国家问一个作家，他知道中国什么呢？他说："孔子和熊猫。"我对他表示感谢，他到底还知道中国有个孔子。至于中国古代的文学作品和理论，由于精通古汉语的更少，更不为他们所了解了，即使有翻译的介绍，或能达意，却很难传神。我们读那种翻译成外文的唐诗宋词，意象浅薄，神韵尽失，有的味如嚼蜡。这就造成他们进行比较研究的困难。更由于西方有些学者，或由于无知，或囿于旧习，甚至出于偏见，困守"欧洲中心论"的论点。而我们自己也习惯以西方文论作为标准，对中国文学进行比较评论，于是各种"主义"满天飞。好像中国自己从来没有自己的文学观点和美学系统似的。我至今不明白我们的文学评论家和美学家们为什么不能用我们自己从远古以下各种文论的观点和术语，评论自己的历代文学，如像王国维的《人间词话》那样。

我以为，我们进行比较文学研究，西方的学者应该有罗曼·罗兰的观点："我和远东朋友们的格言是：平等。"而我们自己进行比较文学研究，应该提倡以东方文学为基础的比较文学研究。

我说了这么些外行话，请批评指正。

1996 年 1 月 13 日

在中国比较文学学会第六届年会
暨国际研讨会开幕式上的讲话

中国比较文学学会第六届年会暨国际研讨会在成都开幕。这是我们四川文学界的光荣，我谨代表四川省作家协会表示祝贺，祝大会取得成功。

这样的学术会，我受曹顺庆教授的邀请，已经参加过两次，并且在曹顺庆教授的半请半逼下，做过发言。我虽然也写过一点文学作品，但对于文学理论特别是比较文学的确是外行，我说的不过是常识范围内的话，意在抛砖引玉。现在我的三板斧已经砍完，连引玉的砖头也没有了，我实是没有资格在这里来班门弄斧的。但是曹顺庆教授既发通知，又打电话敦促，要我发言，情不可却，我也想就我上次的发言做点必要的补充。

我上次说道，我对"欧洲中心论"是颇不以为然的，现在仍然持这样的看法。但是我必须赶紧声明，我不是"东方主义"者，更不是"华夏中心论"者，对于"后殖民化""失语症"等等的某些说法也不尽赞同。我却对于五四以来引进西方文学理论，在建立中国现代文学理论体系上起着重大的作用，持肯定的看法。我从几十年的文学创作直观地看，如果没有引进西方的文学理论和文学创作的各种形式，能有中国的现代文学吗？也许我们还在承清诗和章回小说的余绪呢。哪怕林纾那样不忠实的文学翻译，也使我们大开眼界的。但是有其利必有其弊，在引进的过程中，的确有"全盘西化"的说法，的确有对我国固有文论和诗论采取虚无主义的态度，如以为语言结构要完全西化，否定传统诗词的格式；如认为中国根本不存在系统的文论、诗论和语法，必须按西方格式重新建构。这些都在一片"打倒孔家店"声中，甚嚣尘上，而且的确打倒了传统诗词，打倒了古文。而且本来自有体系的中国文学理论，不为中国新作家所认可和传习了。我们满耳听到的尽是各种"主义"，他们津津乐道，如数家珍。特别是近年来新潮迭起，群相模仿，出现一些千奇百怪的文学理论，相应地出现一些连作家自己也读不懂的作品，以为这样才够"先锋"，连现实主义也受冷落和鄙视，欲打而倒之。如果向他们问起"文以载道"，文章"风骨"，诗词"境界"来，竟一无所知。难怪有"自我殖民化"的讥评。

我不是新潮的盲目反对者，不断创建新的文学形式，试验新的文学表述方法，在实践的基础上建立新的文学理论，是完全必要的。我也不是国粹主义者，以为一切中国旧的三坟五典、百宋千元，全是宝贝，只能膜拜。但是我以为中国自有久远的文化传统，自有辉煌的文学作品，自有彪炳千秋的文学巨人，也有自成体系的文学理论，比如《文心雕龙》不是一部自成体系很有分量的文论巨著吗？我在创作传统诗词时，深感历代诗话的博大精深。王国维的《人间词话》绝不能视之为零金碎玉，而自有其系统理论的。所有这些，我们只有继承和发扬光大的责任，而无贬损和抛弃的权利。我们绝不可数典忘祖，自轻处贱；也不可抱残守缺，故步自封。要紧的是如何披沙沥金，去粗存精，去伪存真，并在新的思想方法的指导下，借镜西方的文论体系，并在自己文学创作实践基础上，建立起有中国特色的文论体系来。

这就是我所要补充的，也是寄厚望于专家学者们的。

谢谢。

1999 年 8 月 15 日

在四川省第二次青年创作会议上的讲话

　　四川省第二次青年创作会议和四川三届文学奖及其他几个文学奖的颁奖大会就要闭幕了。这次会议受到省委的重视，由省委宣传部主持召开，柳部长特来大会讲了热情鼓舞的话。许多文学后起之秀在小组会上发了言，提了许多好意见。特别是近年来在全国崭露头角的几位作家作了大会发言，谈了他们的经验和体会，甘苦之言，弥足珍贵，希望大家能从他们的发言中得到新的启示，继他们而起，振翅高飞，到中国文坛上去一显身手。我们的希望在于将来，而将来是你们的。

　　我在今年四川省作协的新年贺卡上题了一首七绝诗："寒梅澡雪特精神，已看红蕾爆早春。最盼初鸣雏凤仔，敢将旧唱变新声。"我以为把它移来赠送给青年作家是合适的。中国古代文人很崇尚一种"澡雪精神"，寒梅澡雪，就是文章有骨。你们都是已经或就要绽放的红蕾，正待迎接新的文学春天。我相信你们这些初鸣的小凤，一定会如大诗人李商隐说的"桐花万里丹山路，雏凤清于老凤声"，会比我们唱得更好，一定会后来居上，超越我们。一定敢把我们的旧唱变成你们的新声。这就是我这个八十几岁老人对于你们的希望。

如果你们不嫌我这个老人的唠叨，我想提出两个问题，请你们回答：

一，你为什么想当作家？

二，你想怎样当作家？

前一个问题是回答作家是干什么的，后一个问题是回答如何进行创作。讨论这两个问题的书可以说是汗牛充栋，对你们来说也许只是 ABC 的事，不屑置答。但是我以为要想当一个作家，特别是要想当一个出色的作家，是必须认真地回答这两个问题的。事实上各人都在用自己的创作实践，用自己的作品回答了。那答案却是五花八门的。

文学诚然是神圣的事业，作家诚然是受人尊敬的光荣称号。但是要用自己的作品无愧于这种神圣的事业，作家要无愧于人民对我们的尊敬，无愧于这个光荣的称号，却并不是容易的事。

我这样说，并非无中生有，空穴来风。我看在这滔滔者天下皆是也，物欲横流之际，有的人——我很难把他们叫作作家——并没有把文学当作神圣的事业，而是尽情地用脏污的文字亵渎它，把不堪入目的污秽带进这神圣的文学殿堂。有的人把文学当作他们的沽名钓利之具，有的人不仅把他们的作品当作牟利的商品，甚至把他们自己也变成商品出卖了。受唯利是图的商人的役使，任其炒作，助人谋利，竟浑然不觉，还沾沾自喜，这是作家的堕落，真是可悲可恨。

因此我就在这里公然"绛帐说教"了。

一，我以为文学的终极目的，是对于人类的人道主义关怀，是不倦地追求真善美，反对假恶丑。在用文学来描写人类的异化和反异化的矛盾和斗争时，首先不要把自己异化了。

二，我主张作家应以一个平常人自居，以平常心去写平常人的平常事，从他们的灵魂里发掘出平常而伟大的真理。这样反倒可以写出非常之事和非常之人，能够写出反映时代、传之久远的非常作品来。

三，二十年前我就说过，想当作家，最好先不要想当作家，好好生活和工作，待到生活积累丰厚，文笔磨炼成熟，也许有朝一日，"烂熟于胸，偶然得之"，一发而不可止，终于写出了好作品。不想当作家反倒当成了作家。

四，我奉劝青年作家：1. 要甘于寂寞和清苦。能耐大寂寞，可出大作品。安于清苦，可免心浮气躁。2. 不为人使，不为物役。不赶时髦，不随俗流。3. 要不断深掘，力求超越自己。4. 莫浪费时间，好好读书，提高文化素养。中外的书、古今的书都读，特别是中国的古书要涉猎，外国作品，如有可能，最好读原版，至少是英文版。5. 无挂碍，无恐惧。进得去，出得来，提得起，放得下。

这些话我都不想展开来讲了，但愿不要说我倚老卖老。姑妄言之，姑妄听之吧。

　　昨天我偶然看到一篇文章，其中有的段落，想引出来请你们看看想想。这是《文艺报》记者对作家胡美凤的访谈录。胡美凤说："不想走进专业作家的行列，因为我有三怕：一怕自己写不出好作品，对不起自己拿的那份钱，亏了自己的良心；二怕脱离生活，缺少写作素材；三怕文人圈里各种论争和是非，破坏自己的写作情绪。"她又说："我也不是一个可以凭借虚构和想象就能写作的人。对我来说，只有走进生活，只有生活才能使我感悟，只有完全融入实实在在的生活，写出来的作品，才会有说服力。我始终认为，任何脱离生活的浮想联翩，都不会成为好作品，任何脱离生活的虚构，都不会走入读者的心灵。"胡美凤还说："在文学道路上，我才刚刚起步，我会创作出更多有感而发的好作品，不为追求名利，只为体现自己的人生价值，只为担负一种责任，无愧于人生，无愧于自己的良心。"（引文见《文艺报》今年第 50 期 2 版）胡美凤看来也是一个青年作家，她的这些话，很值得四川的青年作家们思考。

2000 年 5 月 12 日

在十一届三中全会举行二十周年 四川省文艺界座谈会上的发言

二十年来四川的文学创作，大体上和全国大省市一样，也出现了繁荣昌盛的局面。涌现了一批新的作家和新的出色的作品，原来的中老年作家也笔耕不息，获得比以前更多更好的成就。其中有些作家和作品，在全国颇具影响，有的受到各种奖励。两次茅盾文学奖首奖均出在四川。当然获奖作家和作品是以大量未获奖作家和作品作为背景和基础的。总的看来，作家们心情舒畅，创作勤奋，发展势头较好，毋庸多说。

我只想就我现在想到的说几点我对四川文学的看法。

第一，坚持解放思想，实事求是的思想路线和学习邓小平理论。

二十年来四川文学创作出现这样的繁荣景象从何而来？

我想我们都有共识，是由于我们坚持了解放思想，实事求是的思想路线和实践了邓小平理论，特别是邓小平的文学理论。这二十年的中国历史，实质上就是从邓小平提出解放思想，实事求是开始，到邓小平理论的形成和发展的过程。这是对于"文化大革命"拨乱反正的结果，也是对于前三十年的某些错误进行认真总结的结果。也是马克思主义的发展。我以为坚持解放思想，就是坚持辩证法，坚持实事求是就是坚持唯物主义。坚持解放思想实事求是就是坚持辩证唯物主义的思想方法，所以我们在各方面都取得了辉煌的胜利，文学自然也不例外。

有的作家不喜欢谈什么主义和思想方法。是的，文学作品不是哲学讲义的诠释，不是政治的摹写。一个作家在用形象思维描绘客观世界和刻画内心活动时，是很难想到也不应该想到什么主义和什么思想方法的。但是作品正是客观世界包括心理活动在作家头脑中反映的产物，既无法完全脱离现实的政治，也无法摆脱用这样或那样的方法去观察、思考和描写。而我们鼓励用唯物辩证法进行观察和思考，因为这是最科学的思想方法，能够更准确更深入地观察社会生活和内心活动，能够写出思想性和艺术性都较好的作品。我们现在坚持唯物辩证法就是坚持解放思想和实事求是的思想路线。如果我们作家和艺术家包括文艺领导都能认真贯彻邓小平同志在第四次文代会上的讲话精神，我们的文学创作一定会更加繁荣发展。当然这种学习是自觉的。作家只有在自己的艺术创作活动中才能感受到学习的必要兴趣。"文革"中和以前那样强迫把作家卷入政治运动，强迫学习经典，只准按这样想，照这样写，现在看来是无用的，对文学创作是有害的。

第二，现实主义还有生命力。

作家以什么方法用什么文学形式进行创作，完全是作家的自由，也就是邓小平同志说的："写什么，怎么写，只能由文艺家在艺术实践中去探索和逐步求得解决。"我们必须坚持"百家争鸣"和"百花齐放"的方针，只有这样才能促进文学创作的繁荣。这个方针在"文革"以前就提出来了，实际上却没有认真实行。因为当时认为，说是百家，实际上只在两家，即资产阶级一家，无产阶级一家。而事实上却两家也没有，只有无产阶级一家。后来"文革"中因为文学全在扫荡之列，连无产阶级文学这一家也没有了。那时只能按江青所玄想出来的模式进行创作，甚至只准一个脑袋进行思想，只能用一种思想进行思考，于是千人一面，千部一腔，只有八部戏和一个作家。文学衰落，是必然的事了。有人说那是计划经济体制下的"计划文学"，我说不是，那是江青牌的"样板文学"。

文学是一种创造。文学作品是不能像商品那样按一个样板进行复制的。文学也不能按生产计划或建设工程那样按计划照样板进行生产的。文学如果能按样板那样进行创作，那就再也没有文学也没有作家了。一个作家的本能就是对于现实生活的不断挖掘，同时对于自己的不断超越，这就是创造，连自己的作品也是不能重复的。然而我们过去读到的"复制文学"实在太多了。现在市场经济条件下，作品商品化成为时尚，按书商的商品要求进行复制的作品屡见不鲜，这不是另外一种形态的"样板文学"吗？这种文学可以迎合于一时，是没有多少文学价值，也没有多少生命力的。

二十年来，对于文学创作的得失讨论中，有人把文学的衰落归罪于，至少部分地归罪于现实主义创作方法，他们以为现实主义已经走到穷途末路,该进棺材了。对这一点,我不敢苟同，因而也难以同意"现实主义过时论"。其实现实主义这种创作方法，我以为是建立在唯物主义反映论的基础上的，是很有表现能力，也颇有生气的。在西方和中国都出现过许多不朽的现实主义文学巨著。现实主义只要进行认真的改革，还是有生命力的。

当然，认为现实主义导致文学衰落这样的认识是可以理解的。因为我们过去的确长期地只提倡现实主义，甚至只允许现实主义存在，其他的都视为资产阶级的，加以排斥，甚至大张挞伐。而且又不适当地把现实主义这种创作方法，强迫和政治结合起来，过多地外加一些功能，使之转化为方便的宣传武器和廉价的政治号角，愈发使之丧失作为文学的本质特性和潜移默化的社会功能，使本来很有生命力的现实主义文学蒙受污染，失去光辉。所以20世纪80年代中，现实主义大受奚落，在"本体论"的催化下，代之以五花八门的现代主义，也就不足为怪了。

但是这种新潮的试验,几乎把西方一百年来出现过的后"主义"都拿来试验过了，有的出现一些好作品，许多却没有扎下根子，形成气候。有的昙花一现，有的只见旗号，不见作品。相反地却出现了"现实主义回归"的浪潮，各种新现实主义出现了，且出现颇有声势的作品。我对于"回归"一说，却不以为然。现实主义本没有消失，何谈回归？至于对于现实主义的改革，我一千个赞成。如果不改革，如果不把外加于现实主义、强迫叫它背上的各种功能和戒条卸下来，还现实主义以本来面目，现实主义是可能衰落的。对于现实主义的各种改革尝试，即使有不尽如人意之处，比如自然主义的描写，比如把社会的人还原为生物的人，但我以为只要改革，就有出路。那么其他的新潮主义就不要了吗？不，应该允许其自由发展，其中也的确出现过不少好作品，有的可能在中国大地生根，开成流派。这样的流派越多越好，这可以繁荣文学。而且现实主义也只有在比较和竞争中，才能求得生存和发展。

第三，作家还是要改造世界观。

我在许多场合提出作家要改造世界观的问题，大概在文学界不受欢迎。这当然是可以理解的，因为改造世界观一说，曾经为我们滥用过，几乎把改造世界观和整知识分子变成同义语了，以致作家闻"改造"而色变。于是我现在提出作家要改造世界观，便似乎成为不可理喻了。我过去曾经有文艺领导和作家的双重身份。作为文艺领导，曾经按当时的规格努力去改造作家，好像理直气壮，同时我又是一个作家，居于被改造之列，感到无名的烦恼。但是这些都已经成为过去，现在的文艺领导，不会再蹈我们那时的覆辙。

其实从理论上说，改造世界观，并不是一件可怕的事，而是一种好事。所谓改造世界观就是改造我们的主观世界，就是改造主观对于客观世界的认识能力，使主观世界更合乎客观世界的实际，从而提高我们改造客观世界的能力。一个作家能够更清楚地认识客观世界，了解世界上各种纷繁的人与事的底蕴，这样对于形象化的描写，不是更准确更生动吗？不是可以提高自己的创作能力吗？这有什么可怕的？作家改造世界观，当然完全是自觉自愿地在自己的创作活动中来进行，我说的就是这个。

二十年来的中国文学是一个绚丽多彩、百花齐放的局面，也是各种文学思想交会、碰撞、融合的热闹时代。除开我上面说的三点，如果要说的话，还有就是人道主义和人文精神的问题。人道主义和异化论是马克思曾经提出来过的，文学界都知道人道主义在文学中的分量，文学如果说有什么目的，那就是对于人类的终极关怀，对于真善美的追求，关心人类如何发展成为本质意义上的人。这就是大行人道，祛除人的异化以后的曾大行其道的兽道、神道、鬼道，以及君臣之道，父子夫妇之道，如此等等，而最终达到天道与人道的天人合一的境界。人类发展还在幼年时期，还普遍存在异化现象。现在的文学，实际上就是描写人的异化和反对异化的斗争。什么时候人类发展到成熟阶段，成为真正的人，全面发展的人，达到真善美的境界，也许那就是全面发展的个人的联合体，即共产主义的境界吧。

真善美，这就是文学永远追求的。20 世纪 90 年代还展开过文学的人文精神和终极关怀的讨论，可惜也没有深入，这也是对于文学创作至关重要的问题。

1998 年 12 月 10 日

在与洪雅县文艺界人士见面会上的讲话

　　为了节省时间，我直奔主题。今天有这么多洪雅的领导、作家和文学青年来和我共同商讨文学创作问题，我感到高兴。我不想把教科书上关于文学创作的知识在这里重复一遍，只想与大家说一说初学写作的体会。我想文学创作青年，都希望能够搞创作，能够当作家。因此，我就这个问题来谈一谈我自己的看法。

　　第一条：要想当作家，先不要想当作家，然后才可能当作家。所有的文学青年都想当作家，这是很自然的事情。但是我奉劝大家，你要想当作家，首先你不要想当作家，这样你才有可能成为真正的作家。为什么呢？因为，创作来源于生活，假如你不把自己的工作做好、学习搞好、知识提高，你要想搞创作是不可能的。所以，我认为你要想当作家，首先把你的工作搞好，学习搞好，增长知识了，你的生活经验、阅历很深了，这样你才可以从事创作。也许有的同志觉得我怎么不想当作家，我偏要当作家。我的经验正是如此。我是从事革命工作的，从来没想过要当作家，但是由于我在革命斗争中的生活经验很丰富，所以我把自己很丰富的一些革命历史的经过，用艺术的方法概括出来，结果就被文学界看上了，沙汀等一些著名作家把我拉到文学界来。我一直跟他们说，我实际上不是一个作家，是你们硬把我拉进来的，如果一定要说我是作家，只能算一个业余作家。我是做工作的，做行政工作，但是呢，我还是写了点东西出来，写的革命的一些东西。因此，你可以叫我革命作家。像你们意义上所说的作家，也许我根本不是。所以，从我个人的经验来说，我真正当了作家了，但我确实不想当作家，而结果我当成了作家，就这么回事。

第二条：作文先要做人。我们搞创作就是作文。但是真正要想作文的话，首先你要想怎么做人。这个也许我们的青年们会说，做人有什么不会的，我们都是人，我们都会做人。真正的一个人要做人，特别是一个文学者要想当作家这样的人，确实不是一个简单的事情。一个人，真正要做好人，我说的不是那种能够吃饭、穿衣、睡觉、打麻将等的人，我说的是本性的人，要做这样的人，恐怕就不是那么容易的。你要真正做一个本质的人的话，首先自己要承认自己是个真正的人，而且要把你自己当人，把别人也要当作人，把自然和社会也要当作你的好朋友。这样的人，他必须具有独立人格和一种自由的精神，他不是一个为人奴役的人,也不是去奴役别人的人,也就是《三字经》中"人之初,性本善"的善人。他不是那种追求名利、追求低级趣味的人,把文学创作当作自己的敲门砖,当作自己升迁的砖头、台阶,或者要想借此来作为自己取得金钱美女房屋的一种工具。文学不是一个可以让人来利用、作为满足物欲的一种工具,它是一种净化灵魂的工具。所以,如果你要想作文的话,那么你首先要做人。

第三条:写书先要读书。一个从事文学创作的人,假使没有读很多很多的书,没有丰富的知识,那是不行的。我所说的要读很多很多的书,这是一般的说法。作为文学青年怎么读书?这又是一个大学问。怎么把书读好?这又是一个问题。所以,我讲读书好,读好书。要读好书,我们要读很多的书,但是一定要读好书。现在有很多不好的书流行市面,读了这些我们称之为"垃圾"或者毒害人们灵魂的"鸦片",你就不要再想写出什么好的作品。我以为,我们的文学青年们,要广泛地读各种书,要读很多的书,当然包括了你们本身学习的书,要读好,也要广泛地涉猎一些古今中外的重要著作,从中吸收你需要的养料。但是,古今中外好的文学书浩如烟海,怎么办?我想,有两种读法,一种是泛读,一种是精读。泛读可以获得广博的知识。那么多的古今中外的重要著作,怎么泛读呢?我的经验是:那些书要读,但是不能把它作为深入地去读的东西,而仅仅是泛泛地去看一下,泛泛地去看里头的东西,哪怕一般的文学书籍,里面总有一些能够流传下来的精彩的东西,你就要注意在泛读时，这一本书里我能够吸收哪怕几句很好的东西，这种情况多得很。如果你在泛读时，感觉一些书或者书中的某些部分很有味，那就需要精读了。既然是精读，就要做笔记，写心得，甚至写评论文章，这样才会有大的收获。

再说写书，这不是一蹴即成的事。作家把一本书完全写完了放回去又重新来，这种事情也很多，这叫作基本功。没有这样的苦功夫，你不可能写出好的东西，自然也不可能成为作家，遑论成为很好的作家。要成为真正的有传世之作的作家那是不大容易的事，但那是我们追求的东西。就我自己而言，我到现在没有一部书可以传世，我不是一个有传世之作的作家，我只能算是一个一般的作家，或者是革命作家。这样来看问题是有好处的，不要写了一点东西发表了一点东西就觉得自己了不起了，就大吹大擂，想把自己的名声弄出去。像这样的做法，也许可以得逞于一时，现在这个金钱社会，你只要有钱，就有人替你吹，有报纸给你吹，有杂志给你登，有出版社给你出版，印一百本，印一千本，卖它十本或百本可以，卖不出去也无所谓，打包送人，现在有很多人这么干。但是那些作品是不可能传世的，也许过不了几年，很多人就会问：这是什么人哪？他写的什么东西？也许成为明日黄花，这样是浪费时间，浪费自己的时间，也浪费读者的时间，浪费国家的物质财富，这个是没有好处的。一个人做这样的事情，我觉得太没有意义了。所以我们确实要认真地"厚积薄发"，苏轼这句话，对我们来说很重要。

第四条：注意细节也要注意大节。这一点我们搞文学的人大概都知道。细节构成情节，情节构成典型，用典型来塑造文学上的人物。所以不注意细节的刻画，你就不可能写好。像《水浒传》里一句话就把一个人物立起来了，《红楼梦》里的王熙凤，还没见她出来，说了几句话，你再去读一读，你就看到那个人的性格那么鲜明，这就是细节。所以你无论如何要在生活里寻找、思考、锻炼，写出这些精彩的细节，反复地考虑。往往一本小说就是几句精彩的话，一下子就把它写活了。但是我们有些作者就用一些口水话，一写就写上几千上万字，没多大意思，寡淡水没味道。细节就是构成风味最根本的东西，这些细节怎么做？你有很好的细节，要把它拿出来构成情节，这是一种故事演化的过程，很不容易。这句话由谁来说，怎么说，哪个场合说最好？要用细节把它组织起来，成为一个作品，这又是一个功夫了。不是有很好的情节，有很好的故事就行了，同样一个故事同一个人来写，他可以把某个情节放在开头写，也可以放在中间写，还可以放在末尾，方法有多种。有了情节如何把它勾勒成一种典型的东西，这又是要下功夫的。你不要以为有细节有情节就行了，我们还要注意结构故事。我读大学时老师教我们文学理论外，给你一个情节材料，要每人写一个开头，写一个结尾，然后老师评讲，谁做得最好，学习人家怎么做的，这就是一些基本功。如何构造矛盾，如何典型化，如何设置悬念，如何开头，如何结尾，这些都需要苦练的。这样才可能写出比较好的作品。

我们不仅要仔细观察身边熟悉的人和事，掌握形象、语言、性格这些东西，更应该下大力气提取更多的细节和更精彩的语言。四川是一个语言比较丰富的省份，如果你到茶馆坐一坐，偶尔会听到一些说得非常优美非常有趣味的话，你就应该赶快记下来，以后有用。他是一般的下里巴人，但却有文学艺术中精彩的东西，你不要忽略了。不只是说哪一个人物，他的性格、语言各方面要注意去观察、收集，社会各方面的人物都要注意观察，都要考虑进去，这样你就有了一个储藏大量人物鲜活的素材。没有这些素材，你组织不起作品。收集不到特殊的文学语言，你写不好作品。总之要培养自己对事物的敏感，勤于观察和思考，这一点我觉得很重要。周恩来虽然不是文学家，但是他说得有很精彩的一句话"从无字句处读书"，那就是读社会这一部大书。他还说过一句话"烂熟于胸，偶然得之"。搞创作要烂熟于胸，就是生活的知识、书本的知识、文学修养的知识，都很熟悉了。你必须熟悉自己笔下那些人物的性格特点，当然重要，但是不是这样就可以写出好作品来了呢？不然。他说的是在一个偶然的场合、偶然的一个机会，或偶然间听到别人说的一句话，说得好！这个是好词，成为创作的触发点，这种触发点往往是偶然得之的。往往使你感觉突然有心里创作的激情，使你想写，非写下来不可，这个时候你就可以去创作了。不能写、不想写的时候不要强迫自己去写，这是一条规矩。没有很活跃的一种激情不要写。比如说那个人物你已经烂熟于胸，经常到你梦里找你的麻烦。我就碰到过这种情况：我在被关起来的时候，晚上做梦，过去革命斗争中牺牲了的一些战友就跑到我面前来问我，怎么回事？你怎么不把我写进去？你要把我写进去。就这样，他不断地来找我写他，这个人物就非写出来不可。这时候去写，有激情，就可以写好。所以说要烂熟于胸，才能够偶然得之，我觉得也是一条重要的经验。

第五条：不要追赶时髦，要深挖自己那一口深井。风光一时，只能昙花一现。这一点，我要特别提醒文学青年们注意，要认定了自己要创作一件什么样的作品，就坚持下去，深挖自己那一口深井，不要朝三暮四。昙花一现，没什么意义。所以，我提倡搞文学创作的人一定要有精品意识，把精品作为自己努力的方向，不要以发表作为自己最大的快乐。发表本身来说就是一种责任，就是自己心里要负担的一种东西：到底我这个作品发表出去人家怎么看？我是害人还是对人有好处？能否给别人提供美感，提供娱乐？没有这种责任感，只求发表快乐，那样的作品我劝大家不要发那么多，还不如多读一些书，多生活一点。我们要把做的事经得起历史和广大群众的检验，发表的作品以传世之作作为追求的目标。短期内做不到，但是我向往，要有这样的态度。

第六条：文学就是文学，文学就是人学，文学就是美学。文学是有文之学，也就是说是艺术，不是一般的东西，就是能够触动别人的灵魂，能感动人，这样的作品才叫有文之学。

文学是人学，文学终归是写人的，不管你写张三李四，是神是鬼，终归是写人，是人学。所谓人学，实际上就是写人的真善美和假恶丑之间的斗争，就是写人的本质被异化成非人的本质。搞文学就是真善美和假恶丑之间复杂斗争过程的叙述，你能够把它叙述好，就是好文章。要把假恶丑写出真正成为艺术品的好东西，不容易，要把它讽刺得那么合适，也不简单，最终表现为真善美和假恶丑之间的斗争，人与非人之间的斗争，异化的人与本质的人之间的斗争，这就是文学，这就是人学。

文学是美学，文学是一种追求美的东西，以美表现善，以美与善来体现真。所以，美作为文学的一个基本特征，创作就是追求美。所以，一个作品，我们往往这样评论：这个作品思想性好，艺术性好，娱乐性好，就是我们通常说的"三性"。这三性中有的说应该是思想性第一，这个说法我不太赞成。从我的经验来说，思想性固然非常重要，任何作品最后总要表现出一种思想，一种主题。但是思想、主题从哪儿来？是从追求美的过程中表现出来的，艺术性不行，说思想性好，本末倒置。过去我们曾经有一个错误的说法，主题先行，先定主题，然后再来进行结构故事。这个不行，是先有生活，先有各种各样的人物，从艺术性的角度才能写出来。思想性的出现是在艺术性成功后一个自然的表现，没有艺术性，如何谈思想性呢？那你去读政治教科书、历史教科书算了，要艺术来干啥？所以，艺术性追求美，是我们要注意的。过去我们的创作走过不少的弯路，就是把文学作为政治的附庸，这就是一种主题先行的做法。我们过去很多电影现在没人看了，就是这个原因。连演员下一步要说什么，做什么你都猜得出来，有什么看头嘛。因为你是为了达到某个目的，要宣传什么才拍这个电影，那个东西有什么看头嘛。所以首先是有艺术性，要有艺术的美，最后看了有收获，才得出一个结论来，政治上的或者是思想上的。只有艺术性搞得好，才有娱乐性，看了使人觉得很舒服，很高兴。所以文学是美学，这一点我们应该弄清楚。

过去的文学之病，病在作为政治的附庸；现在的文学之病，病在作为金钱的奴仆，拜倒于金钱。我们的创作如果是为了金钱，成为金钱的奴仆，听任金钱的驱使，这样的创作不可能搞得好。所以过去我们为政治附庸错了，而现在有许多的文艺作品为老板服务，为金钱服务也错了，你怎么写也写不好的。给多少钱就写这个东西，真善美都没有了。我们创作必须追求真善美，而且必须追求艺术性。要提高艺术性，我认为我们中国的文学青年，最要紧的是把艺术学好，把基础提高。

我们的文学在当前要首先反对"三俗"，这一点大家看中央的文件里常说到这个问题。现在有很多的作品，电影、电视剧都表现出一种低俗、媚俗、恶俗的现象，这是我们的文学青年、作家千万要注意的，这不是通俗。真正通俗的东西、大众化的东西是我们所追求的，但不能因为大众化就去迎合小市民的那些爱好，那是一种不好的倾向。我们现在的电视剧、电视台上有些东西就是迎合小市民的需要创作的，那些东西在艺术性上并不高，思想性更差，甚至于有些是"垃圾""毒品"。我们学习写作，首先要有自我控制的能力，不要人家给你名利，你就去搞那些"三俗"的东西，这个不好。

第七条：作家要甘于寂寞，不能为世俗所牵走，不为名利所动。一个作家，严格说来，就是思想家，或者努力地要使自己成为思想家。思想家是可以超越时空，可以洞察事物，可以看透人心的，可以大彻大悟、接近真理的。我们希望，每个作家都要以思想家作为自己的奋斗目标，所有历史上和现代真正的著名作家，可以说都是思想家。他们是真正看透了事物，看透了人心，接近真理，有很高的思想境界。这种境界可以说是大彻大悟，他真正悟出了人生的真谛，悟出了社会的真理，这样的人写出的作品就是高水平的。以思想家作为自己努力的方向，我认为值得搞文学的人学习。

第八条：起点不是顶点，更不是终点。我们要永远把自己放在起点的位置上，永远不要觉得自己达到了顶点，这样你才能不断地上升。不自满，永远怀着学习的态度，从头开始，从头学习，你也许能写出好的作品。

以上只是我个人的体会，仅供大家参考。

2010 年 10 月 2 日

深入生活

我在 20 世纪 50 年代末，一直不是文学圈中人，然而我绝不是文学门外汉，我是联大中文系科班出身，写过不少作品，很早发表过作品的；就是私下里也还有时信笔涂鸦。但是解放后我一直不发表作品，也一直不进入文学圈里，我甚至拒绝看文学期刊和当代小说诗歌作品（外国的经典著作、中国的诗词古文除外），因为我为那惊心动魄的文坛风波吓怕了。而且我每读被批作品（如看《武训传》《清宫外史》等），都看不出问题，不辨香花和毒草，感到自己免疫力低（可能是在大学时长期养成的），十分危险。所以我抱定主意不沾边，这样连湿鞋的可能也没有了。

有一回，在我正在那里蹲点的一个工地上，来了一个文联的作家，说是深入生活。他老跟在一个劳模（砌砖能手）的身后，问他:"你砌砖的时候,在想什么?"砖工答:"我什么也没有想,只想砌砖。""难道你没有想到这是为社会主义砌砖吗?"答:"我没想过。"于是作家大失所望:"这是啥工人阶级?"

那劳模到工地办公室来找我,说:"你跟那个戴眼镜拿笔杆的同志说一下吧,不要老跟着我,不要老发些我回答不上来的问题,影响我的工作。"我问:"他问你什么了?"砖工说:"我砌砖时在想什么?我是个砖工,我不想砌砖还想什么?我不想多砌砖,还想什么?"

我知道这是那个深入生活的作家,在发出他预期得到满意答复的问题,这是可笑的发问,但是我知道他是在按学校学习的格式,照领导发下的提纲在发问题,而那答案是早有了的,即使工人没有那样说,可是在报纸上、刊物上,还是可以笔下开花,写出有一大串闪光字眼十分生动的文章的。聪明的作家和记者是知道歌颂文章应该怎么写的。不过有时在工人面前会发出愚蠢的问题。

记者应该深入实际,作家应该深入生活,是当然的,但是有的聪明人十分机敏,他可以在机关里翻一下资料,胸有成竹地下去跑一下,浮光掠影地看一下,于是一篇文稿的腹稿已经打好,回到机关,展开奇思遐想,挥动生花妙笔,一篇好的报道或者一篇好的作品就出来了。这叫"深入没有身入"。还有的人很老实地下到实际生活中,可是他们只是一心想去搜集资料写文章,他要写的文章是歌颂是批评,主题、观点和构架,早已形成,只是下去选取一些适合自己需要的具体事例、典型,以充实自己的观点，写得更生动更能说服人一些。他会诱导的方法，启发采访对象说出自己预想的话。他也可以写出叫领导满意的文章，真实与否就很难说了。这就叫"身入却没有心入"。

这样深入生活的人，有时他会像到我那工地来深入生活的作家那样，想叫对象做出他理想的回答，于是有时就会发出可笑的甚至愚蠢的问题。当时我和那位作家谈心，我说你能到工地来跟工人跑，可算"身入"生活了，但是你没有"心入"，没有深入到工人的心里去，你并不知道他们在想什么。你没有和他们交上朋友，是掏不出他们的心里话的。你向砖工发问，其实你就是想要他回答，他在劳动时想到的是为社会主义而拼命干，于是你想写的一篇工人阶级伟大的作品就写好了，这大概是你下来前就想好的主题吧。

直到现在，还常在电视上看到，报纸读到有些聪明的主持人和记者向人发出令人发噱的愚蠢的问题，总希望别人按他已有的腹稿或已经成型的访问记中自己想写的话语回答。这自然是自己挣"分"所需要的，然而却是愚蠢的。也许这正是他们的聪明之处，可以不费力气地完成任务，而且可以取悦于领导，又可哗众而取宠。

只是：真实云乎哉？艺术云乎哉？

2004 年 12 月 26 日

学习创作的体会

　　我开始写点作品虽说是早在 20 世纪 30 年代，但是因为参加革命工作后，一直在严酷而紧张的地下工作斗争中讨生活，偶然写一点作品，不是自己烧了，便是被敌人抄了，很少发表。解放后，我担任了繁重的建设工作，几乎和创作绝缘了，真正又拿起笔来，是在 50 年代末了。因此我只能算一个长了胡子的文艺新兵，要我对大学中文系的青年同学谈创作经验，实在愧不敢当。不过在我拿笔杆子的这些年代里，我读过一些文艺前辈的创作经验谈及一些报刊上讨论创作的文章，结合自己的实际，做过一些笔记。我现在就对照寄来的提纲上的题目，从我的笔记本中抄出一点零零杂杂的段落来交卷，与其说是我的创作经验谈，还不如说是我学习别人的创作经验的体会吧，而且很可能不过是老生常谈而已。

一、作文与做人

要学习写作品，要首先学习做人，只有革命的人才能创作革命的作品。鲁迅大师说得好："我以为根本问题是作者可是一个'革命人'，倘是的，则无论写的是什么事件，用的是什么材料，即都是'革命文学'。从喷泉里出来的都是水，从血管里出来的都是血。"

鲁迅又说："为革命起见，要有'革命人'，'革命文学'倒无须急急。革命人做出东西来，才是革命文学。"因此我还进一步认为，不做革命作家也罢，首先去做一个革命人吧。我们过去有许多颇有才华的作家参加革命后，再没有搞创作了，然而他们却从事了更为伟大的创作，用他们的汗水，必要时用他们的鲜血，写出威武雄壮的诗篇来。他们之中有的人后来得了机会，又拿起笔来，写出了革命的华章。如果他们不是曾经一心一意去革命，他们的这些革命华章也是不可能出现的。因此我还想进一步说，正因为只想当革命家，不想当作家，结果他反而当了作家，而且是革命的作家。如果他那时只是千方百计地想去当一个作家，不敢去冒险犯难地参加革命斗争，也许他终于连作家也当不成。为什么？生活是源，作品是流，没有源头，哪来活水？

不想当作家，只想革命，结果他反倒当成了革命作家；只想当作家，不想去革命，结果他反倒当不成作家。这算不算是"作家的辩证法"？

二、源于生活，高于生活

这句话现在不怎么说了，然而我以为还是真理。没有生活，不能创作；没有深入生活，无法搞好创作；光是深入生活，不能高于生活，也不能搞好创作。何以故？

不深入生活，浮光掠影，浅尝辄止，不参加生活，只旁观生活，便不知生活的底蕴，不识人物的灵魂，当然搞不好创作。如果光是沉溺于生活之中，不能自拔，能入不能出，能沉不能浮，便不能站得更高，看得更清。这是"不识庐山真面目，只缘身在此山中"的道理。

如果只是深入生活，对生活和人物观而不察，研而不究，不能从纷至沓来的生活激流中，辨别主流和支流；不能从变化多端的众生相里，区分本质和表象，如果只将所见所闻照实写出，不分巨细，不遗毫发，便陷入自然主义，则离高于生活的典型环境中的典型性格远矣！

要深入生活，取得大量素材，还要有敏锐的观察能力、致密的研究能力、深邃的思考能力，善于把一切人物和生活现象去粗取精，去伪存真，由此及彼，由表及里，得出生活的真理和人生的真谛来。

然而还不够，还必须在生活中和人民建立深厚的感情，和他们休戚相关，和他们共一样的命运，为一样失败而痛苦，为一样胜利而欢乐，和他们做一样的梦，唱一样的歌。在和他们同生共死的斗争中引起激情和创作冲动，这样才能进入创作过程。

敏锐的观察能力、深邃的思考能力、斗争激情和创作冲动从何而来呢？这决定于自己的世界观，决定于自己的立场和观点。这就有赖于深入生活中，在参加改造客观世界的同时，改造自己的主观世界，改造自己认识客观世界的能力。

对于一个作家来说，如果没有自己的生活基地，如果没有自己的知心朋友，他就会像脱离了大地母亲的大力士安泰，毫无能力了。

深入生活里去，不要看到一点就写，不要把自己当作为写作而来专门收集素材的特殊人物，而要和群众一起战斗，一直要等到积累多了，酝酿成熟，人物在脑子里活起来了，非写不可了，才动笔写。那时候，你不写也不行了，人物在催促你写，叫你吃不下饭，睡不好觉，在你的脑子里鼓噪，在你的肚子里躁动，呼吁他们出生的权利。你写起来吧，不过你的人物会驱使你这样写或那样写，写出他们的性格和本来面目，由不得你了。王国维说"无我之境"，又说"不隔"，此其谓乎？

三、长期积累，偶然得之

"长期积累，偶然得之。"周总理这两句有关创作规律的话实在好。必须长期积累，不要老是想到"我是为创作而来的"，"我下来是为了上去写作品"。应该是生活再生活，积累再积累。一朝积累多了，真如水到渠成，瓜熟蒂落，一件偶然的人和事的触发，一种不知从何而来的灵机一动，就如按了一下你的脑电门，你的思想的闸门哗然打开，笔下生波，一发而不可止。这便是创作过程的真正开始。这个"偶然"，往往是难以捉摸的，也许在你的睡梦中，也许在你的寂寞的旅途中，也许在你和友人的闲谈中，想起一件小事、一句闲谈、一个人物……忽然一个火星在你的脑中爆炸了，你的脑子忽然大放光明，你的情绪昂扬，有创作冲动了，连拿笔展纸都来不及似的。那么你就写吧，不停地写，直到你筋疲力尽，直到你文思滞涩为止。

这样说来，未免太神了吧，是不是唯心主义的天才论、灵感论？我问过一些有经验的作家，都说有过这样的境界，而且他们的好作品大半是从这里产生出来的。这并非唯心主义天才论、灵感论。这其实不过是你长期积累，暗地酝酿，孩子已怀足了月份，非呱呱坠地不可了。水到了渠非成不可，瓜熟了蒂一定要落。这是渐变后的突变，世界上是有天才的，但天才不过是百分之九十九的辛勤努力加上百分之一的灵感而已。而灵感不过是在知识积累高压下爆发的火花，不过是化学变化的催化剂。

四、博观约取，厚积薄发

苏东坡的这两句话，可说是他一生创作的经验之谈。头一句"博观约取"，是谈的如何积累，后一句"厚积薄发"，是讲的怎样创作。

在积累素材的时候，应该"博观"，生活经验越丰富越好，看的东西越多越好，也就是"去观察、体验、研究、分析一切人，一切阶级，一切群众，一切生动的生活形式和斗争形式，一切文学艺术的原始材料"。积累越多越好，这还不够，还应该"约取"。对于积累起来的大量素材，在生活中观察到的人和事，千奇百怪的生活现象，如果一股脑儿囫囵吞下，不作分析研究，那也不过像在脑子里塞满一堆乱丝，理不出头绪，织不出彩锦来。要"约取"之后，才进行创作。

在创作过程中，要采取"厚积薄发"的严肃态度，经过约取之后的素材，在脑子里厚积起来，可以说胸有成竹了，可以发而为文了。但是苏东坡主张"薄发"，少写一些，精练一些。不要凭一点材料，便敷衍成大块文章。其结果如果不是妇人的裹脚布，也会是淡水一杯，没有味道。这是严肃的作家所不取的。

五、写不出来的时候不硬写

这是鲁迅在《答北斗杂志社问》里的第二条。在这一条前面还有第一条："留心各样的事情，多看看，不看到一点就写。"在这一条后边还有一条："写完后至少看两遍，竭力将可有可无的字、句、段删去，毫不可惜。"

这对初学写作的人很有用处，对老写作品的人何尝又没有现实的意义？

"写不出来的时候不硬写"，写不出来，这说明你的生活素材积累不足，还没有进行深入的分析研究，对其中的人和事还吃不透，消化不良，酝酿不成熟。你硬要去写，就像强迫自己的生了锈的思想在自己的笔尖上生涩地流出来，这是很不痛快的事，甚至是很痛苦的事。未足月的婴儿强迫生下来，先天不足，即使存活了，生命力也是不强的。写不出来，硬着头皮写，必然是内容贫乏，文字生涩，"言语无味，面目可憎"。这样的作品印了出来，叫人去读，在舞台上演出，叫人去看，的确是一场灾难。

在现实生活中，这样的灾难，难道没有吗？他本来没有多少生活积累，也无真知灼见，抓一点东鳞西爪，凑一点道听途说，凭自己的聪明脑袋灵机一动，胡乱玄想一番，编些惊人情节，加之一点自以为合理的夸张，还撒上一点爱情的胡椒面，于是打扮起来，让它出头露面。这哪里能经受时间的考验？不过半年一年便销声匿迹了。

对这样创作狂的作者，最好请他读一读鲁迅五十年前说过的话："选材要严，开掘要深，不可将一点琐屑的没有意思的事故，便填成一篇，以创作丰富自乐。"

六、短些，更短些

短篇不短，长篇更长，这似乎已经成为一种风尚了。这到底表现什么？这不过表现我们有些作者还太不会驾驭自己的文笔。显然，古今中外，找不出这样的事实，一个作家的名望是和他排成铅字的数目成正比的。也没有听说作品的好坏与字数的多少成正比，这个道理谁不明白？可就是"短篇不短，长篇越长"之风如故，甚至还有发展。现在杂志上三五千字的短篇小说很难读到，《人民文学》提倡和示范过一下，似乎成效也不大。至于长篇小说，几乎都是洋洋洒洒几十万言，印出来是厚厚的一本。一本不足，印成上、下册，上、中、下册，一卷不够，来两三卷，每卷又可分为几册，尽管西汉演义、东汉演义、三国演义……地演下去就是了。

谁都知道，一个作品总是为了塑造人物，只要人物一经塑成，小说就可以收场了。能用速写的，决不用短篇；能用短篇的，决不用中长篇。看看鲁迅的短篇小说，几千字的很多，《一件小事》不过八百多字，契诃夫和莫泊桑的许多短篇也在几千字之内。《万卡》有多少字？《项链》有多少字？不是名传千古吗？以长篇来说，巴尔扎克的许多名著，屠格涅夫的许多名著，印出来都不过薄薄一本，不是都公认不朽吗？

我以为初学写作的人，最好多练一下笔，多写些速写、素描、特写、报告之类的短文。短篇小说最好写得短一些，尽量把不必要的字、句、段删去，毫不可惜，要敢于和自己过不去。至于长篇，多卷长篇，还是不着急去写的好。长篇一陷进去，千头万绪，很难掌握，搞得筋疲力尽，未必能成器。至于写多卷的长篇，甚至写史诗式的历史长卷，还是让有本事的大家去搞吧。

七、放一放，不要急于发表

创作是十分严肃而艰苦的劳动，然而也是富于诱惑力的事业。"作家"这个头衔可以是一顶光荣的桂冠，也可以是一个深邃的陷阱，如果你不正确对待的话。

不要急于求名，不要急于发表。不仅不要看到一点就写，不仅不要写不出来的时候硬写，不仅要把作品中可有可无的字、句、段毫不可惜地删去——像鲁迅说的那样，还要有否定自己的作品的勇气，以至否定自己当作家的勇气。把写的作品放下来，半年一载，忘掉它，只顾自己去认真地工作和生活；又不忘掉它，隔些日子，拿出来再看一看，想一想，改一改，什么时候觉得改得差不多了，再拿出来请人看看。——我记得这好像是作家茅盾的经验谈。我受益匪浅。

我有一个并不想强迫人同意的做法。我发过誓愿，没有写到五十至一百万字的习作，不开始发表。开始发表作品后，能争取三篇中有一篇值得修改就算不错，而每篇的修改，不要少于三遍，每一遍都是自己连抄带改，不请人代抄。那种灵机一动，一挥而就，略加润色，便成绝唱的幸运，我一次也没有碰到过。至于那种本人口述，别人代笔，自己修改一下便定稿的做法，甚至利用录音机之类的现代化工具口授录下，秘书整理成书，自己过目定稿的大规模快速生产办法，简直是我不能想象的事。

八、先有人物？先有故事？

通常的说法，构思一篇小说，必定是先有人物性格，后结构故事情节，这自然只是大概的说法，事实上人物性格和故事情节总是不可分的。情节是性格的历史，故事是为塑造人物所用的嘛。

但是不知怎么的，我却往往是在自己的脑子里出现了一个比较好的故事，这种故事一般是在我过去的生活中积累起来，埋在脑子底层，一个偶然的触发，往事历历出现在我的眼前，我感觉很有点意思，有点趣味，想把它写下来。于是在不眠的深夜中，长期积累在我的脑子里的许多人物，便纷纷跑了出来，站在我的面前，要求在我想好的故事中扮演一个角色，催促我，压迫我，要我导演，呼吁他们的生存权利，闹得不可开交。于是我把这些熟悉的人物编列到我的故事中去，开始着手来写。但是真写起来，那些人物却并不服从我的调度，而按他们的性格发展行动起来，我想拗着按我原来结构好的故事叫他们扮演下去，也不可能了。我只好按这些活了的人物来写，以至我成为他们的奴仆，成为他们性格和生活的记录人。

表面看来，我好像和通常说的不一样，是先有一个好的故事，再找人物，然后由人物扮演故事。我把这种奇怪的现象向前辈作家邵荃麟同志请教，他思考以后，回答我说："其实你仍然是先有人物，再结构故事的，只是因为你的生活积累比较丰富（在座的著名文艺评论家侯金镜同志开玩笑似的插话说：

'你的脑子里看来有一个生活的富矿，你是不应该拒绝我们开发的.')，在你的脑子里积累的精彩人物形象很多，而你又无意把他们写出来，让他们在你的脑子里长期沉睡了。可是当你什么时候，一个偶然的机缘，触发了你的回忆，那些过去年代的斗争生活，那些奇妙的故事，那些生动的人物便涌现出来，要求你把他们写出来。于是就出来了这样的事：在你的不眠之夜里，这些人物纷纷出现在你的眼前，要求在你的生动故事中扮演角色。这正说明你的生活积累够丰富了，你的人物酝酿成熟了，是到了应该进入创作过程的时候了。只要人物在你的脑子里是活的，他们一行动起来，故事情节俯拾即是。而且这些人物的活动，未必受你的预想的限制了。"

我之所以要说这一段往事，是想说明，要搞创作，生活积累是第一义的，生活贫乏，人物苍白，想凭一点道听途说或闭门编造的故事，便想动手写作品，往往是不会成功的。

九、虚构还是实构？

任何小说作品都不可能按生活原型做自然主义的描写，必须服从塑造典型的原则，进行必要的虚构。所谓虚构，就是在你的现实生活中不一定有，但必须是可能有的，而且是人物性格发展所必要的。因此，虚构不是作者可以随心所欲，向壁虚造的，而是为了再现典型环境中的典型人物所必要的。是事有必至，理有固然的。从这个意义上说，所谓虚构，实是实构，是在小说中具体存在的。

写小说的人大概都有这样的经验，当你的人物跃然纸上的时候，他们就会自动选取必要的情节，照他们的性格冲突自然地发展下去，不照作者事先构想的发展下去了。你本来要他死的，他却偏偏活了出来。苏联著名小说《毁灭》中的密契克，据作者法捷耶夫说，结局便不是他原来设想的那样。这样的虚构叫人读起来，并不感觉是虚假的，而是真实的。可见每一篇小说都少不了虚构，但虚构些什么，必须按照塑造典型人物的规律办事，不能任意虚造。合乎规律而虚构的，读者读起来毫不感到虚假，而是真实可信的。不合这种规律而虚构的，读者读起来，便感到不真实，不可信。

十、要不要拟创作提纲？

别人怎么样，我不知道，我在写作时，特别是写中长篇小说时，是一定要拟好创作提纲才动笔的。我的做法是这样：

首先写人物小传。把小说中人物的历史、性格、言行、癖好等，不管小说中用得上用不上，都简明地写了出来。特别是主要人物性格表现，个性癖好，很富有代表性的语言，典型性的生活细节，一定要写进小传里去。如果这些人物是烂熟于胸，真叫呼之欲出，写小传并不困难。我以为写人物小传十分要紧，是创作成败的关键。如果小传写不出来，那就证明你对这个人物并未深刻认识，并非烂熟于胸，就是没有酝酿成熟，那就还不应该进入创作过程。我写小传时，本来是为长篇准备的，结果几乎写成为塑造一个人物的短篇小说。事实上我就曾经在刊物编辑部催索稿件，无以应命时，把我为一个长篇写的人物小传，加以改写，成为《老三姐》《小交通员》等短篇小说了。

创作提纲中第二件要办的是写"人物关系表"，也就是小说中这个人物和那个人物之间的关系，他们之间的家庭关系、社会关系、政治关系等，也就是他们之间的矛盾和纠葛。这事实上就出现了小说中的一些精彩的情节了。

然后我就写故事情节和小说的结构提要。结构给小说搭起了架子，又好像是给人物搭起了台子，于是人物可以在这个台子上，按照性格冲突的推演，扮演出一出一出的或威武雄壮的或缠绵悱恻的悲喜剧来。

这个时候，你的精神可能极度兴奋，你为你的人物性格所激动，几乎和他们打成一片，他悲亦悲，他喜亦喜。这时你可以开始写作了。一开了头，最好就不受外事干扰，找一个清静的环境，一气写下去。能一气呵成最好，直到你筋疲力尽，文思枯竭，下笔滞涩为止。我在奋笔疾书中，有过被打断的痛苦经验。写得正带劲，有外事干扰，从此放下，几个月、一年两年再也拿不起笔来继续写下去，勉强再提笔来写，也觉生涩，难以为继，有的小说从此夭折了。

我有了写作提纲，写起来以后是否照提纲写下去？大体一样，很多不一样，有时完全走了样。当人物活起来了，他会按他的性格行动，我无法强迫他就范，不仅情节有许多变动，甚至人物性格在冲突的发展中也发生了变化，甚至原来考虑的主题也发生了变化，以致面目全非。我以为这并非坏事，不可强求，"强扭的瓜不甜"，还是顺乎情，合乎理，因势利导地写下去吧。在三番几次修改时，还可能有很大的变化，全部推翻了重写也是常事，或者改来改去，不成样子，于是放弃了。

在动手写小说时，我以为最难的是开头。有人说开好了头，便算写成了一半。开头就是难，这样写不是，那样写不是；从这里开头不行，从那里开头不行；从这个人物写起不行，从那个人物写起不行，稿纸撕了多少张，还是茫然无计。听说托尔斯泰写《复活》时，开了二十几遍头，还没有拿定主意。后来果然写出了那么一个非常漂亮的开头。所以不要怕开头多遍，劳而无功，这正是你突破前的必然过程，一定要坚持写下去，十次二十次，锲而不舍，也许忽然有一次越写越带劲，文思如潮涌，像放开了闸门，一发而不可止，这样就写开了头了。当然，也许定稿时，还要改写。

我写小说就是用这样很没有才气的刻板办法，未必可以借鉴。我知道有的作家才华横溢，并不写什么提纲，只要想好了，激动了，提笔就写了，一气呵成，斐然成章。我也这样试图省事地写过，就是不行。心中无数，越写越乱，不能卒篇。我总还要写一个哪怕很粗疏的大纲后，才开笔写起来。这就证明我缺乏才华，无大出息的。

十一、文学是语言的艺术

文学是语言的艺术，一篇小说的成败决定于人物塑造的好坏，而人物是用文学语言来塑造的，正如高楼大厦是由钢筋水泥、砖瓦木石建造起来的一样。如果建筑材料很粗劣，建筑物即使建成，也不适用和美观。文学语言粗劣，文字没有光彩，人物也不会有光彩，读来会索然无味。

文学语言是从生活中汲取而又加以锤炼而成的。如果不去长期深入生活，不和群众交朋友，群众不和你说知心话，就无法学到群众生动活泼的语言，知识分子腔是干瘪无味的。我们读一些名著，总为其语言的生动和精巧而惊叹，真如亲临其事，亲见其人，亲闻其声。有的一句很富于特征的话，便把这个人物树立起来了；很复杂的场面，三言两语就描写好了。这种功夫只有深入群众，留心语言，并且反复练习才行。我以为随身带上一个本本，留心别人说话，把精彩的语言记下来。平时多看多写，记日记写信，搞速写和素描，写一般风光，一个场景，一个人物肖像，抒一段感情，都抱着严肃的态度，业业从事，磨炼自己的文字表达能力，这是一个作家的起码的要求。有的初学写作者，连文字都不通，就想一鸣惊人，从事鸿篇巨制，是不足取的。至于要磨炼出自己别具一格的语言特色，就更不是一蹴而就的事了。

十二、中国作风与中国气派

现在写小说的格式，一般是从西方传来的。着重刻画人物性格，注意细致的心理描写，以及结构的紧凑，文字的简练，都是可以取法的。但是我总特别喜爱我国的古典小说，喜欢为中国老百姓所喜闻乐见的中国作风和中国气派。而且我在学习写作品时，总想追求一种独特的民族风格。什么叫中国的作风和气派，我说不上来。但是我着力在追求什么风格，别人读我的作品时给我肯定的是什么，我是思考过的。并且把它归纳成以下的几句话，写在我的创作笔记本上，以之勉励自己，想努力去追求一种特别的风格。这几句话是：

白描淡写，流利晓畅的语言；

委婉有致，引人入胜的情节；

鲜明突出，跃然纸上的形象；

乐观开朗，生气蓬勃的性格。

曲折而不隐晦，

神奇而不古怪，

幽默而不滑稽，

讽刺而不谩骂，

通俗而不鄙陋。

十三、起点、顶点、终点

我当然看到了大量的文学创作的后起之秀，初露头角后，决不自骄自满，而是更加刻苦努力，因而一篇又一篇、一本又一本地向人民贡献自己的作品，向显露创作才华的文艺高峰攀登。然而我也还见到有的青年发表了很有水平的第一篇短篇小说或第一部长篇小说后，再没有读到他的第二篇、第三篇短篇或第二部长篇小说。即使读到了，却是质量已不如前，甚至再没有读到他的新作了。这就是说，他有一个好的创作起点，可惜同时成为他的创作顶点，甚至成为他的创作终点。这其中自然可能有各种特别的原因。但是我是不相信世上真有"江郎才尽"的事的。江淹晚年写不出好作品来，不是他的"才尽"了，是他已安于逸乐，不再热爱生活了。如果有的青年作者发表了一篇作品，一举成名，便停步不前，再不想深入生活，更加艰苦锻炼，不是把自己放在长跑路上的起点上，而是站在顶点上，甚至在风头上飘飘然起来，这便到达他的创作终点了，这是非常可惜的。

因此，"不要把自己的创作起点当作自己的创作顶点，甚至创作终点，要永远站在创作起点上，再接再厉，勇往直前"！我愿意把这一句话用来和踏上文学创作这个艰苦行程的初学写作的青年同志们共勉，并作为本文的结束语。

原刊于《文学通讯》1980 年第 1 期

说情节

——复章林义同志的信

马识途同志：

您好！

还在"文化大革命"前，我就喜欢读您的作品。粉碎"四人帮"后，您的长篇小说《清江壮歌》、短篇小说集《找红军》又出版了，使人很高兴。我每次读您的作品，都感到很有兴味，它们差不多都有一个比较完整的故事，情节生动曲折，十分吸引人。特别是写地下斗争的那些小说，还有浓厚的传奇色彩。

我觉得，一篇作品故事性强是惹人喜欢的。可是，使我苦恼的是，在我的写作中，故事总是显得比较平淡，没有波澜，周围的同志看后觉得是就事写事，平铺直叙。我生活在工厂里，每天上班下班，接触的都是那些人和事情，好像不容易发现多少激动人心的故事。我也曾经有意识地追求故事性，结果写出来的东西有人说是生编硬造，不真实，我真是为难了。究竟在作品中应该怎样结构故事，安排情节才好呢？怎样写才能写出精彩吸引人的故事，生动曲折的情节，又合情合理呢？殷切地盼望您能在百忙中抽空给我以具体的指教，期待着您的回信。

　　致以

衷心的敬礼！

读者：章林义

1979 年 12 月 1 日

章林义同志：

　　《四川文学》编辑部转来你的信，我读过了。你对我的作品做了不适当的赞誉，我不能接受，但是你谈到我的作品"差不多都有一个比较完整的故事"，"情节曲折"，"有传奇色彩"，这倒真的发现我写作品的一种尝试，一种倾向。你还认为"一篇作品的故事性强是惹人喜欢的"，并为你在写作中故事平淡而"苦恼"，你为"追求故事性""真是为难"了，要我谈谈结构故事，安排情节的经验，然而这却也使我"真是为难"了。

　　告诉你，我直到现在不过是一个业余作家。我的年纪虽然很大，从事文艺创作的时间却不长，可以说是一个"长胡子的文艺新兵"吧。我对于文艺理论很少研究，一篇小说如何结构故事，安排情节，其实说不出一个名堂来。现在《四川文学》编辑部一定要我"抽空对这封信作一答复"，我难以推却，那么勉为其难，谈一点我对情节的理解吧。

我想，有一点文学常识的人都知道，情节是文学的要素之一，高尔基就把情节作为语言、主题之外的文学三大要素之一。他说："文学的第三个要素是情节，即人物之间的联系、矛盾、同情、反感和一般的相互关系，某些性格、典型的成长和构成的历史。"所以我们常说"情节是性格的历史"。恩格斯也很赞扬"莎士比亚剧作的情节的生动性和丰富性"。可见情节对于文学作品是很重要的。但是我要问你：情节到底是干什么用的？

我想你知道，文学是以形象来反映社会生活的，而文学的形象必须典型化，必须着力于刻画典型环境中的典型人物。因此典型性是文学创作的本质特征。"革命的文艺，应当根据实际生活创造出各种各样的人物来，帮助群众推动历史的前进。"毫无疑问，小说情节和故事结构都是为塑造典型人物服务的。选取什么样的情节，结构什么样的故事，都以塑造什么样的典型人物为根据，我们显然不能为情节而情节，为故事而故事。情节和故事如果不能借以深刻地刻画出人物的典型性格来，是毫无用处的。这样的作品，即使能取悦读者于一时，甚至成为畅销书，也是没有生命力的，经不起历史考验的。

小说中人物性格的发展是由许多矛盾冲突所决定的。什么样的矛盾冲突就出现什么样的人物的行动，构成什么样的事件，出现什么样的情节。事有必至，理有固然，往往不以作家的主观意志为转移。许多作家都有这样的经验，当小说中人物的性格已经形成了，故事往往不照作家开始结构的原样发展下去，而按人物性格的矛盾冲突的必然性发展下去，以致弄得和起初的设想（相比）面目全非了。可见故事情节的选择，并不是可以由作家随心所欲，为所欲为的。不能为人物性格的形成和发展服务的情节便是生编硬造的情节，这是会扭曲人物性格从而使作品失败的。

在这里，我还想强调地说，构成情节的细节是更其重要的，它是表现人物性格的根本要素。一个大的情节中如果没有许多像珍珠一般闪光的细节，不管你把情节安排得多么巧妙，人物还是缺乏光彩，形象还是不够鲜明。可以说细节是构成人物性格的细胞，是人物在特定的矛盾冲突中爆发出来的性格的火花，是故事得以推演的契机。我们阅读名著，没有不为那些闪光的细节拍案叫绝的。往往只要一个动作，几句话，有如画龙点睛，一个人物便栩栩如生地在你面前站起来了。这样的细节选择起来是并不容易的。只有对于人物的生活有透彻的了解，对于他生活的环境非常熟悉，从复杂的生活巨流中才能淘洗出这样的珍珠来。有些作品，情节安排不能说没有下功夫，但是读起来总有隔靴搔痒、雾里看花之感，这就是由于没有深入了解生活的底蕴，去捕捉和提炼出生活的真实细节来。

从这里来谈谈你的"苦恼"吧。你说在你的"写作中，故事总是显得比较平淡，没有波澜"，"就事写事，平铺直叙"。你说你曾"有意识地追求故事性，结果写出来的东西又有人说是生编硬造，不真实"。因而你为此苦恼了。我想别人的批评是正确的。因为你似乎还不理解结构故事的目的是什么，却一味去追求故事的离奇曲折。这样追求的结果，必然是挖空心思去生编硬造，必然不真实。对了，你的要害恐怕就在不真实三个字上。情节必须真实，必须是从生活中提炼出来，而不是凭空想象出来的。情节必须是合于人物性格的形成和发展，而不是歪曲性格去迁就你的"故事性"的。故事如果不表现人物，要故事何用？只要你的人物站起来了，他就会按自己的性格去独立地活动，去斗争，在人物的合理行动中出现情节。我们当然不是自然主义地有闻必录，而是去提取那些最好的表现典型性格的情节和细节，加以精炼，成引人入胜的情节和光彩照人的细节来。离开生活，离开人物，编造情节，追求故事，必然事与愿违，走入歧途的。

我不同意你把在写作中的"故事平淡，没有波澜"，归罪于你"生活在工厂里，每天上班下班，接触的都是那些人和事情，好像不容易发现多少激动人心的故事"。一个作者生活面窄，创作会受到一定的限制，应该走出自己狭小的天地，到更广阔的生活中去扩大视野、汲取素材，当然是对的。但是不能说工厂里就没有多少激动人心的故事。我们正在向"四化"进军，工厂是战斗的前线，在那里有沸腾的生活，有众多的英雄人物，有尖锐复杂的斗争，从而一定有激动人心的故事。只看你是不是深入生活，参加斗争，留心各样的事物，去观察、研究、分析一切人，一切斗争。工厂里总有老中青的领导干部和技术人员，总有各种新老工人。他们都具有不同经历、不同性格、不同思想作风。他们也不是密封在车间里，经常要和广大的社会接触，和各种的人物往来。工作学习、生老病死、恋爱结婚，有矛盾和斗争，欢乐和愁苦，有个人的癖性和爱好，这里多的是激动人心的故事和人物。谁能说你的生活面就是，时间——上班八小时，空间——几十平方米的车间呢？关键在于你是不是热爱生活，深入生活，参加进生活斗争中去，在于你是不是留心你生活圈子里的一切人和事。

话还要说回来，我们写小说是为了刻画人物，反映生活，从而帮助别人认识生活，推动生活前进。选择一个激动人心的故事是必要的，但并非一定要追求离奇曲折的情节。许多老作家，比如沙汀同志，他就并不刻意追求那样的故事和情节，而是截取一个生活面，甚至通过一件小事，着力于刻画栩栩如生的典型人物。我觉得，这是更高级而难能可贵的作品，这是我们某些以故事情节取胜的作品望尘莫及的。我再重复一句，不要单纯追求故事情节，而要认真去刻画生动的典型人物。在这一目的下，去合理地选择和使用情节。

我这样说，并不是想轻视故事情节的安排，我反倒要说，古今中外许多名著，对于结构故事、安排情节都是十分讲究的。特别值得注意的，我国的古典小说和传奇，如《红楼梦》《三国演义》《水浒传》《西游记》《聊斋志异》和唐宋传奇等，都有很曲折复杂、引人入胜的故事。可以说这是我国小说的优良传统。这是我非常喜欢并且努力追求的"为中国老百姓喜闻乐见的中国作风和中国气派"。

你说对了，我写小说，比较注意情节的安排，注意故事性。生活的激流诚然是如此的玄奇，今朝风流人物诚然是如此令我激动，可是如果我还没有找到一个比较好的故事，没有引人入胜的情节，我是不大喜欢动笔的。因为一定的内容总要通过恰当的形式才能表现出来。我的这种倾向甚至发展成为个人癖好，往往用来掩盖自己描绘人物的无能，成为自己的弱点。我大概很难改变我写小说注意故事性和传奇色彩的爱好了，但我也在努力，尽量使刻画人物与使用情节浑然地结合起来。我以为中国的小说应该具有民族形式，应该有中国自己的作风和气派。我说过不奇、不险、不俏、不绝，就不成戏。我一直相信"无巧不成书"，相信"出乎意料之外，合乎情理之中"，是必然性一定要通过偶然性来表现的艺术辩证法。我正在探索和追求一种风格，一种为中国老百姓喜闻乐见的中国作风和中国气派。也许这正是你所感兴趣的东西。那么，让我们共同为总结和发扬我国固有的小说传统，为建立新的民族形式而贡献自己的一分力量吧。

原刊于《四川文学》1980年第3期

我追求中国作风和中国气派

我在写小说的时候追求一种风格，我自以为这便是"中国老百姓所喜闻乐见的中国作风和中国气派"了。

我写小说，自然也从西方的文学大师和我国前辈作家的鸿篇巨制中吸取营养，也常常为他们能那么寥寥几笔便把人物刻画得栩栩如生惊叹不已，而为自己费尽笔墨，人物还是描绘得像雾里花一样而生气。但是，如果有人问我，对我影响最大的是哪些作家和什么作品时，我却毋宁说是那些长年漂泊的民间说书人和中国的古典小说，特别是那些经过古代坊间说书人反复锤炼然后被作家整理成书的古典小说和传奇故事。这些民间的无名作家才是我主要的良师益友，中国的古典小说和传奇才是我主要的学习榜样。

为什么会是这样，这要从我幼年时代的文化生活说起。

我的幼年是在一个很不开通的偏僻农村里度过的。在那里，当然没有机会享受一切城市的文化生活，从来没有听过戏，看过电影，连那背着破烂衣箱，牵一只干瘦小猴子和一条癞皮狗耍猴戏的人，也只偶尔在乡场上才看得见，还要忍受十几里山路的奔波，才有机会看到那个穿着红色短裤的可怜的猴子，在主人鞭子的威胁和干果的利诱下，战战兢兢地骑上狗背的狼狈样子，人们从这里博取残忍的一笑。至于逢年过节的夜晚，只要听说山村里的业余川剧爱好者要"打围鼓"，就是不吃晚饭，也要打起火把跑十几里路去那破烂的观音阁里通夜站着，欣赏那震耳欲聋的咚咚咣咣的大鼓大锣声和那干燥得像拉锯声的高腔。然而最使我着迷的，却是那些走乡串院长年流落在外的说书人。

那时有一种叫作"讲圣谕"的后来叫作"说善书"的人，他的地位明明和我们乡下这些泥巴脚杆差不多，其实不过是稍高于"打莲花落"的讨口子的文明乞讨者，却喜欢戴一顶三家村老学究的红顶瓜皮帽，穿上一件真叫作捉襟见肘的褪了色的老蓝布大褂，以表示他到底比这些种田下力人文明一等，因为他是肩负着皇帝的神圣使命的嘛。你看他装模作样地在供桌上供上"吾皇万岁万岁万万岁"的神牌，然后点上香烛，恭敬地叩三个头，才坐上高凳，在供桌上摆开线装的话本，一面用手指蘸点口水翻着书页，一面用一块"惊木"在桌上轻轻拍打，开讲起来。他讲的都是劝善惩恶的因果报应故事。那故事都是那么曲折离奇、生动有趣，总是恶人逞凶、好人受苦，生离死别、百般辛酸，最后不是奉了圣谕，便是遇了清官，好人得救，恶人得报。或者人间无处讲理，便由天神、雷公、鬼怪出来伸张正义，把恶人惩治，揪他到阴间去讲理，下油锅，上刀山，受轮回之苦。这些内容且不管它，使我折服的是他那说书的本领，总是那么委婉有致，引人入胜，语言是那么通俗生动，白描淡写，几句话便传了神。

夏天的夜晚，乘凉时候，我看到他一下把这些泥巴脚杆和农妇小人（四川方言，指小孩子），从周围十几里的地方吸引了来，一个个张着眼睛，咧开大嘴，聚精会神地听着。真是鸦雀无声，只听到树叶摇动和挥蒲扇赶蚊虫的声音。讲到辛酸处，赢得了多少眼泪和叹息；讲到报应到来，又引来多少欢呼和笑颜。以至我们这些不知趣的少年想去搞点小动作，也受到听众们谴责的眼光的禁止，不敢动弹，后来也一样被那故事吸引去了。

然而比说善书更叫我着迷的是到乡下来说评书的、"讲古"的、"摆龙门阵"的。他们没有说善书的那么古板，讲的故事也更加生动活泼，更加曲折复杂，更加神奇美妙，更加乐观诙谐，大半是取材于《三国演义》《水浒传》《西游记》《东周列国志》，还有取自《今古奇观》和《聊斋志异》的。但是他们并不照本宣读，而是针对听众，该简就简，该繁就繁，经过心裁的。他们总欢喜在开讲头上说一个小故事或本地的奇闻，叫作"入话"，然后引入正文。他们说的时候，总是那么绘影形声，好似书中人就站在你面前，在那里活动和讲话，活生生的。他们从来不像西方文学那样静止地琐细地描写风景，那么大段地纤细地刻画人物的心理和性格。他们说风景总是在人物活动和故事进展中，渲染几句，便有一幅背景画立在面前了。他们描绘人物性格也总是在人物的活动中，在人物对话中，在性格冲突和斗争中，采取白描淡写的方法，人物生动，笔墨干净。其实这比用华丽的辞藻、精致的描绘要困难得多。他们十分讲究人物音容笑貌、行为气质的描写，十分注意细节的刻画。需要交代的过场往往是用"一笔带过""这且不表"来处理。他们所使用的语言都是本地老百姓通俗的语言，但却并不庸俗和鄙陋。一句方言口语，十分传神，心领神会，妙不可言。他们喜欢用夸张的手法，还时常夹点小幽默。特别是他发觉有点冷场的时候，很会现场取材，即景生情，说几句幽默话，往往妙趣横生，振作精神。他们说书在故事情节的安排上，力求曲折神奇，扑朔迷离，神龙见首不见尾，决不让你一览无余。在结构上虽然有头有尾，却不平铺直叙，有时前后颠倒，有时左右穿插。至于"扣子"和"包袱"更是他们讲究的。他们说的总是一扣压一扣，不给你解开；包袱丢了一个又背上一个，不给你打开。总是一波未平，一波又起，他们讲到紧要处，比如正在危难中，前面来了一个人，他忽然说："来者何人，放下暂且不表。"又从另外一个情节开头了。他讲到刀都举起来了，接着却说："一刀砍下，吉凶如何，且听下回分解。"叫你回去，明晚再来。总叫你回去吃不下、睡不着就是了。这种巧妙铺排，真叫我入了迷。我念念不忘这些故事，也在小同学中或在放牛场上给小伙伴们讲，但是总讲不好。我就去找那些师傅们请教。有一个师傅说的，我至今没有忘记。他说，好比引人游山观景，总不能只是平原大坝，一览无余。总要引他到小桥流水、曲径通幽的去处，一时异峰突起，一时波澜壮阔，一时山穷水尽，一时柳暗花明，这才有个看头。后来在我们乡下，还有演皮灯影戏的，这便是我们的"电影"了。除开《西游记》那九九八十一难的故事吸引了我外，我特别喜欢皮影形象的古拙和夸张，神态活现。从此我知道删繁就简，去芜存菁，抓住特点着力夸张的妙处。

我稍长大，有了一点可怜的阅读能力，便去把那些著名的古典小说搜罗了来，都是一些带着绣像的石印小字本，我如获至宝，废寝忘食地读了起来。大人不让看，便夜深躲在帐子里点着油灯看，差点把帐子点着，引起火灾。午睡时还钻进被单里偷看。我才明白，那些说书的原来是继承了古代小说家和说书人的长处，形成了为老百姓喜闻乐见的特别风格。我以为要给中国老百姓写书的话，就要继承这样的风格。

解放以后，由于偶然的机缘，我开始写起小说来，而且一发而不可止，由一个长胡子的文艺新兵，变成一个作家了。据说一个作家总要有自己独创的风格，那么我追求什么样的风格呢？我忽然想起我幼年时代的那些无名师傅来。他们继承了我国的小说传统，形成独特的中国气派和中国作风，为老百姓喜闻乐见。我要当作家，还去追求什么别的风格呢？我又有什么本事追求别的什么风格呢？于是我便用摆龙门阵的方法写起我的小说来，尽量把民间艺人的长处，吸收到我的作品里去，甚至我乐意把我写的某些革命斗争故事叫作"新评书"或者"新传奇"。我这样做，当然也不是立意要抱残守缺，故步自封，只匍匐在民间艺人和旧小说的面前，依样画葫芦。我当然也尽力吸取西方小说和我国现代小说的长处。

经过二十几年的努力，我不能说我已经开始形成自己的风格，更不能说我已经找到了为中国老百姓喜闻乐见的中国作风和中国气派，但是我到底找到了自己努力的方向和追求的风格，这便是我在文章开头写的那几句话。

使我高兴的是，我的努力受到中国作家协会书记处的同志，特别是邵荃麟同志和侯金镜同志的关心，多次给我鼓励和指教。还有许多读者给我来信，也给我以鼓励。他们除指出我的缺点外，都肯定我努力的方向是正确的。比如喜欢用白描淡写的手法，故事力求引人入胜，人物多有风趣，乐观而诙谐，还有含蓄的幽默和讽刺，四川方言的提炼运用等。这些都是对我的最大鼓舞和鞭策，使我找到了我的文学生涯的前进道路。我一定要努力追求我们的民族形式，要和更多的同时代的作家共同努力，在开拓为中国老百姓喜闻乐见的中国气派和中国作风的文学道路上前进。

原刊于四川省文联《文艺通讯》1980 年 1 月

现实主义管见

现实主义虽然要随时代的发展而进行改革和发展，但并不如某些人说的已经过时了，行将就木了。我以为现实主义并没有过时，仍然富有生命力。现实主义是一种创作方法，有创作就有各种创作方法，有各种创作方法就有现实主义创作方法，怎么可以说各种创作方法都可以存在，唯独现实主义就命该灭亡呢？这不是很荒唐吗？历史的事实偏偏却是著名的伟大作品，基本上都是现实主义的产品。古今中外，概莫能外。

当然，出现这样的奇谈怪论，并不奇怪。这是一种历史的逆反心理造成的，也可以说是我们合该忍受的惩罚。我们过去使现实主义独霸天下的做法，显然是从苏联学来的、其实并不高明的做法。还有，我们在现实主义上附加了许多不必要的外加因素，这种因素有的对于繁荣创作，不一定有利。把这种被扭曲了的现实主义当作正宗的现实主义，大肆推行，只此一家，不准背离，百花齐放成为空话，引起一些作家反感，是可以理解的。

但是不能走到另外一个极端，硬要把现实主义送进棺材才痛快，这不同样是一种偏执狂吗？我以为在创作方法上还是百花齐放好，让各种创作方法同时存在，相得益彰，互相竞争，取长补短。现代主义和新潮各派，都可以各展其彩，百花争艳，这才像一个繁荣的文学花园。中国的现代主义和新潮诸流派，似乎没有外国那么红火过和有较长的生命力，许多都是才见揭橥，已见卷旗。还来不及看到一些代表作品，却已如昙花一现，销声匿迹了。在外国发展了几百年的各种流派和"主义"，在我国几乎几年之内都弄过来推销过，都不很成功。也许我们的读者文化水平低，但是不是自己也有不适应的地方呢？或者本意就在赶时髦，打旗号，开山门，连那种主义的原文书也没有读过的。我以为大家还可以进行各种试验，但是要认真，要执着，不要朝三暮四，浅尝即止。

至于现实主义，现在正在进行反思，进行各种改革的尝试。我以为在"新潮派"之后出现的"新写实""新体验""新历史""新都市""新状态"等主义的小说，本质上都是现实主义的衍化，是现实主义的改革尝试。各有所长，各有所短。

比如某些"新写实主义"作品的所谓"零度感情"，缺乏社会理想、道德追求，更无社会主义崇高思想的光照。行文有的流于琐碎苍白，过于自然主义，连西方的自然主义也差得远。

有的作品没有思想的启发，只有落后、野蛮、荒唐的现实生活展览，是其大不足处。

"新历史小说"使文本努力接近于历史真实，对历史进行自己的阐释。但对历史缺乏历史唯物主义观点的指导，就不免有片面的解释，不再是"历史主义"的，而是以历史来解释自己的观点和倾向，自然就不够历史的典型性了。

"新体验小说"深入一般平凡人的生活，把"客观的纪实和主观的体验相结合"。这想法倒好，但是不同的人有不同的主观观点，其体验的结果因人而异。水平高下、挖掘深度，各不相同。有时不能不流于主观臆想，离现实远了。

至于"新都市小说"，其实不新，都市小说或市民小说，过去就有，是都市生活的百态描绘。张恨水对此种小说有成就。现在写的这种都市小说大多是都市高层人士、大款大腕和新兴资产者们的生活，无非是尔虞我诈，悲欢离合，卿卿我我，酒楼饭店，床头车上，寻欢作乐。这些不是不可以写，但是都市中更广大的群众，几乎不存在了，然而这些普通人才是都市生活的主体，是历史的真正推动者。美国也还认为 common people（普通人）是都市的主体呢。

"新状态小说"出现还不久，旗号有了，好像还没有看到有什么代表性的作品。以上种种，我以为都可算是现实主义的新发展。有的人不以为然，我却以为应鼓励试验改进，能够在中国出现基本上属于现实主义的新的各种流派，与其他各种流派或"主义"比如浪漫主义、现代主义等等，争奇斗艳，真正出现一个百花齐放的繁荣景象，该是多好呀。

这是我对于现实主义的一孔之见，只供参考。

1980 年 1 月 27 日

一切文学作品都是说假话吗？

——虚构的典型反映深刻的现实、假话反映真实

11 月 18 日在四川作协开会，工作餐上，有克非、杨牧等作家同桌吃饭。克非喝了几杯，便开怀放言起来：一切文学作品都是把真话说成假话，红楼梦也如此。红楼梦有好多地方不合真实，圆不拢，不合理，曹对真事还是不甚了了，可以举出几百条。所以一切都是作家说假话。

我说，一切作家都是把真话说成假话，但同时又把假话说成真话，由真实生活——写作虚构——艺术真实。实—虚—实，就是创作过程，是源于生活，高于生活。任何作品都不可能凭空捏造，但任何作品都不可避免要虚构，典型化，以达到更集中更典型的更高级的艺术真实。这就是马克思主义的典型论。

　　现在有一种说法，叫作写"原生态"，认为就是要如实写出，不要动机，不要主题，无须思考，集中，信笔照实写出就行了，你们要有主题以至主题先行，是文学的大病。我以为文学作品写作时来源于对生活的刻画，要有激情时才写，不应该先有主题，然后去收集素材，然后构思创作。那当然不好。但一件作品做出来后，必然含有主题，会想表现什么，想告诉人什么，这就是主题。说照实写出"原生态"。哪里有原生态的作品？就是左拉的自然主义也不可能纤毫毕现，总有所取舍，有所趋向。任何作家不管如何照实写出，实际上都是经过对外界事物的观察，有所感动，也就是客观事物经过脑子主观地改造过，过滤过，然后写在纸上的。这个"如实"早已不如实，夹杂着个人的主观的意志和感情，这思想感情便先于自己对外部世界的认识和理解，这就是世界观。因此你写出来的作品不能不反映你的思想感情，不可能不表现你的世界观、你的爱憎、你的褒贬、你的取舍，哪有什么"原生态"？所谓"原生态"作品看似如实写来，却总是看到一片阴暗、灰点、无望、混乱，看不到光明、正直、是非，这受其作者的思想影响，反现实的倾向。

2010 年 8 月 2 日录入，写作时间不详

鲁迅式杂文过时了吗?

近几年来,杂文颇有兴盛的景象,阵地在不断扩大,好作品不断涌现,征文和评奖活动日益增多。

目前散见于报刊上的杂文,的确反映了现实生活,体现了作者"位卑未敢忘忧国"的历史责任感和时代精神。如果没有这样的历史责任感和时代精神,不为社会主义改革开放鸣锣开道,不敢于去鞭挞那些阻碍历史前进的消极因素和历史沉渣,就丧失了作为一个新时代杂文作家的最起码的品格。这就是鲁迅所开拓的杂文传统,曾经起了振聋发聩、推动历史前进的作用。

鲁迅式的杂文和当时风行于报刊上的那些表现士大夫闲情逸致的杂文(也就是小品文),是严格区别开来的。他反对林语堂提倡的那种插科打诨式的幽默,反对周作人、刘半农那种炉火纯青般空灵的散文。虽然他们都是鲁迅的朋友和亲人,虽然那些散文在艺术上颇可一读，甚至比某些报屁股上的不痛不痒的杂文更有味道一些。然而当时的时代最迫切需要的是以鲁迅为代表的直面惨淡的人生，作时代感应的手足，针砭时弊，敢说，敢怒，敢骂，敢打的匕首投枪式的杂文，这对推动历史前进，唤醒昏睡的人民，起了巨大的作用。而从艺术上说，也有了像那样能够传之久远的杂文精品。这比那些精致的摆设式的小品文的生命力要强得多。我以为我们今天仍然需要思想性和艺术性都较高的鲁迅式的杂文。

要写出思想性和艺术性都较高的鲁迅式的杂文，就要作者卷进时代的浪潮里去，努力做到"世事洞明"而又保持"赤子之心"。不要沉湎于"人情练达"，学得世故和油滑。那种一贯阿谀逢迎，把杂文当敲门砖的文人，是不宜于写杂文的。就是那些不敢于直面惨淡的人生和复杂的现实，不敢于以笔代刀，仗义执言，解剖社会，解剖人的灵魂，而习惯用钝刀子割肉的文人，也写不出好的杂文。这正是鲁迅式杂文和目前某些杂文的分野。因此，还要不要鲁迅式杂文，成为当前杂文创作中争论之点。

现在出现某种新论调，说现在已经不是杂文的时代，再也不需要"鲁迅式笔法"的杂文，而应该取代以新时期的杂文了。什么是新时期的杂文？恕我谫陋，我至今还没有读到这种新杂文的典范之作。但是这种杂文的宣言式的文章，却是已经拜读过了。那文章上说从官民一体的原则出发，反对和清除官僚主义习气，改革弊政，它匡正时弊的目的是加强和改善党的领导，巩固无产阶级专政。宣言上说的这些原则，我想写杂文的作家谁也不会反对吧。我们提倡的鲁迅式的杂文之所以针砭时弊，反对官僚主义，不也正是为了巩固我们的社会主义制度，使我们的党更有效地进行对各方面的领导，而绝不是反对社会主义，削弱或反对党的领导吧？我们在使用杂文这个武器的时候，一定要分清敌我是非，区分不同性质的矛盾。那么目标既然一致，原则也无差别，无论什么"式"的杂文，都可以各呈异彩，不应该存在哪一种杂文已经过时，应该用什么样的杂文来代替的问题。倒是要求在宣言之后，拿出够质量的杂文来。如果不是这样，而斤斤于所谓"鲁迅式杂文是不民主的产物"，而新时期的杂文则是民主的产物这种玄学式的讨论，倒使人怀疑起来，这玄学的后面到底隐喻着什么？是不是杂文要定于一尊？然而这和党的"双百"方针不是背道而驰吗？

我认为鲁迅式的杂文并没有过时，我仍然坚持写鲁迅式的杂文。但是我倒也不那么顽固，如果新时期的杂文典范之作出现，在思想性和艺术性上的确比鲁迅杂文要高明得多，我为什么不顶礼膜拜，并且跟着去创作呢？

1986 年

杂文应该提高质量

　　近十年来，我国的杂文呈现出异常兴盛的局面，这大概也昭示着国家兴盛的局面。出现了许多思想深刻、情文并茂的作品，但也有不少甚至可以说大半是时评和杂感之类的作品。有人说这不是真正的杂文，或者是低档次的杂文，时过境迁，便如明日黄花，其实没有多少生命力。我以为时评杂感，仍是生活所需要的。不过对于杂文作者来说，应该反映时代生活，力求有较长的艺术生命，如鲁迅所作的那样，也不算过分的要求。

　　鲁迅的杂文的确是既有深刻的思想，又有艺术的魅力。思想要深，文学要精，的确是杂文的要点，然而也是杂文的难点。要透过对现世相的描绘，看出社会的底蕴，这就有赖于真挚的政治热情和厚实的文化素养。杂文的深度总是由作家的思想深度所决定的，至于杂文的艺术魅力，则依靠作家的文字功夫，要使杂文具有个人的特点，个人的气韵和风格。这当然是我们一辈子孜孜以求的事。当前某些杂文之所以显得肤浅，穿透力不大，只及于时弊的表层提示，或者仅止于拐弯抹角的高级牢骚，也就不足为怪了。

但是我毋宁说，当前的杂文，只要能表现时代的精神，为新事物鸣锣开道，针砭腐朽落后的旧事物，也就不坏，只要能及时产生社会效果，推动改革和建设前进，便是好的杂文，即使生命力不长，也算不得什么，我想鲁迅在写他的杂文时，他或者想到在政治上要产生什么作用，却未必想到在艺术上要传之多么久远，正如他自己说的，"是感应的神经，是攻守的手足"。他还说："我只是在深夜的街头摆着一个地摊，所有的无非几个小钉，几个瓦碟，但也希望并且相信，有些人会从中寻出合于他们的用处的东西。"然而他的杂文终于成为当时振聋发聩的警世真言，如今令我们读来，观照现世相，还觉新鲜，真有穿通世纪的力量，鲁迅的杂文总是"和现在贴切，而且生动，泼辣，有益，而且也能够移情"，绝不同于当时盛行的那种插科打诨，无病呻吟，或闲情逸致、粉饰太平的有闲阶级的小品文，而且他愤恨那种小品文，他说："此地之小品文风潮，也真真可厌，一切期刊都小品化，既小品矣，而又唠叨，又无思想，乏味之至。"这例是杂文作者应引为鉴戒的。

总之，我国当前的杂文质量应该提高，这一点大概没有异议，但是要怎么提高，却是仁者见仁，智者见智。愚意以为，杂文作家大可以不必刻意追求震撼世界的社会效果和传之万世的艺术魅力，而应该满腔热情地面对现实，为新事物充当马前卒，鸣锣开道，做旧事物和历史垃圾的清道夫，一往直前，义无反顾，同时也在艺术上刻意求工，杂文的质量是一定可以提高的。

1986 年

我还要写杂文

我正在医院养病,《成都晚报》的编辑小朱和小蔡提起水果来看我,说是代表晚报的伍总和副刊部的刘主编来看望我,我表示感谢。

但也许是由于我的经验主义,我下意识地感到,他们恐怕别有所求吧。夫编辑者,正如四川俗话说的,文章"编编匠"也,他们有把作家的文章编到手的本事,而且他们都患有职业病,三句不离本行,开口就是"请惠赐大作"。他们今天到医院来,大概总要我作点什么回报吧。

果然,他们从问我的病,谈天气,谈成都书市,谈倪萍来看我……弯弯绕了好一会,终于说出他们正编一本《夜谈》杂文集要我写序的事来。我猜准了,编辑无事不登门,登门开口讨文债。

我本来想找几条理由来搪塞，第一，我正住院；第二，我发过声明，不再为人写序；第三，我已下了决心，不再写杂文了。但是话到嘴边却咽住了，凭我和《成都晚报》的半生文字缘，我说不出口。他们似乎早已料定，便从纸袋里拿出一摞文稿来，送到我床前，原来他们早已编定，好像万事俱备，只欠东风，就等我的序言了。我还能说什么呢？

我轻口许诺，回头却作了难。我关于杂文要说的话，已散见于我发表的几篇谈杂文的文章，更见于我已出版的《盛世微言》的序言，再也没有可说的了，这序言怎么写？莫奈何，就说说我近来"不写杂文写闲文，写了闲文想杂文"的心路历程吧。但是这么一写，岂不是给写杂文的朋友们兜头泼一瓢冷水？此乌乎可？不过我终于说到我和杂文有难解的情结，这也许正说到写杂文朋友们的心坎上去，可以引起共鸣吧。

我写了许多年的杂文，且参加了杂文学会，我是真相信时代需要杂文，鲁迅式的杂文可以针砭时弊，振聋发聩，做警世之钟的。但是近来我把我的杂文集翻开重读，观照现实，使我大失所望。我在十几年前说过的话，似乎现在来说，正是时候。那时针砭的许多时弊，现在不仅存在，而且大有愈演愈烈之势，我才恍然于我们这些书呆子舞文弄墨，以为可以抒发民情，为人民立言，为天地立极之可笑。比如反腐肃贪，中央发过好几十份义正词严的文件，各级政府设立了纪检和监察机构，且有一片喊打声的强大舆论，似乎还莫奈之何，几个无权无势的文人，写几篇杂文，就能匡时济世，真是蚍蜉撼树不自量了。

于是我自然得出结论，杂文无用。杂文之无用，从我们写了那么多情真意切、斐然成章的杂文，并没有于世道人心起多少作用就可以证明。一些贪污腐败之徒照样横行，没有伤到他们一根毫毛。这样的人不读文件，不畏法纪，不看报纸，利之所在，我行我素，哪里会读到报屁股上的豆腐干杂文？结果我们这些书呆子煞有介事地写杂文，研究杂文，而那些"杂文人物"（这是诗人邵燕祥的发明）根本不读杂文，你说这杂文写来还有什么用？

杂文不特无用，而且有害。且不说正人君子们以为杂文发了不和谐的噪音，于清平世界有害那样的高论，写杂文有害，第一是害自己。杂文既然是匕首投枪，锋芒所向，难免伤人，特别是伤及那些天不怕地不怕的人。在这谁也不怕，而且睚眦必报的时代里，是难免惹祸的。甚至有些人自动对号入座，你说太阳却惹到他的光头，找你纠缠，受无妄之灾。虽然现在已经不是运动年代，不会无中生有，无限上纲，叫你大祸临头。但是如果你碰到有权势的"硬码子"上，说不定兴师问罪，甚至拉拉扯扯对簿公堂。或者拉扯上不叫公堂的公堂，接受好心人的教育帮助，也可以给你带来无穷的烦恼。可见写杂文为害之烈了。

有些聪明的杂文家有鉴于此，写起杂文来便不免瞻前顾后，或者含糊其词，吞吞吐吐；或者说古喻今，指桑说槐；或者把"杂文人物"降低等级，在小人物头上开刀，所谓不治膏肓病，专医脓疱疮是也。不然就在杂文里把九个指头说够，加大保险系数。这样的杂文写起来正如鲁迅说的钝刀子割肉，割了半天不见一滴血，令人读来气闷。现在更好，有人发明了新形式杂文，专以歌颂为主。这自然是既保平安，又可邀誉，说不定什么时候从天上掉下一块奖牌来，挂在自己脖子上，岂不光荣？然而杂文休矣。也许这正是他们的目的。

在这大家说还需要杂文的时代，写杂文的酸甜苦辣，是大家心知肚明的。有些写杂文写得聪明起来的人，知道杂文之不可为，于是转向改写起随笔和小品文之类的闲文来。与高人雅士为伍，以闲适幽雅相标榜，"苦雨斋"式的清淡，"论语"式的幽默，淋漓尽致，荡气回肠。或调侃人生，或游戏笔墨，淡化生活，冷眼世界，逃避现实，言不及义。以为这样才是真艺术。这种闲文叫人读起来也的确可以低回迷醉，流连忘返。我在写杂文令我烦恼后，也想学得一点聪明，跟着高人们远离尘嚣，写起美丽的闲文来。我为此列成专集，名曰《西窗闲文》，开始动笔，我终于实现了家人都以为可的转向。

写了半年，竟然写了近十篇，已经列出还有不少可写的题目，看来有希望出一本闲文集。但是我写了一阵，感到越写越不如意，越写越觉得痛苦，我为什么要把我有限的生命消磨在这种无聊的文字游戏中去？即使出了书，甚至流传下去，于世道人心又有多少裨益？我从事文学创作，本来只是想有助于革命，并不想去追求永恒的艺术，艺术的永恒。看来我的确不是一个雅人，不可能在高贵的艺术殿堂里做出不朽的贡献。我从来只相信艺术是时代的产物，从来不相信世上有万世不朽的艺术，我只希望我的作品能起一点教育作用便行，我望其速朽。

我自少年便自许是一个革命家，虽然我已经从工作岗位上退了下来，身在江湖，却心存魏阙始终关注着祖国的命运和人民的福祉。要我不关注严峻的现实，直面惨淡的人生，是不可能的，要我看到社会上那些鼠窃狗偷之辈，那些贪赃枉法之徒，挖国家的墙角，坑害人民，竟然无动于衷，是不可能的。要我吃着人民供奉的粮食，却心安理得去追求高雅，逃避现实，当精神贵族，我是做不到的。难道那么多的战友和烈士艰苦奋斗，英勇牺牲，就是为了让那些政治投机分子坐享革命果实，让那些精神贵族逍遥自在吗？回头看了一下我写的闲文，实在没有什么高雅之处，哪里算得是什么闲文，实际上越写倒越像杂文了。看起来我们这样写杂文的人，必定要在风雨中讨生活，在荆棘丛中寻路而行，有如"窃火者"，是注定要受苦的，哪怕写杂文要得罪一些人，要为此而为人所不理解，甚至要为此而付出代价，也说不得了。一个革命家为了人民，生命在所不惜，为杂文而要冒点风险，又算得什么？我为我想逃避现实，不写杂文写闲文而感到可耻。我在写杂文和写闲文中兜了一个圈子，又回来了，我们正在改革，面临盛世，即使有时候不得不在泥泞中前进，难免面对一些阻碍历史前进的势力，然而历史前进了，光明在望，推动历史前进的人们需要赞颂，需要欢呼，需要呐喊，需要马前卒为他们鸣锣开道，需要清道夫为他们清扫前进的道路，需要匕首和投枪，因此需要杂文。

我还要写杂文。

1997 年 11 月 27 日

我说杂文创作

——在四川省杂文学会第八次年会上的发言

关于杂文创作，我已经在杂文学会几次年会上的发言及在我出的《盛世微言》的序言中，说得不少了，想说的话差不多已经说完，没有多少新意可说了。在这次年会上我只想就这几年我写杂文的心路历程谈一谈。

我在前年出版的杂文集《盛世微言》后记里说过，这是我第一部出版的杂文集，也可能是我出版的最后一部杂文集。事情的发展好像已经证明果然如此。《盛世微言》出版，头版印了一万，这在当时算是印数多的书，一版很快卖完，再版印了八千本，据说书店里又没货了。在这中间，我收到过许多不相识的读者给我来信，表示鼓励，还有专门到我家里来致意的，说是我替他们说出了他们的心里话。这也许就叫产生了较好的社会效果吧。然而在这势头好像看好的两三年间，我却再也没有发表杂文，因为在杂文创作上，我想封笔了。

为什么？因为我对在这十年间看到的世相感到有话要说的，几乎在那本杂文集里都说到了。现在我所看到的世相，似乎还是那些问题，只是愈演愈烈，更为触目惊心。从此可以证明杂文之无用。连大权在握的大人物对那些问题尚且感到棘手，杂文其奈之何？再写得多，也是白耗精神，何苦来？虽然有时我耐不住，就在笔记本上信笔涂鸦，记一些杂感之类的文字，以宣泄心头的气闷。所以这两三年间，有些报刊，有的且是著名报刊，向我索杂文稿，我都置之不理，有的写信来问，为什么不写杂文了？我没回答，有的当面来问，我只是笑而不言。

这就是我当前杂文创作的情况和对于杂文创作的心态。有时我在报刊上读到几篇好的杂文，也欢喜了一阵子，然而也不过欢喜了一阵子而已。我知道，那也不过是文人的宣泄之一途，对于实际其实无补。不特无补于实际，有时还会带来某些人不愉快的负效应。这倒没有什么，他们不愉快又能怎么样？莫非还能借什么名目整治人吗？过去有许多可以置人于死地的卡脖子的东西，现在都随市场经济的出现被冲刷掉了。他们最多也不过是感到不愉快，对于杂文作家愤愤然而已。叫某些人不愉快或愤愤然，不就是杂文的长处和功用，杂文存在的理由吗？鲁迅就说过为论敌而活下去的意思。对了，为叫那些阻碍历史前进的人不愉快而活着，并且大声呐喊，或者哼哼唧唧，不就是杂文作家的历史责任感吗？革命先烈们曾经为消灭他们，送他们下地狱，不惜付出生命的代价呢。杂文作家只是哼哼唧唧，这种历史责任感小得可怜。如果连哼哼唧唧也不可，杂文云乎哉？

我这种对杂文创作的消极看法，过去没有对谁宣泄过，也没有想去传染人，然而我近年没有发表杂文，转而去写了一些"闲文"，而且数量不少，有几十篇吧，是大家看到了的。我当时还自宽自慰地写首打油诗曰："杂文不写写闲文，何苦忧心似火焚。正道夕阳无限好，莫愁光景近黄昏。"但是我的心境何曾平静过？不知我者以为我心乐，淡泊宁静嘛，知我者以为我心灰，做"城隐公"去了，其实是"时人不知余心苦，笑谓偷闲说太平"。

以我这样的心态是没有资格来杂文学会上发一个老人的唠叨的，但是我看开会通知上说的三个题目中有一个就是谈个人杂文创作情况和经验的，所以我才敢来发这么一通。

我这样的杂文创作心态，显然是大家不可为法的。不过我近来又有一些变化。不知怎么的，我虽然在许多场合说到作家要耐得住寂寞时说："能耐大寂寞的作家，才能出大作品。"但是我却总是耐不住这个寂寞。我的家人也说我这个人，八十岁出头的老头了，还缺乏自知之明。总是不甘寂寞，爱去惹是生非，品头论足，说三说四，好像不这么做，便对不起那点可怜的国家俸禄，结果往往给自己和家人带来不必要的烦恼，过去挨过那么多的事，教训好像还不深刻。我想也是。但是没有办法，正如过去干地下革命工作，明知那是杀头的事，还是把脑壳拴在裤腰带上也要干一样，江山易改，本性难移，奈何奈何。

今年以来，中央提出要专门开一次中央全会，要狠抓精神文明建设；又倡言要加大力度反腐倡廉，要严打危害社会治安的刑事犯罪分子，还要坚决打假扫黄。而且真的干了起来，牵出像王宝森之流这样的大人物。我便窃然心喜，潜然思动，想要做点什么。像我这样的除开一支笔外一无所有的文人，能干什么？于是心旌摇摇，操刀欲割，把我写到半中腰的长篇暂停下来，操起笔杆，写起杂文来。我明知这对我说来，将给我带来创作的损失，以我的年纪说来，甚至可能是不可弥补的损失。然而我不这样做，总是于心不安，我到底还是一个老革命嘛。于是我研究打假问题，特别是打假中的"假打"问题，一气写了十二篇杂文，还有另外的几篇杂感记在我的笔记本上。我的家人说我又发疯了，不要命了。写下来当然很累，可是痛快，这足以疗疾。我也想过，我写这样的杂文，不过是在干傻事，就是发表了，于事未必有补，有些人看了还会不高兴。而杂文行家看了，这不过是时评之类，或有社会效益，而艺术性是不足取的。

是的，我的这种时评式的杂文，艺术性也许是不高的，也许没有传之久远的价值。但是我历来是主张杂文要干预生活，关心人民疾苦的。杂文之所以从散文中分离出来，成为独立的艺术形式，和鲁迅的干预现实生活，关心生民疾苦的强烈愿望是分不开的，这是鲁迅式杂文的根本品格，甚至可以说是一切凡称为杂文的这种文章的根本品格。杂文，作为一种艺术形式，自然是要求有深刻的思想和艺术的魅力，要具有历史的思辨性和艺术的感染力。但是首要的是它的关注现实，直面人生的内容。鲁迅也说过杂文"和现实切贴，而且生动，泼辣，有力，而且移情"的话。杂文之所以感人移情，有独立存在的价值，主要的就在于和现实贴切，言人之所欲言而未言，言人之所欲言而未敢言者。它就是要以其思想深度和犀利文笔，发人深思，动人心魄，启人心智，袭人心脾的。

　　这一点说够了，我想我们也应该强调从艺术性上如何提高杂文质量的问题。研究杂文形式多样化和杂文的特殊语言艺术问题。当然，杂文就是杂文，它不是消闲的闲文，它不是淡雅的雅文，它不是胡侃的侃文。它就是鲁迅所创立的那种杂文。它是关注现实的，然而它不是一般的时评。它应该有比时评具有更深刻的时代思想性，历史的思辨性。它有耐人寻味的多义性、联想性，有时间的延续性和历史的穿透力。许多年后，我们读鲁迅的杂文，仍然有新鲜感，还能启发人们对现实生活的思考，这当然和它的思想深度有关。如果鲁迅没有对人情世事鞭辟入里、一针见血的洞察力，是深刻不了的。但是这和他的艺术表现能力和语言表达功夫，也很有关系。比如选用什么典型的事件，从什么角度切入解剖，引用什么古今中外名人先哲的警言隽语，打什么比喻，章法如何结构，文字如何说得泼辣、幽默、有趣，入木三分，如何引而不发、含而不露地道出主题，这都是必须考究的。那真是要字斟句酌，呕心沥血，才能写好的。鲁迅在长期写作中形成了自己的独特风格。

我以为杂文的语言艺术有特别的要求。杂文的语言多具有讽刺、泼辣、幽默、隐喻的意味，往往于平淡中见深刻，于微言中有大义，行文转弯抹角，曲径通幽，山重水复，柳暗花明。叫人读来，拍案叫绝。这自然是文章高手才能做到。不过细说起来，还是中国古来写文章的诀窍："语忌直，意忌浅，脉忌露，是非忌失实，言语忌无味。"（可能记得不准确。）★

我写杂文，总是受到某些现实事件的触发，有所感悟，才发而为文的，议论的常常是大家关注的热点，有时写出情绪来，以致字里行间，金刚怒目，疾言厉色，鞭笞镗鞳之声可闻，总觉浅露，所以有时评之嫌。有些杂文家却是善于从生活中捕捉小事，加以引发，说出一番道理，以启发人们思考，联想社会热点。这就比我高明。而有的是从一件古事新事，一段逸闻趣谈，引古喻今，以洋说中，自由阐发，轻言细语，委婉有致，斐然成章，看出他独辟蹊径、别具匠心的功夫，这也是我所佩服的。

我还以为杂文创作，大概和其他散文一样，必先有情。大家说无情无散文，我说无情也无杂文。只是散文总是感情的流露和抒发，以情感人为上。而杂文必先情有所感，才发而为文，只是发乎情，止乎理。一篇好的杂文，总是从冷静分析的外表，看到埋在火灰里的热情。我却每每做不到，总是感情外露，语言直白。不过我以为，杂文创作也应该风格多样化,应该各有思路,各具特色。只要在自己认定的路子上,往思想深处挖,往表现形式上求新求变,终于形成风格各异,各有高度的杂文。

我希望大家在如何提高杂文质量和杂文创作的风格多样化上,展开讨论。

1996 年 5 月 23 日

★编按:语出严羽《沧浪诗话·诗法》,原句为:"语忌直,意忌浅,脉忌露,味忌短,音韵忌散缓,亦忌迫促。"

散文杂言

我对于散文的一孔之见，已尽于我为《四川当代散文大观》写的序言中了，再无新意。

我还是赞成朱自清对散文的观点，一要"为人生"，二要"写实"。我仍认为写散文，要于所见事物有真感动，在内心中有真感情，而后抒发为散文。情以物迁，辞以情发，情有所钟，意到笔随，信笔所至，淋漓酣畅。我以为无情无散文，无理无散文，情理相融，斐然成章。也就是散文须有思想，须有感情，须有文采。当然，对每一个人说，还要有个人风格。最没出息的是东施效颦。

我读的散文不多，只偶尔从报刊上读到一些。也看过少量散文集子，包括新抄卖的过去著名文人的散文集。我对朱自清、冰心、杨朔、李广田等人的散文颇欣赏。对于那些远离人世，大有不食人间烟火之势的苦雨斋式的淡而远的散文、论语式的调侃人生的散文，20世纪30年代在上海滩也曾迷醉过。但是一涉及中国当时现实和观照悲凉人生，便觉其不过是吃大麻叶后的一种迷醉和快感。在艺术上虽有可取，于人生则徒增长颓废，于国于己，都不可取。有的人后来当了汉奸，不足为怪。

现在有些散文，颇以淡化人生，远离现实，或冷眼世界，游戏人生，恐怕也是这一派散文的余绪。现在有人在大肆提倡，值得注意。

我以为幽默，调侃，滑稽，噱头，其含义是不相同的。噱头是庸俗，调侃是冷漠，滑稽是无奈，只有真正的幽默，才是悟透人生，看穿世相，而又以精美构思，言人之所欲言而不能言、道不出者。现在有些故作幽默状，其实不过是等而下之的"白相"而已，隔幽默不知其几千里。然而这样的散文却颇走俏，是可怪也。

1999年6月

在四川省散文学会 1997 年年会上的发言

我们刚从北京开完第六次文代会和第五次作代会回来。这两个大会可以说是里程碑式的大会,今天大家来学习这两个会议精神,是很必要的。当然,这是散文学会,大家来讨论散文创作,也是必要的。

对于散文创作,我在这里能说的还是那几句老话。

我以为散文,和其他的文学样式一样,还是要关注人生,有益于世道人心。要追求真善美的审美价值,以之净化人们的灵魂。

我还以为写散文,要对事物有真认识,有真感动。无理无散文,无情无散文。也就是说,散文须有思想,须有情致,还须有文采,须有个人风格。

我承认某些远离人生,淡化生活,高而古,淡而远,幽而

怨的散文，有艺术价值，某些"苦雨斋"式的清淡，"论语"式
的调侃，读起来也可起消遣和解颐的作用，有的且可令人读来
迷醉。然而那种迷醉，也许不过是吃大麻叶后的快感和麻醉。
艺术上或有特点，于世道人心却无益，因此我以为不可取。鲁
迅和朱自清对这样的一些小品文也是这样看的。

　　然而现在有些散文，好像在着意追求一种格调，且有流行
之势。他们以高雅自居，以闲适幽默相标榜，远离现实生活，
不关心生民疾苦。或冷眼看世界，或调侃人生，或游戏笔墨。
有些散文文字精巧，刻意取笑于人，取媚于人，过分得淋漓尽
致，分明是有意做出来的。散文贵在真情，贵在自然，就是鲁
迅说的"有真意，去粉饰，少做作，勿卖弄"。这种文字，读起
来可以逗快感于一时，却经不起咀嚼，没有多少留给人的余味。
这样的文字略具一格，可以，但不宜大力提倡，更不应一窝蜂
地追逐。

　　我以为好的散文，不仅有情，有理，有文采，有个人风格，
还应该给人以哲理性的启发和感悟，然而又不是故作高深。"玩
深沉"似乎也成为一种风气，这比"玩淡化"，还令人讨厌。

　　　　　　　　　　原收录于《马识途文集》第 16 卷《文论讲话》，
　　　　　　　　　　四川文艺出版社 2018 年版

要重视通俗文学

这几年来，在我国出现了一股低级庸俗读物充斥市场的逆流。一时街头巷尾，车站码头，茶楼酒肆，到处兜售这种宣扬色情、凶杀、斗殴的下流书刊。这才是真正的精神污染，虽经政府几度采取行政措施，以至使用专政手段，断然查禁，但是至今似乎查而不绝，禁而未止。大家都为这种精神垃圾不能清除而担忧。

为什么社会主义的我国会出现这样的文化现象？有人说这是在改革开放、发展商品经济的过程中，某些文化商人投机骗钱的缘故；有人说这是由于海禁一开，台港的庸俗读物偷入大陆，大家乘机仿效的结果；还有人说是在"文化大革命"之后，民族文化水平低落，新一代青年只能欣赏这种精神产品，如此等等。也许都可以言之成理吧。但是我在这里从我们文学的角度提出一个值得思考的问题，即我们以向群众提供精神食粮为职责的文学家们，是不是真正完美地向他们提供了充足的、为他们所欢迎的精神食粮？

我不否认近十年来，作为文学正宗的雅文学取得了很大的成绩。我也以为在文学创作上应该努力探索新的形式，表现新的思想。但是却也出现了一种远离生活、脱离群众的现象。有的作家一心只想超凡脱俗，成仙成道，去攀登那虚无缥缈的艺术高峰，俯视下界患了精神饥渴症嗷嗷待哺的"下里巴人"，慨然不顾，这种倾向如果形成时髦，势必造成作家与人民之间的鸿沟。作家如果抛弃人民，人民自然有理由抛弃作家，那就是不买你的账。于是一些雅文学刊物销路日蹙，几乎要"雅"不下去，以至于有的提出"以俗养雅"的对策来。

另一方面，我们本来就有"文以载道"的传统，要求一切文学作品追求政治效果，从来不容许或不重视娱乐性和消遣性的文学作品的存在。过去那些满纸公然或隐然说教的"劝世文"，如果在强力推行之下还一时行得通的话，现在的读者却头脑清醒得多，不理会灌输的那一套了。现在是商品经济，他们花钱只买他们喜欢读的书刊。

看看，过于高雅的文学作品，他们读不懂，政治说教的文学作品他们不想读。然而任何人都需要文化享受，需要精神食粮。而且在他们劳动之余，需要娱乐和休息，以恢复体力。再没有人愿意去干那种"一天等于二十五小时"的傻事了。他们在看戏、听音乐、看电影电视、打球、下棋、打牌、进行体育活动、旅游、跳舞之外，还想在公余之暇、旅游途中，阅读一些轻松愉快的文学书刊,即所谓"软性读物"。这样的需求,不仅那些凡夫俗子、市井小民有,就是那些政治家、企业家、科学家等所谓精华人物,何尝就没有?如果作家只能给他们提供"硬性读物"或"未来文学",他们便宁肯去寻求低档次然而又对他们味儿的读物。可以说,充斥市场的那些庸俗读物,以至那些必须取消的精神鸦片,就是在这样的文化背景下,大走红运的。

幸喜这时有一些有心者,包括一些作家,在汹汹洪流面前,并没有躲进象牙之塔,或远遁山林,而是面对"下里巴人"精神饥渴的现实,创作一些合于他们阅读能力和欣赏能力的作品,也就是大家说的"通俗文学""传奇文学"之类。或许,这些作品的艺术水平是不高的,这些作家也难登入文学殿堂,然而,他们正干着严肃的工作,抵制了庸俗读物,甚至维护了雅文学。而且现在开始为文学界一部分人所注目,在《人民日报》上辟了讨论通俗文学的专栏了。

然而我觉得还很不够。虽然这种通俗文学书刊事实上在和庸俗读物竞争,占领了相当大的读者市场,社会效益和经济效益多是好的,但是在雅文学的殿堂里似乎还没有他们应有的地位,那些作家似乎还被人"打入另册"。他们的事业亟须支持和指教,他们的作品亟须提高其艺术水平,许多成功和失败的经验应该进行总结,许多通俗文学理论应该进行研究。特别重要的是很希望有一批雅文学的作家,与他们为伍,以更好的艺术表现能力,创作出大批为中国老百姓喜闻乐见的通俗作品。说实在的,就是有本事的作家,要写出像老舍、张恨水和海外某些消遣性流行小说作家的同样水平的作品，并不是一件容易的事。不仅要放下架子，而且要重新学习。更重要的我以为在文学界要树立一种思想：不要小视通俗文学。这便是我所呼吁的主旨。

原刊于《写作》1988 年第 10 期

在四川省通俗文艺研究会
第一届第二次常务理事扩大会上的讲话

同志们：

　　对通俗文学的认识，是大家比较一致的了。现在的问题不是谈理论，而是如何行动起来的问题。刚才听了刘永康同志的报告，提到主要是办什么，一条二条三条；将要干什么，一条二条三条。这就很好。听到通俗文艺方面能办几件实事，我很高兴。

　　关于雅文学向通俗化发展的作品，我们雅文学作家也应从主观方面找一找自己的问题，作家要自省、反思一下，我们近年来文学的一些走向，是否符合有中国特色的文学。有些雅文学出来时捧得太高，但读者不买账。还有人提出要淡化政治，当然，简单提为政治服务是不好的，但要说雅文学和当前的政治毫不相干，这个想法就不很好了。

任何文艺总是要反映时代和人民生活，这就是政治，离开这个政治是不可能的。离开了政治，离开了生活，是不好的，我同李洁非谈过两次，他在谈到这个问题时，很悲观，他在说到我们的文学怎么样时，提道："我们有整天躲在大漠深处制造一些赌徒、怪客、马贼的作家，有沉溺于偎红倚翠、争风吃醋的大户人家的隐私秘事的才子，有仿古风格的美文爱好者，用死的语言描述当代生活的文体异癖者，还有闲适的笔记体作家，油腔滑调的市民趣味贩卖者，对往昔岁月萦怀感伤怀旧的文人……然而，我们就缺少对现实投注热情、表示关注的优秀作品。"他还说："这是一种不可原谅的沉默。它明显地暴露出一个时期以来，文学界麻木不仁、老气横秋的可悲面貌。对于这样的文学，人民大众回报以冷漠，难道不是恰如其分吗？在这样的问题上，文学并没有理由回避它自己应该负的一部分责任。"

他对于"我们的文学对于现实却无动于衷，文学不屑于和当代现实发生联系，不屑于参与社会变革，现在的文学缺乏血和肉，缺乏有力地把人提升起来的东西"的看法，也许有片面性。然而在我看来却是一针见血，谈到我们文坛的痛处。

那种不关心人民生活，退入象牙塔或追求庸俗中去的作品，群众有理由抵制。这种东西被一些人吹捧的做法，对我们的文学创作和发展是没有好处的。

我们就是要在雅文学滑坡不怎么受欢迎的时候，拿出通俗而又比较雅的具有中国作风和中国气派的老百姓喜闻乐见的文学，为老百姓服务。这也是雅文学，但，是比较大众化的文学。我们完全有条件能创作这个东西。我们要去补这个空当，不要让过去读雅文学的人去读一些庸俗的、揭人隐私的作品。这种作品对我们来讲不是好事。

我是写雅文学的，但我也要写通俗文学而且已写了几本。不管怎么样，只要群众喜欢就行。雅俗结合应是我们文学应走的路子。我们四川通俗文艺研究会要组织创作这类文学，并通过市场，广为发行。

另外，我们也可以写一些通俗性纪事性的报告文学。它和纯文学的报告文学、纪实文学是有所不同的。四川办过一个《人世间》，停了是可惜的。最少也发行二十万，这很好嘛。假如我们能办一个像《人世间》那样的刊物，那就太好了，要使之更具形象化、文学性。重庆的《红岩春秋》也在这样做。如果能办一个或借一个刊物来办，我看还是有希望的。

我们还可以搞一点一般市民的文学，或者叫快餐文学。这种供娱乐、消遣的文学在海外车站码头到处放的是，上车买一本，看完下车就丢。上海《故事会》发行五百万，广州的《家庭》发行一百五十万，也不得了了。这个我们不能忽视。包括武侠、侦破，都可以。海外有一种报纸刊物是佐餐的，或报刊中有几个那样的佐餐的专栏。这方面我们能不能搞些？让它和低级庸俗的东西竞争，去占领市场，就是在地摊上我们也要占优势。这对精神文明建设来说就办了件大好事。过去上海的报刊，栏目雅的俗的都有，而且每天六七幅有趣的漫画，有些很机智、可笑、滑稽的，如《王先生与小陈》《三毛流浪记》等。这些东西潜移默化中向人灌输一些好的思想，这也是群众需要的。像我们学三国知识，最先是从《三国演义》中学的，而不是从《三国志》中学的。

刘永康曾提出搞几个套书，我认为通俗文艺研究会要支持这个事，我们要搞这种通俗的文学，争取它大量发行。通俗文学完全可以靠自己的努力，不要国家的钱也可以搞得很好。

还有一点，我们一定要和书商联合起来，要使他们有利可图。这样有利于我们通俗文学的发行和普及，有利于市场的占领。

最后，我要说，我们通俗文学也应从普及到提高，现在还没普及时很有必要普及，但要在普及中提高。我们追求既雅又通俗的新的文学，我相信，将来这种文学定是雅俗共赏的有中国特色的有中国作风中国气派的老百姓喜闻乐见的文学。它会得到的读者是最多的。我愿意站到这个队伍中来，作为你们中的一员，为你们摇旗呐喊，而且终身不改！

原收录于《马识途文集》第 16 卷《文论讲话》，四川文艺出版社 2018 年版

谈灾难文学创作

汶川大地震是中国亘古大灾难，应该在文学上有所反映。事实上自大地震救灾以来，空前显示全民的新的精神，文艺界已有大量的艺术作品和诗歌、散文、报告文学以及部分小说，但大多是及时反应，应时应事应情之作，激越而缺乏深度，感人作品较少，而传世之作，至今未见。这是自然的事，不可能在灾后短时间便有高水平深思想的作品，但将来肯定会有也应该有好作品出来。

就灾说灾，就救灾英雄说英雄，作为及时报道，感动一时，起了宣传作用，文学家起了感情宣泄作用，都应肯定。但从文学创作的长远考虑，从精品力作的要求考虑，不能满足于此，必须提倡冷静观察，深层次思考，从大灾面前人性的考验，人性与灾害碰撞出来的思想和艺术火花，才是最真最美的，不是昙花一现，而是给人深刻的记忆和艺术的享受。

必须研究灾难文学如何创作才好，要从历史和西方文学作品做研究借鉴。西方文学中灾难文学比如战争文学不少，小说、电影、报告文学都有，如《西线无战事》《魂断蓝桥》都不是努力写灾难的苦难和英雄佳绩，而是透过苦难，透过英烈写人、人性、人性的碰撞，写人道主义、人生价值、生存意义的哲学上的思考。不是直写战争的惨烈斗争，而是以战争作为背景，作为由头而展开写人的思想情感，写人性的变化，写真善美与假恶丑在灾难中的对立斗争，而凸显人道主义的光辉。写各种人物在灾难中的各种内心思想和行动表现，从而发掘出人性光辉，美的灵魂。

所以我赞成作家阿来在评论一个反映汶川地震小说的观点。更大的生活面、更深的生活层的开拓，各种人在灾前各种不同生活道路和人生感悟，爱、恨、善、恶，而忽然全部陷入大灾难中，每个人的生活道路都改变了，思想变了，人生的感悟变了。共同在大灾的考验面前，散发出世纪的人性的光辉。团结、友爱、奋斗、牺牲、悲怆、壮烈……交织在一起，不是人定胜天或豪言壮语，而是与人与大自然的和谐，人与人的和谐，是悲欢离合人性的表露，如此等等。我很欣赏的反映二战时的电影《魂断蓝桥》，可以说是一个经典。

要写出灾难文学的精品，不是靠政治运动或发动或派遣去深入生活，立竿见影，写出领导满意甚至获奖的作品，而是鼓励作家自愿地有生活激情，准备长时间地观察和思考，也许若干年后才写出一部灾难文学作品。给任务，下指标，驱赶式地动员下去，那种组织创作的办法，在战争年代起到宣传作用是有效有用的，但绝不可能产生精品、传世之作。我们追求的是真正的文学作品，不是廉价的宣传品，更不是为人作形象、出成绩、争名誉的"应上"之作。所以我赞成诗人梁平在救灾文学全国性会上以及在《文艺报》上的观点。他和阿来的这些观点才是肺腑之言，才是内行话。

我作为内行里的外行，看到他们的独立见解，很是高兴。特赠二人："文以载道，诗须通禅。"道者人之道也，禅者大彻大悟。唯人道可得宏文，唯彻悟者可吟美诗。唯大作家大诗人能知人之真道、禅之彻悟。

今之作家、诗人，其勉乎哉。

2009 年 6 月

网络文学一议

中国作协和《人民日报》联合开辟《网络文学再认识》专栏，大家一起来探讨网络文学的发展，我认为很好。十年前，我在跟时任中国作协党组书记金炳华同志谈话时就提出，要特别注意网络文学、儿童文学、通俗文学。当时文学界"三俗"（低俗、媚俗、恶俗）现象相当严重，我们都很关心如何提高作家作品的品位、格调。现在看来，这些问题似乎依然存在，比较突出地体现在网络文学中，应该引起我们的注意。

改革开放以后，我国文学发展得很快很好，但我总觉得还有些问题，十几年前我曾经写过一篇文章叫《文学三问》，我提出"谁来为我们守望人文终极关怀的文学家园？谁来保卫我们的文学美学边疆？谁来为我们坚持在马克思主义光照下的社会主义主流意识？"就是针对当时我看到的两个值得注意的现象。

这两个现象现在似乎仍然存在，有的似乎发展得更引起中央领导的关注，我把它总结成中国文学的"内忧外患"。"内忧"，就是文学界的"三俗"倾向，似乎也引起普遍关注。"外患"，就是文化霸权主义的潜在入侵。国际上的文化霸权主义，事实上是存在的，他们在许多弱国取得很大效果。我国因为文化根基比较深厚，文化堤坝比较坚固，不易得手，但是他们总是想用各种方法潜移默化地文化入侵。

十年前网络文学还不太盛行，但通俗文学已经比较盛行了，颇有一些带有"三俗"内容的东西。这些年网络文学发展得很迅猛，有强大的商业背景，有相当一部分写通俗文学的作家转成网络文学作者。过去文学界存在的"三俗"作品，有些转移到网络文学上来了。而且因为有强大的经济支撑，有的颇为得势，振翅高飞了。在这同时，纯文学作品出版却很难，许多作家感觉到纯文学日益边缘化了。但网络文学却很容易上市。然而网络文学对青少年思想影响是很大的，对这个现象我很忧虑。

一个纯文学作家写一本书需要好几年，需要调查研究、深入生活、精心写作，最后印一两万册就不得了了。而网络作家一天就可以写上万字，网络文学作品一出书就是几十万几百万册。作家排行榜以经济收入排行，排在上面的基本上是网络作家。这种现象正常吗？创作用金钱来计算，用稿费的多少来决定文学的优劣，我难以接受。网络文学的内容和纯文学相比较，其题材、体裁、创作方法、描写对象、主题思想是大异其趣的。有的网络文学作品的确有"三俗"问题，娱乐至死，金钱至上，便是死穴。文字粗疏，写作随意，与现实生活脱节，缺乏文学性，则是较普遍的。以至于和我们想对青少年引导的思想倾向，有相当大的距离，和核心价值体系距离更大了。它和雅文学最大的共同点，就是服务的对象，主要都是中国的青少年。

我这样说，并不意味着雅文学比网络通俗文学好，我绝没有这个意思，文学本来无分雅俗，各有长短。雅文学也有雅文学的缺失，有它的短板，有的也严重。为什么青少年不愿意接受我们的服务？这就是最致命的问题。相反地，通俗文学的流行，网络文学的盛行，不胫而走，而且产生的市场价值，它的出现和发展、繁荣，都是有它的必然性的，可以说是应运而生。事实上网络文学必然有很大的长处，对青少年产生巨大的吸引力的形式内涵，它所产生的不仅是巨大的经济效益，更是我们日夜企求的对青少年进行思想教育的巨大的能量，这是雅文学一直追求而一直效果不够理想的。

事实上网络文学发展下来，已经出现了比较好和很好的年轻网络作家，其作品从思想性和美学观（上衡量）都可称上乘作品，与我们过去称道的通俗文学作家及作品相比并不逊色，且有过之者。这些网络文学作品可以说是中国当代产生的群众喜闻乐见、不可须臾或离的文学品种。

现在我们所要说的是如何扶植发展网络文学，如何去正确评价、引导和克服网络文学的缺点。了解网络文学的现状和规律，正视某些不良创作倾向，正是为了更好地发展网络文学。发展网络文学，可以说不是一个单纯的文学创作问题，而是一个群众路线的问题，是如何引导我们的千百万下一代走上思想健康道路的问题。对于网络文学当前的问题，是研究如何增强其力量，壮大其队伍，提高其艺术水平和操作技术水平的问题。因此，我认为：

第一，我们应该认真调查研究网络文学发生和发展的过程，以及和通俗文学的历史传承脉络，为什么能如此迅猛发展，青少年能如此迅速接受、喜爱，那些"粉丝"是怎么出现、扩大和思考的。首先了解服务对象本来就是文学作家的本职工作。

第二，调查研究网络文学的生产者和销售环节是怎么运作的，特别是现有的网络作家的情况及他们的思想环境和创作特点等。网络文学的生产力是最中心的问题。不是主要地去追寻他们的缺点，而是去了解他们的技能长处和经验。

第三，我们从北京到各地有庞大的作家组织和众多的有创作经验、有较高文化水平的作家，应该有意识地鼓励一批有志之士，下决心转入到网络文学创作队伍中去，要学好怎样写网络文学，怎样提高网络文学的文化素养和艺术水平。做一个拥有大量消费者的网络文学作家是最光荣的事，必然得到领导的支持和鼓励，并有具体的办法公之于众。

我设想的引导纯文学作家转入网络文学创作，不是一件容易且短期能见效的事，要有耐心，有韧性。从事纯文学创作的作家千千万，虽然都具有作家的基本水平，都想上升到作家金字塔的顶端无可厚非，但是古今中外能够爬到光辉顶点的作家终归是很少的。作家们一年写出几千部长篇，但能得到出版者和读者普遍喜爱的只是少数，大量作家的精力和时间实际上是浪费了。或许我们一百个作家创作的作品发行总量，还不如一个网络作家所获得服务对象的数目，从人力上和经济上都是不合算的。当然，我的这种论断也许不一定能为一些作家所接受。

在此同时，我想提出相似的问题。我们的影视作品对群众的影响，恐怕比网络文学还大。一部好电影的受众达若干亿人，其影响之大，可以想见。但是，我们不讳言有的影视作品创作水平不高，思想性艺术性不足，我们的影视剧本创作队伍很缺，可否也有意识地鼓励一些作家进入影视创作队伍里去呢？这是很重要也很光荣的，能更好地服务于大众。

这些年来，中国作协很重视网络文学，不但建立了网络文学重点园地联席会议制度，举办网络文学作家培训班，今年还对网络文学生存状况进行了专题调研。对这些举措我都很欣赏很赞同。我想要提醒的是，对网络文学以及影视文学中存在的"三俗"问题，要引导但不能操之过急，走极端。文艺界的事，善于引导和宽容一点的好，这是我从过去的经验里得到的教训。

2014 年 5 月 30 日

名著改编和地方特色

——从四川台的川味电视剧谈起

　　四川电视台新推出的根据著名作家沙汀同名小说改编的两部电视剧《在其香居茶馆里》和《一个秋天晚上》，我一连看了两遍，十分兴奋，也十分欣慰。

　　我认为这是两部品位较高、艺术性较强、川味十足的电视剧，它们很好地体现了沙汀原著那种意味深长、人物鲜明、川味浓烈的特点。这恐怕是《抓壮丁》和《死水微澜》以外，最能使我如此兴奋的川味片了。这两部电视剧打消了我多年来对于把沙汀的小说搬上荧屏的顾虑。头一个顾虑是，沙汀的小说十分精练，缺乏故事，以极少的笔墨，生动地刻画极复杂的人物心态，包罗了广大的社会众生相，具有深刻的社会意义，因此他的作品不易吃透，要搬上荧屏，更有难处。第二个顾虑是，现在熟悉当时社会生活的人越来越少了，要形象地再现当时的人物和场景，不致走样，也不是容易的事。至于要把本来缺乏故事的人物和场景，不致走样，也不是容易的事。至于要把本来缺乏故事性的作品搬上荧屏，还要做到引人入胜，能够吸引观众看下去，而且津津有味，那就更不简单了。

现在我看了由吴因易编剧、马功伟导演和众多演职人员共同拍摄的这两部电视剧，却大为惊异。他们不仅相当好地吃透了沙汀的原著，而且相当生动和准确地再现了当时的生活和人物，并且是经过典型化了的。过去那些小镇人物的相貌声音、衣着打扮、生活习俗，以及在茶馆里"吃讲茶"的情景，那种大半用破庙改造而成的联保处或乡政府的模样，便历历在目了。在场面展开上，在人物性格挖掘上，主要以展示人物性格的矛盾冲突、特异的生活环境和生动的艺术语言来吸引人，这其实比时下某些依靠看来复杂其实是生编的情节，故弄玄虚的悬念，甚至无聊的噱头和不堪入目的动作来吸引人的电视剧，更能引人入胜，品位也高得多。

沙汀的原著是短篇小说，现在各拍成近一个小时的电视剧，能体现原著精神风貌而不显得拖沓，可以看出编导是把沙汀其他小说的各种背景、人物、气氛，熔铸于其中的，这就是功力所在。当然根本的还在于沙汀的小说本来容量很大，是生活的浓缩体，只要做合理的补充与展开，就会有"本应如此"的感觉。

最令人兴奋的是浓郁的川味。我以为作品写四川的人物事件，而不具有川味，那是不够味的，假如不能说不够格的话。川味并不是猎奇，而是要有四川人的气质、风度、语言、情趣、幽默感，四川的风俗习惯、山川景象，而且是典型化的。这样就易于在艺术上异彩纷呈，在中国文艺中占有特殊的地位。川剧、川曲、川歌、川舞，都是如此，川文、川影视也应如此。看看李劼人和沙订的小说，看看电影《抓壮丁》，都是以川味取胜的。我想套用一句话：越有地方性就越有全国性。

有人说，能够拍摄成功，是沙汀提供的文学基础好。这是真的。但是我以为如果没有编剧、导演和演员以及工作人员的共同努力，没有一个好的班子，好戏也是唱不出来的。

我想特别说到吴因易和马功伟，看来吴因易对于川西北的生活是熟悉的。马功伟听说还不是四川人，然而他却比较深地理解沙汀原著，比较准确地再现当时的人物和生活，叫他们"原形毕露"，可见他下的功夫不小。荒煤说到《在其香居茶馆里》演得好，是的，那是旧社会的浮世绘。看在四川茶馆里那些头面人物互相倾轧的闹剧和周围麻木的看客，就可见旧社会腐烂透顶。其实我认为《一个秋天晚上》更叫我感动。其中几个人物也演得好。筱桂芬那个在生活底层受压迫与受屈辱的弱女子，那么忧郁、善良、楚楚动人，全无一点"流娼"的恶劣气质（她本来是被逼良为娼的），这个分寸掌握得好。这个剧是一曲灵魂的呼唤，也是人性的复归，被侮辱与被压迫者的相濡以沫的赞歌。怪不得沙汀生前念念不忘，希望把它搬上荧屏。

我希望这个班子再多拍几部川味电视剧，再多炒几盘川味菜贡献于全国人民。

原刊于《人民日报》1994 年 6 月 4 日

马识途论诗

——《未悔斋诗抄·跋》

　　这一卷《未悔斋诗抄》需要做点说明。

　　这是我把已出版的传统诗词、短诗、长诗三本书混编在一起的。一本是重庆出版社出版的《焚余残稿》，是我写的一部新诗。一本是四川人民出版社出版的《路》，是我写的一部叙事长诗。一本是天地出版社出版的《马识途诗词钞》，是我写的传统诗词或叫古体诗词。

　　我曾经年轻过，因此我也写过很多的新诗。但是由于工作流动频繁，多已散失，只保留了一本草稿，从不示人。谁知"文革"一来，这本诗稿作为罪证被抄没了，且在他们消灭"毒草"时加以焚毁。我在他们的文化火葬场里，偶然捡拾到部分残稿。

敝帚自珍，加以整理，才有这本幸存的《焚余残稿》。但是我在大学时写的两部长诗，却已化为灰烬。我对于根据抗战时期流传在滇缅公路上的一件美丽动人的异族青年抗战恋爱故事而写的那首叙事长诗，不甘心听其湮灭，便凭记忆重新写了出来。这便是四川人民出版社为我出版的小册子《路》。

现在的青年诗人读到我们那个时候写的新诗，一定以为是"革命诗"，一无可观，形式更是陈旧吧？但我却并不妄自菲薄，一个时代有一个时代的诗歌思想和形式，我在闻一多老师的影响下，想在新诗中尝试追求格律化，不管成功与失败，在今天未必不是问题。而在革命精神的激扬下，发自内心的呐喊，未必比那苍白的无病呻吟，更无足观吧。

在这一卷里占有很大篇幅的是我的《马识途诗词钞》。这是一部传统诗词集，也就是新诗对照而言的旧体诗或古体诗。我这绝不是如某些老人说的那样，说几乎"五四"以来所有出色的写新诗的诗人，到晚年都写起传统诗词来，并以证明新诗的不行来宽慰自己。新诗在它的发展过程中有自己的问题，毋庸讳言，但新诗总是诗歌发展的主流。传统诗词也并没有已经走到绝路，应该送进棺材了。传统诗词仍然有表现生活的发展余地。我看还是二者各取所长，相辅相成，并行不悖，以更多的形式发展祖国的诗歌吧。

至于我呢，并不是在晚年才写传统诗的。我在幼年读私学时，便开始学写诗词了。我曾经写过很多传统诗词，可惜解放以前都已散失，只有很少的几首还保留在这本《诗抄》里，其余都是写于"文革"中和以后的，于是看起来我是老年才写传统诗词的。我写传统诗词，一开始就坚持主张传统诗词必须改革，不仅要表现新生活新思想，并且要进行形式的改革。不改革，传统诗词是没有生命力的。所以这本《诗抄》里还附录了我对改革传统诗词的几篇文章。

在我的《文集》里编入这么多的传统诗词，并非我想复古，发思古之幽情。虽然我也不免敝帚自珍，主要还是因为我通过这些诗词，可以从一个侧面反映我的思想和感情，和编入这部文集的其他作品，并无二致。所以要啰唆地说这些话。

还要啰唆几句。在这一卷里除开编进我撰写的若干楹联外，还附录了我取名《文言杂俎》的几篇文言，因为不愿割舍又无处可放，便勉强附录于此。这些文章文采如何，我不敢说，但都是有可读内容，大多已被镌刻于石或印入书中的。有的文章如《祭李白文》，曾费我两个多月的推敲，有的如《忠州赋》，我修订了几个月才完稿的，因为曾耗费过我不少精力时间，所以敝帚自珍编入此卷。不愿读的弃之如敝屣可也。

原收录于《马识途文集》第12卷《未悔斋诗抄》，
四川文艺出版社2005年版

与传苿论诗

漫道清辞费剪裁，浇完心血待花开。

华章有骨直须写，诗赋无情究可哀。

沙里藏金淘始出，石中蓄火击方来。

芙蓉出水香千古，吟到无声似默雷。

选自中华诗词研究院编：

《中国诗词年鉴（2011）》，中华书局 2011 年版

写字人语

　　我自幼入蒙即学书，初描红，继学颜，终习隶，垂八十年，迄无成就，仍在门外。是知中国书法之不易也。虽然多蒙关爱，参加过全国及地方各种书法展览，并为我举办过几次个人展，曾被聘为省书协名誉主席，我仍汗颜，只以写字人自居，不敢以书法家自命也。今《书法报》竟欲为我辟专版，虽不免惶恐，却盛情难却，这恐是我和书法最后一次结缘了，于是欣然应命。除提供几张书法作品外，还要写点文字，谈我对中国书法的看法，只得勉为其难。说得对与错，敬请方家指正。

　　中国书法是中国独有的一种艺术表现形式。它是书法家的思想、感情和品德的一种特殊的艺术性的宣泄形式，所以古人说"书为心画"。既然是艺术的表达，它就必须遵循艺术的规律，因为是书法艺术，它就必须遵循书法艺术的特殊规律。人人都有思想感情和品格，不是人人都可以成为书法家。进行各种艺术活动的人很多，他可以成为作家、戏剧家、音乐家，不一定能成为书法家。书法艺术可以说是绘画艺术的一支，所以有人把它叫作抽象画。然而我以为书法与绘画同源而分流，书法不是绘画，画家可以且较易成为书法家，但他没有掌握书法艺术的特殊规律时仍然不是书法家。甚至书法虽然以中国文字作为载体，天天使用文字的人，不经过刻苦学习和锻炼，也不能成为书法家。有的人就是经过刻苦学习和锻炼了，一辈子也成不了书法家，像我这样就是，所以我觉得，无天资者不可学书，无学养者不可学书，无耐力者不可学书，欲以之作敲门砖沽名求利者更不可学书，如此说来，学书难，成书法家更难了。说难也不难，书法的载体是文字，有点文化的人每天和文字打交道，都能发现书法这种艺术化的文字，对之有一种口不能言心领神会的美的享受，都能感觉到它的诡异性和神秘性，且富有一种特殊的魅力，这些横七竖八纵横交错的线条，怎么就能使人感到如闻雷霆万钧，如见波涛汹涌，如赏春花秋月，如醉美人歌舞的愉悦之情呢？不用说书法家那种笔飞墨舞、纵横挥洒、汪洋恣肆所带来的快感了，所以每一个有文化的人，无论贤愚贵贱，都欣赏书法，而且许多人还想以书法寄托自己的感情，抒发自己的性灵，宣泄自己的哀乐，于是书法艺术张扬开来，书家辈出，历代不绝。于是我辈舞文弄墨之徒也仰慕书家，虽不能至，心向往之，只要锲而不舍，彼美人兮，君子好逑。学书如得法，知其难则行之易矣。

学书之法，古今论著甚多，不乏至理名言，学者自应奉为圭臬。但就中国书法艺术入门而言，我总记得初学时老师教导我的话。他说，书法是艺术创作。什么是创作，创作就是创造，就是出新，就是超越前人，超越自己，超越时代，能不背于传统根底而又给艺术增添新的光彩，这是书法家孜孜以求的。也就是说，在学习中国传统书法的基础上而又力求艺术上的标新立异。但是欲达此目的，必须从临摹前人书法入手，由远而近，达至极似，几可乱真，然后由近而远，脱离宗师，创立自己独特的即便不足以成家也能自成一格的风格。即使成就不大，总比那种好高骛远，没有学爬就想学飞，草率从事，以革新派自居，甚至走到邪门歪道上去还自鸣得意的书法要好。

因为我是一个作家，多少知道一点艺术规律，书法是一种艺术，多少也知道一点书法艺术的规律。我习隶书八十载，也约略领会书法创作的甘苦，摸索到一点书法创作的门道，但是由于我耽于俗务，一曝十寒，没有大的长进，可以说还处在由远而近的临摹阶段，离由近而远、创造个人风格，还有很长的路要走。然而我已垂垂老矣，无能为力。只悟得一句真言："书贵有法，书无定法，要在有法无法之际。于有法中求无法，挥洒自如，兴尽而止。"我是赞成"无法即法，是为至法"的，但我更主张"于有法中求无法"。我看有的学书法的人，甚至已号称为书法家的人，似乎不大注重多看多临古今碑帖法书这种打基础的功夫，而欲凭自己的兴趣，随意挥洒，便想自成一格，招摇鼓吹，自立门派。其实没有功底的书法作品，犹如水无源树无根，显得那么轻浮和飘摇。有的甚至似画非画，鬼画桃符，无法辨识。我不是主张墨守成规，追摹古人，而主张继承传统，推陈出新。因为书法自古流传，不断淘洗，留下许多艺术精品，值得后人学习，发扬光大。近年草书颇为流行，蔚然大观，但泥沙俱下，有的草书乍看张牙舞爪，龙飞凤舞，但是如果不加旁注，草书行家也难以辨识。其实草书有长久的历史和深厚的积淀，可资师法的大师多矣，即使你狂草醉墨，总还得有个公认的章法，让大家认识你写的文字内容。而且我以为任何艺术表现形式，总要表达一定的内容，我主张"书以载道"，一件书法作品，我们欣赏其艺术之美的同时，一定会理解文字所载负的内容的真与善。真善美作了完美的表达，这才是好的书法艺术。

我这样说，并不是希望大家师法古人，亦步亦趋，墨守成规，书法是艺术，艺术就是创造，贵在出新。书法贵在从有法达到无法，臻于化境，无法即法，是为至法，创造出新法了，这就是书法的进步，这就是书法的发展史。其实追查古代，有没有书法这个专门职业、特有行当，值得研究。文字是人际交流除语言外的主要工具，书写文字是各行各业有文化的人自然而然每天要做的事，像每天要说话吃饭一样。其中有写得出色的互相观摩交流，才出现所谓书法和书法大家的。今日流传视为书法经典的《兰亭序》《寒食帖》何尝是专门创作的书法作品呢？正因为是古人任意而写，正是他们心灵的反映，所以特别显得自然而潇洒。所以书法应是出自人的本性，性灵的外露，情绪的宣泄，贵在自然，不宜刻意为之。或有人引清人赵之谦语：

"书家有最高境，古今二人耳。三岁稚子，能见天质；绩学大儒，必具神秀。故书以不学书、不能书者为最工。"大概也是这个意思，书法以天真自然最好，他是极言之，是指书法艺术的最高境界，即无法即法、"随心所欲不逾矩"的境界。达此境界者才可称书法大师。这样的大师必然是德艺双馨、才学兼备的。今日中国太需要涌现出几个这样的大师引领书界攀登书法这座世界独有的艺术高峰了。

2007 年 8 月

.

门外电影杂谈

　　《电影作品》创刊了，祝它在电影百花园里争奇斗艳，繁荣昌盛。

　　我没有从事过电影工作，不会编，也不会导，更不会演。但是我是一个热心的电影观众，看得多了，难免就在我这个电影门外汉的脑子里有些反映，形成某些概念。而且也难免听到其他一些观众，首先是我的家庭中的年轻的观众发表某些议论。我现在就把这些概念、议论记下来，取名曰《门外电影杂谈》，以偿《电影作品》编辑部的文债。

一、"露"和"假"

　　粉碎"四人帮"后，我们的电影事业已经取得了不小的成就，再不是过去那个单一的样板戏模式，但是，我却发现，我们的一些国产片远不如外国影片那样受到观众尤其是青年观众的欢迎，甚至出现放映这些国产影片时电影院门可罗雀的景象。

细想来，某些国产影片不受欢迎的根本原因，一是太"露"，一是太"假"。

先说太"露"。我们有些同志过分迷醉于"电影是宣传教育的重武器"这样一个对于搞宣传教育和文化工作的同志特别富于诱惑力的口号，而对于周恩来同志的"寓教育于娱乐之中"的教导领会太少，电影当然是很厉害的宣传教育武器，但是人们挤出宝贵的休息时间，花钱买票到电影院去，他首先想到的是去寻求艺术上的享受，以解除身心疲劳，而不是去听政治报告，去领受最后走出影院只剩下的一个"高大完美"的抽象概念的。他们已经吃厌了当年强喂给他们的八个样板电影中的"高大完美"，看厌了那些斗走资派电影的丑恶表演了。他们到电影院是为了娱乐，为了寻求艺术的享受，满足精神饥渴的。如果不注意电影的娱乐性，教育性也就无从寄托了，只有在他们寻求娱乐中对他们进行潜移默化的教育。

我以为某些外国电影的厉害之处就在于把政治色彩尽量掩盖起来，主题是在情节的推移中自然地流落出来的，使你不期而然地就接受他们的政治倾向、哲学思想、价值观念和生活方式。而我们有些失败的电影片子的糟糕之处，就在于过于严肃的主题，"高大完美"的形象，看头知尾的情节，矫揉造作的表演，正确而多余的废话，人为的紧张斗争，而且总不忘记有那么几个木偶式的人物扯开嗓子在那里大作其蹩脚的政治说教，却很少听到几句哲理性的妙语警言。他们竭力拔高在银幕上装腔作势的正面人物（不幸往往是领导干部之类的人物），常常引起观众的哄堂大笑和反感，视为滑稽。这恐怕是编导和热心提倡的领导同志始料所不及的吧，而且不能不感到几分悲哀吧。这种语言无味、面目可憎的八股老调要什么时候才能唱完，我们要多久才能变得聪明一点，懂得"寓教育于娱乐之中"的真意，多注意潜移默化的功夫呢？

再说太"假"。不知怎么地，有的外国好影片，从其总的主题和故事情节看，明明是假的，然而在具体的细节处理上，在表演艺术上，却是那样的逼真，看不出是在作假，使你着迷，甚至忘记是坐在电影院里看戏。而我们有的影片却一看就知道是在导演的精心策划下，认真地在做假戏，有些人物那么矫揉造作，装腔作势，就看出是假的。那些服装、道具、布景也常常露出马脚，看出假的成分，比如还保留新衣折纹的褴褛衣服。最可笑的是学外国的打斗，一个装出准备挨打的架势，一个摆够了架子再从容打下去，令人发笑，政治上的过于露骨，艺术上的过于作假，要吸引观众，令人神往，是困难的。在这里我觉得用得着鲁迅的几句话："有真意，去粉饰，少做作，勿卖弄。"

二、领导是关键

要解决电影片的太"露"和太"假"的问题，当然有赖于电影编、导、演、职人员在艺术上和技巧上的共同努力。而且我也毫不怀疑我们现有电影工作人员的艺术水平和技术水平，更不怀疑他们在"十年浩劫"后的积极性和创造性。在电影的几起几落中，我仍然看到电影界有的是非凡的人物，就是在"四人帮"肆虐十年之后，电影界仍然不乏"岁老根弥壮，阳骄叶更阴"的老的一代以及初露头角便见峥嵘的新的一代。我以为根本问题是解放思想，如果余悸在身，预悸在心，左顾右盼，一步三回头，或者老是抬头向上，看头上悬的什么棍子和帽子，是不可能大胆创新，奋勇向前的。要解放思想，关键恐怕又在于有资格拿棍子和帽子的文艺领导。如果领导同志总以为祖宗之法不可违，已成之规不可犯，什么事都要看老火色，摸着石头过河，甚至深怕电影成为"制造思想混乱的带头羊"，把电影笼头捋得紧紧的，还要层层把关，三堂会审，不求艺术有功，但求政治无过，那是无法解放思想的。这里又用得着"领导是关键"这句老话了。也可以说，这是我几年当过"把关太岁"的经验之谈吧。寄语后来的电影领导同志："四人帮"垮台了，一场噩梦过去了，用不着那么谨小慎微了，让电影的编、导、演、职人员放开手脚去干吧，和他们平起平坐，共同切磋琢磨吧，改变把关和过关的关系，出了问题替他们承担子吧。

我这么说，绝不可以曲解为，摆脱党的领导，电影便会兴旺。我以为正相反，电影特别需要加强党的领导，因为这个重武器关系重大，乱开炮也是可以造成灾难后果的。我的意思是要坚持党的领导，要改善党的领导，改进我们的领导思想和领导方法。不要横加干涉，不是不加干涉。事实证明，粉碎"四人帮"后的这几年中，由于加强党的领导，电影有了飞跃的进步。我们已经从许多精神枷锁中解放出来，我们已经突破了许多禁区，题材正在扩大，艺术正在提高，人物更加典型，故事更加生动，风格更加多样化。在文艺的春天中，电影百花园中万紫千红，争奇斗艳的景象已经出现了。

三、社会主义效果

"注意社会效果"，这一句话在领导同志的报告和一些报刊文章中出现后，听说有的人又产生了疑虑："是不是不'放'了，要'收'了？""又不敢解放思想了！"甚至和去年春天的倒春寒联想起来。我听了起初感觉很奇怪，怎么能把文艺作品要注意社会效果和"收"联系起来呢？怎么注意效果便和解放思想对立了呢？后来一想，也不奇怪，杯弓蛇影，由来久矣！"一朝被蛇咬，三年怕井绳"，也是人之常情，问题是我们应该去调查研究一番，发现井绳到底不是毒蛇，便用不着胆战心惊，甚至硬把井绳当毒蛇或准毒蛇来加以怀疑和夸张。

我们办任何事情，总要产生社会效果，并且总要顾及社会效果。电影作为一个具有广泛社会影响总要产生好的或不好的社会效果的事，怎么能不注意社会效果呢？既然摆在我们面前的迫切任务是社会主义现代化建设，那么我们办事，写文章，拍电影，就应该是促进"四化"，而不是促退；是促进安定团结，而不是分裂和动乱；是鼓舞人民对社会充满信心，而不是带来悲观失望，出现"信仰危机"；是树立党的崇高威望，而不是损毁党的形象；是造就社会主义新人，而不是"跨了的一代"。这便叫注意社会效果。

我这样说，绝不意味着出了什么大的偏差，要进行纠正甚至批判了，绝不是的！我们必须把棍子和帽子永远送进博物馆去，面对当前文艺创作中出现的一些问题，比如文艺的社会效果问题，进行心平气和的、平等和自由的讨论。

我这样说，更不意味着从此我们对于阻碍"四化"的种种社会现象再也不敢揭露和批判了，绝不是的。对于"四人帮"遗留下来的种种流毒，对于封建社会和资本主义社会给我们带来的溃疡，对于一切腐朽落后的意识形态，我们还应该利用文艺武器，加以揭发和批判，但是，要注意分寸和社会效果，要有社会本质和数量的认识，要引人去疗治和进行有效的斗争，而不是去欣赏脓疮上桃红色的艳丽，不加选择地去刻画生活中并未带有普遍性，因而也就缺乏典型性的环境和人物，醉心于并非社会主义制度与生俱来的，因而也就不是社会本质现象的精心描绘和随意夸张，恐怕不是社会主义文艺的典型论所提倡的吧。绘影形声铺陈盗窃、凶杀、奸污、斗殴和种种脏污行为，一味追求刺激、荒诞、离奇的种种耸人听闻的情节，恐怕未必就算是脚踏实地的写实派吧。这些问题，可不可以展开平等的讨论呢？是不是一提这些，便算"长官意志"，便是"收"呢？

我们是反对"收"，而坚持百花齐放的，但是这不等于说什么都可以放，我们主张放是以促进"四化"为目的的。我们坚持三中全会解放思想的方针，主张造成生动活泼的局面，但是这不意味着不讲原则立场，不管社会效果，我爱想什么就说什么，我爱些什么就拍什么。解放思想也是以安定团结为前提的。

我深信文艺的社会效果这个问题在电影界展开讨论，带来的不会是新的"倒春寒"的"预悸"，而是更加繁荣的文艺春天。

原刊于《电影作品》1980 年第 1 期

要好好宣传革命传统教育片

 我曾经在《银幕内外》（原名《电影评介》）上提到"要好好宣传国产影片"。现在，在纪念党的六十周年生日的时候，在影院放映一批反映革命斗争、歌颂革命先辈的影片的日子里，我想进一步提出："要好好宣传革命传统教育影片。"

 为什么？从实际出发嘛。

 省电影公司的同志告诉我说，有相当多的观众，据说主要是青年观众，对看革命传统教育的影片兴趣不那么大。这是一个发人深思的问题。在党中央强调要加强革命传统教育的今天，更值得我们好好想一想，不光是说一说，而且要动一动，不能漠然视之。

 青年人喜欢看反映现实生活的影片，特别是从他们的现实生活出发，喜欢看反映青年生活的影片，这是很自然的事。总的说来，在国产影片中应该以反映现实生活为主，以反映为祖国的四个现代化建设献身的工人、农民、解放军、知识分子的生活为主，这是完全必要的。应该说，在反映现实生活的影片中，反映青年生活、反映少年儿童生活的影片，还是太少，而有较深的思想理念和较高的艺术水平的就更少。

我国的青年一代是富于朝气、勇于进取、勤于思考、善于斗争的一代。诚然，他们之中有的也在"十年动乱"中遭受过精神的折磨，忍受过知识的饥渴，参加过盲目的活动……因而，他们中有的表现出痛苦彷徨、悲观失望，以至于没信仰，不信任，无信心；有的则表现为似乎什么都看透了，超然物外，或愤世嫉俗，尖刻冷漠；还有的则沉溺于庸俗的生活、感官的享受，把腐朽当神奇，以肉麻为有趣，想用别人的精神鸦片来疗治自己的神经萎缩症。当然，也还有极少数盲目反抗现实，秘密串联，妄图闹事的人。于是这一切便招来某些坚持"凡是"观点、花岗石脑袋和具有"九斤老太"思想的人的非议，对青年怀疑、失望和厌弃，认为"一代不如一代"，认为他们是垮了的一代。但我以为，不从总的倾向上看到他们是思考的一代、奋进的一代、最有希望的一代，是本末倒置的。说实在的，现在反映我们的青年一代的思想、情绪、兴趣、愿望和要求的影片还是太少了。自然这是另外一个话题了。这里我想强调的是，关于反映革命传统的影片的问题。

正是为了我们的青年一代的健康成长，为了提高他们的民族自尊心和自信心，不致数典忘祖，忘记过去，我以为应该多拍摄反映革命传统教育的影片。已经拍出来的不多的革命传统教育影片，应该好好进行宣传，使之发挥更大的思想教育作用。正是在这一方面，我以为不是没有值得注意的问题的。

首先，我以为我国的电影反映建国以前的革命斗争生活还是太少。一部中国现代史，有多少再接再厉的革命斗争，多少可歌可泣的英雄人物啊！那些惊天动地的革命战争，那些前仆后继的白区斗争，那么多工人、农民、学生和知识分子，为天地存正气，为民族求生存，做出了多么巨大而宝贵的流血牺牲！在中国过去的历史上和外国的历史上，能找到多少这么惨烈、这么英勇的革命斗争？这么长期的反复的失败、斗争、再失败、再斗争？有像二万五千里这样的伟大长征吗？有像淮海战役这样一次五六十万人的伟大战役吗？有这么横空出世、叱咤风云的革命英雄人物吗？这是炎黄子孙的崛起，是"东亚病夫"的苏醒，是中华文化的昂扬，是我们人类的骄傲。然而，我们在银幕上反映了多少呢？百分之一，千分之一？我们的前辈不惜用大量鲜血来谱写历史，为什么我们却吝惜一点墨水来记录历史？

其次，我们已经拍摄出来的反映革命斗争的影片，诚然是尽了心力做出了很好的成绩，但是和革命历史丰富多彩的内容比起来，还未免逊色，有的影片甚至还很不足：如有的在事实的选择和素材的汲取上与实际情况有出入，有些不适当的伪造和虚构；有的过分强调现实意义或因某些政治禁忌而没有按历史的本来面目进行描绘，做了不适当的渲染或夸张，或者在艺术上没有很好的集中概括，没有塑造出感人的典型形象；有的成为事件的重述和史料的演绎，因而抓不住观众，使人看了不能感奋。就是说在艺术上缺乏特色和魅力，经受不住历史的淘洗而逐渐黯然失色，以至为人遗忘了。特别是有些描写白区斗争的电影，过分在猎奇上下功夫，使人怀疑是从国民党特务和国际间谍活动以至美国西部打斗影片中去吸取素材而生编硬造的，完全歪曲了白区斗争的本质特点。最近有一部电视连续剧表现得最为突出，歪曲到使在白区工作过的一些同志感到愤慨。

再次，我们对这些反映革命斗争的影片，宣传不力。现在许多青年人对于中国的历史，对于革命斗争历史和革命英雄人物缺乏知识，甚至惊人地无知。他们既不知道我们这个伟大的中华民族经历了多少艰苦的岁月，严酷的斗争，创造过多么灿烂的文化，具有多么伟大的民族传统和生命力。他们更不知道社会主义新中国是我们的前辈忍受过什么样的痛苦和耻辱，经历什么样的奋斗和牺牲，才推翻了"三座大山"，在东方站立起来的，他们有的甚至由于"十年动乱"和欺骗宣传，泯灭了民族自尊心和自信心，对宣扬革命历史歌颂革命前辈英雄，产生下意识的冷淡、隔膜以至反感,我们这是对他们进行细致的教育，生动地介绍革命斗争历史和讲述革命英雄事迹。要使青年明白，不追思和继承自己民族传统，不怀念和尊重自己民族光荣过去的民族是没有希望的民族，对自己祖宗和先辈的创业伟绩没有兴趣，不屑一顾，以至忘记了，他绝不可能成为一个有出息的炎黄子孙。如果连自己的根扎在哪里都不知道，甚至怀疑根的存在，他怎么能希望长成伟干、奇枝、茂叶，开出繁花和结出硕果呢?

但是,对于青年一代于革命传统的无知,是不应该责备的。问题在于我们怎样弥补,怎么加强革命传统教育。现在党中央提出要加强革命传统教育,我以为电影是进行革命传统教育最有力的工具。因此,我期待电影界做出进一步的努力,并且希望电影宣传部门多宣传革命传统的影片。

原刊于《银幕内外》1981 年第 7 期

我看当下的谍战剧

日前，中国现代文学馆为我的新书《没有硝烟的战线》（四川文艺出版社出版）召开了作品研讨会，能在 98 岁的年纪上成为会议的主角，这是我没想到的。

这部作品也可说是为纪念在隐蔽战线上战斗的英雄和烈士们而创作的。由于我不是写影视文学作品的行家里手，冒昧从事，只写成了这么一部不算成功的影视文学作品，但我不认为是失败之作，至少为影视创作提供了一批可作为参考的素材。这批素材和我过去创作的革命文学作品一样，是符合党的地下工作实际的。所谓合于实际，就是没有背离地下工作的指导思想、组织原则、活动规律、秘密工作纪律，而这些是地下工作的生命线。我记起党中央南方局书记周恩来同志说过的话：我们在白区战斗，一没有根据地，二没有武装，也缺乏金钱，靠的是什么？靠的就是正确的路线、坚定的信仰、严密的组织、严格的纪律、细致的秘密工作和灵活的战略战术。如果没有鱼水情般的群众支持和统战朋友的帮助，我们是不能成功的。

目前，反映白区地下斗争的影视作品多起来了，虽然其中不免有一些疵漏，但总的来说，编、导、演都很精彩，我们做过地下党工作的老同志看了很高兴。但同时，我们也看到了一些不满意，甚至是很不满意的作品。有些编剧似乎对于当时地下斗争的实际了解不多，常见有违背原则和纪律，特别是违背组织原则和秘密工作纪律的地方。他们似乎不知道我们地下斗争是在党委的统一领导下，严格分成群众工作、统战工作、军事工作、情报工作、通联工作、掩护工作等几个方面的，它们是各司其事，互不混同的系统；即使有必要联络，也必须经过严密的组织安排。因为如果不同工作系统、不同层级的同志随便交接，稍有不慎将带来严重后果。

在报刊上常见有"大事不虚、小事不拘"的创作原则的说法，这应用于一般革命历史剧，也许可以；但应用在情报工作即通常说的"谍战剧"，则很值得研究。可以说，"谍战无小事"，在极其危险的前线进行极其复杂战斗的情报工作人员，即使微不足道的小失误，一句话、一封信、一点生活作风、一件衣着打扮得不检点，就会给本人带来杀身之祸，给组织带来灭顶之灾。这样因小事失误，而遭致巨大惨祸的事件，我所见多矣，那是多少英雄烈士的鲜血呀！有些谍战影视剧，太不注意某些细节了。有些编剧似乎把中共地下党员和国民党的特务、海外间谍等量齐观了，过去他们就叫我们为"共谍"，其实我们之间是有本质区别的，不能混同。另一方面，我还发现，也许是出于好心，有的编剧把我们地下工作者加以神化，其实，我们并非无所不能，国民党特务也不是豆腐渣，大家知道的《狱中八条》之中就有一条："不要轻视敌人。"

我最不满意的是，有的"谍战剧"不知是在什么原因的催动下，一窝赶风，草率从事，艺术粗糙，歪曲历史，污损形象，结果令人啼笑皆非。

我说这些话，无非有以下希望：第一，确实要有更多更好的反映革命历史斗争的影视剧推向荧幕，这是社会主义精神文明建设的一部分；第二，革命历史斗争剧不只是，甚至主要不是"谍战剧"，革命历史有着更广阔的天地让作家驰骋；第三，即使"谍战剧"，也要在艺术夸张和虚构中不离原则，不违纪律，特别是秘密工作纪律，要注意细节，这样才能创作出更好的"谍战剧"来满足群众的艺术欣赏需求。

原刊于《光明日报》2012 年 3 月 30 日

我们给孩子们奉献什么?

六一儿童节快到了。

每天下午六点钟,是电视台播放动画片的时刻,雷打不动,我的孙子辈都准时地坐在客厅的电视机前,喊他们吃晚饭,谁也不理会,急切地盯住屏幕,等待动画片的开播。一会儿,日本的动画片连续剧《特别行动队》开播了。他们是那样地投入,为剧中主人公的喜而喜,忧而忧,为那种天上地上翻天覆地的打斗而欢呼,为那种出神入化的法术和神力而惊叹不已。这样的动画片是日本的作家和画家们对于日本儿童的奉献,中国的儿童是沾了日本儿童的光,托中央电视台叔叔阿姨们的福,引进来播给孩子们看的。

我忽然产生了奇想,发出一个问题:"在这六一儿童节之际,我们中国的作家和画家们该不该问一问自己,我们给我们自己的孩子们，应该做些什么奉献？已经做了些什么奉献？还能够做些什么奉献？"我还想问，作为一个作家，包括我自己在内，我们的回答，能不能叫几亿中国儿童和几亿中国父母满意？甚至能不能获得他们的原谅？我看回答未必是肯定的。

我不是说我们不重视儿童教育，解放以后，我们建立了许多少年儿童出版社，出版了大量儿童读物，特别是连环画小人书。后来还建立了儿童剧院、儿童电影制片厂。然而所有这些，和中国的几亿儿童比较起来，还是太少太少。我也不是说，我们的作家和艺术家没有参与儿童教育活动，大量的儿童读物和连环画册，就是一些作家和画家创作的。但是我们创作的数量还嫌不够，质量更嫌不高，而给儿童上演的儿童剧和电影，更是有限，能吸引儿童特别喜爱的更少。我们的儿童读物和电影戏剧作品，常常有"大人化"和强加政治内容的趋向，引不起儿童强烈的兴趣，许多儿童教育家和出版界有识之士，并非没有看法。但是在那以阶级斗争为纲的年代里，无可奈何。

这种情况，在那闭关自守的年代里，好像还看不出有多大问题，自从海禁一开，海外大量的儿童读物，特别是儿童动画片，大量地涌入国内，形势就变得十分严峻了。美国的动画片《唐老鸭》进入中国后，接着日本的各种名目的动画片大量涌入。其脚本创作之神奇，美术绘画之精妙，我国的儿童动画片，除《大闹天宫》差可比拟外，简直不能望其项背，差距太大了。随着我国电视机的普及，几乎凡是有电视机的家庭，在儿童节目时段里，完全被舶来的动画片所占有，儿童们都如痴如醉地每播必看，大人是莫奈何的。我不是说那些动画片对于教育儿童完全没有积极意义，有些无论其教育性和艺术欣赏性，都可算上乘，但是叫中国的儿童长期受海外意识形态的影响，绝不是好事。一个有丰富的民族优良文化传统的大国，竟然在这个问题上受制于人，也太说不过去了。近几年来，由于镭射电视和电子游戏机的兴起，真如水银泻地，无孔不入，把千百万中国儿童吸引到无论其艺术内容或其制作技术都不高明，甚至饱含毒素的镭射片和游戏机前，荒废学业，毒化心灵，这情况便显得更严重了。

本来在这个我国的作家、画家、教育部门、出版社、电视台、制片厂可以大大发挥作用的儿童教育阵地，却被舶来品占领，而且似乎见惯不惊，长期无所作为。这早已为党中央和文化教育部门、广大家长和社会有识之士所不满。这样的百年大计，我们失去应有的历史责任感和神圣使命感，难道不觉愧疚吗？当然，现在不是来追究责任和检查过失的时候，这其中有很复杂的历史的和物质技术的因素。现在摆在我们面前的是如何急起直追，占领这些儿童教育阵地的问题，如何踏踏实实地组织起来开步走，给我国的儿童们供奉足够的读物和动画片、电影片的问题。

现在好了，中央已经下了决心，做相当的投入，在全国建立五个儿童动画图书出版基地，其中有一个就拟建立在四川。我希望我省的作家和艺术家们，积极参加这件关系到我们子孙后代幸福的大动作里来，我虽已年逾八十，却不自量力，早就向四川少儿出版社作过许诺，我也要为儿童写点作品，我还想力所能及地参加进这次的这个大动作里来。

原收录于《马识途文集》第 13 卷《盛世闲言》，

四川文艺出版社 2018 年版

再说《让子弹飞》

一、我坐子弹飞起来了

我国近些年来，照例一年一度，迎年闹春，要上演几部名之为"贺岁片"的电影。2010年上演的三部贺岁片着实地热闹了一回，全民迎来新年，群众饱了眼福，老板鼓了钱袋，各取所需，皆大欢喜。尤其是姜文导演和主演的《让子弹飞》更是红火，突破纪录地赢得七亿多的票房。一时闹得翻天覆地，名满天下，"粉丝"遍于海内，以至及于台湾和海外，据说还引起高层特别关注。全国媒体和网络，一窝蜂地鼓吹评价，闹了两个多月才偃旗息鼓。就是我这个为他们提供故事框架的《夜谭十记》的作者也被推上风口浪尖，着实地风光了一回。媒体和网络在鼓吹《让子弹飞》时，不免要提到马识途这个名字，虽是"敬陪末座"的性质，终归与有荣焉。几个出版社也把我那本尘封了近三十年之久的小说《夜谭十记》发掘了出来，成千累万册地赶印，抛向市场发利市，放在网上的数字版更是引来读者无数，甚至把我误封为《让子弹飞》的作者，真是不胜荣光。

《光明日报》副刊主编韩小蕙给我写来一封信，说："由于《让子弹飞》使您名满天下，您是喜？是悲？"要我写一篇文章，发表在《光明日报》的副刊上。当时我正乘着子弹在飞，正像好风送我上青天的风筝一样，在春风中逍遥，风光无限呢。走到哪里，都有不少自称是"粉丝"的青年，拿着新版的《夜谭十记》或《让子弹飞》的电影海报要我签名留念，在家中也是门铃声电话声不断，我哪有工夫去思考喜和悲的问题，去写文章哦。

新年过去，两个多月后，《让子弹飞》掀起的热浪和其他贺岁片一样，完成贺岁的使命，隐退下去了，媒体报道也不再提起。如喧腾一时的大海复归于平静，即使有几片涌到岸边的微波，也如潮汐一般退了下去。媒体和网络已经在制造新的热点，影视界恐怕也正在为今年的贺岁片做打算了，我呢，也可以关起门来做点我自己的事了，我坐在西窗下的躺椅上，看着从茶杯中袅袅升起的轻烟，不觉思绪万千，浮想联翩……猛然想起韩小蕙的信来，对前一阵子的热闹风光，我是喜还是悲？

二、是喜？是悲？

《四川文学》的副主编高虹来访问我，向我提出许多问题，也提到了是喜是悲的问题。我先来回答是喜是悲的问题，这也是我要向《光明日报》副刊主编韩小蕙交代的问题。

我在前面提到的，因为姜文导演的《让子弹飞》异乎寻常地火红，我也连带着被弄得不能说名满天下，也可谓名扬海内了。当时的确有姜文的"子弹"飞到哪里，我也被飞到哪里，虽然只是"敬陪末座"，略备一格。当时认得我的朋友或不认得我的碰到了我，总难免要问起《让子弹飞》的事，对我谬加赞赏，总不觉叫我涔涔出汗，无言以对。至于碰到一些青年，就更是亲热得很，有准备地拿着新版的《夜谭十记》，没准备地拿着笔记本甚至是随手找一张纸，让我签名，有的甚至说："我是你的'粉丝'。"叫我麻筋。可见一部好电影、著名影星在青年中的影响之大，这才知道"追星"是怎么一回事，我也像古话说的"附其骥尾"。

我那本小说《夜谭十记》是20世纪80年代由人民文学出版社出版的，当时也火了一把，流行了一阵子，长春电影制片厂还根据其中的一篇拍摄了一部名为《响马县长》的电影，但后来也就归于尘土了。这次借《让子弹飞》的电影，出版社又让这本《夜谭十记》重新火了一下，据说销售业绩不菲，拿着新版书来找我签名的都有好几百本，应朋友之索，我自己还在网上买了几十本。

　　这次新印的《夜谭十记》的三种版本（包括台湾出版的）我都看到了，无例外地大大彰显了"让子弹飞"几个字，甚至有出版社还把《夜谭十记》更名为《夜谭十记：让子弹飞》，书的封面上，把"让子弹飞"四个字印得大大的，把"夜谭十记"四个字印得小小的。四川文艺出版社虽然把"夜谭十记"几个字印在了封面的中央，但也在下面印上了关于《让子弹飞》的话。台湾出版的装帧更有不同，而且他们打电话来说，就是为了趁在台湾上演《让子弹飞》之际而出版的。前两天，我收到中共中央党校出版社出版的我的《党校笔记》，在封面上本来印有介绍这本书的内容："一个真实历史的记录，一个真实的中央党校文献。"但却也在腰封上显眼地印上"电影《让子弹飞》原著作者。……"意外地也用《让子弹飞》助势，用心良苦。看到这些，我的心情真如古话说的，打翻了五味瓶，不知是什么滋味了。

　　以上我碰到的种种情况，如梦似烟，不是韩小蕙提醒我，我真还不知道是喜是悲。表面看来，喜事连连，我应该是喜了，我的确也心存欢喜过，特别是我那尘封近三十年之久的《夜谭十记》又见天日，又能为人们茶余酒后助兴，是该欢喜的。我这个可以称为"过气"的作家，忽然因《让子弹飞》而为一些现在的青年所认知，而且想看我的作品，这也是应该欢喜的事。

　　但是就在当时的欢喜中，我却总觉得心中有一种欠欠然不愉快的感觉。韩小蕙提出的疑问，才让我认识到，那即是悲，而且是大喜之后的大悲。我和韩小蕙共同认识到的可悲之处，是中国的文学越来越边缘化了，以至要凭借屏幕，要借明星之力，才能为人所知。就像网上有人说的，"如果没有电视剧《围城》，钱钟书的才华将被多少读者错过？而如果不是电影《让子弹飞》，又有几人知道马识途，知道他别样的风格呢？"

一个作家就是呕心沥血，费多年之功，写出一部真正的文学作品，未必就能出版，就是出版也未必能印几万册，而且不久便烟消云散，无声无息，谁知你是张三李四。然而一部好电影，一部好电视剧，却可以为十三亿人的中国家喻户晓，起潜移默化之功。一位明星，突然亮出，便"粉丝"遍于中国大地，掀起"追星"狂潮。有些个新闻媒体，可以毫不吝惜地拿出重要版面和黄金时段报道明星们的艳闻逸事，把重要新闻挤到一角去。这就是现实，这就是当代文学和作家的遭遇。在作家看来，的确是可悲的，然而这是历史的真实，而且是必然的真实，是大势所趋，不以作家的悲喜为转移。

在《让子弹飞》红火之际，我女儿告诉我，有人在网上问："马识途是谁？"还有问："小说《夜谭十记》写得不错，怎么过去没听人说起过？"……我听了，是喜？是悲？我想我无法回答，如果要回答，我只能说，是喜也是悲。悲喜交集，时运如此，无可奈何。

有人对我说，我的《夜谭十记》的价值是凭《让子弹飞》才突显出来的，我不同意这样的说法。我的《夜谭十记》即使不火时，其文学价值是本身存在的，不会因《让子弹飞》红火才变得有价值，也不会因《让子弹飞》像其他贺岁片一样销声匿迹（不排除《让子弹飞》成为经典电影作品而长存的可能）了，而失去文学价值，即便是尘封了，它的文学价值依然存在。

2011 年 9 月

我也说振兴川剧

说到川剧，我还是那两句话：川剧要振兴起来了，了不得！川剧要在我们这一代衰落了，不得了！

首先让我说了不得。川剧是一个源远流长的地方剧种，它有深厚的群众基础，是四川一亿人民所喜闻乐见的大剧种。这不仅是他们不可缺少的文娱工具，而且是对他们进行精神文明教育的了不起的工具。川剧是全国颇为人瞩目的几个大剧种之一，曾经在北京舞台以至其他地方的舞台上受到文艺界和广大观众的激赏，还多次出国，受到外国观众的欢迎。它有深厚的传统和精湛的艺术，是中国戏曲百花园中的一枝奇花。在川剧舞台上曾经出现过，现在也还活跃着不少全国有名的艺人，他们的表演艺术受到其他剧种许多艺人的赞赏，不少艺人来川和他们交流经验。川剧留下来的众多传统剧目，其中许多是文学性很强的保留剧目。解放后由于国家的重视和川剧艺人的共同努力，从其中发掘出许多优秀剧目，经过推陈出新，剔除其封建性的糟粕，发扬出人民性的精华。有的简直是化腐朽为神奇，赋予了新的思想内容，闪射出新的艺术光辉，一朝献演，全国移植，《秋江》便是一例。有的剧目，经过整理和打磨，不仅在北京受到好评，在外国又受到赞扬，《焚香记》便是一例。我至今不能忘记以喜剧形式来反映一个悲剧的《拉郎配》，使我获得很好的艺术享受，我含着眼泪微笑，其实不亚于我读一出莎士比亚悲喜剧的感受。我曾经不止一次地陪外宾看竞华的《思凡》，他们认为在舞台上演长达四十几分钟的独角戏，能使台下观众清风雅静地专心欣赏，世界上也不多见。他们为如此细致地刻画一个追求个性解放和光明前途的少女的复杂心理而赞叹。前年我陪一个美籍华人作家和一个美国诗人看《思凡》，他们不禁当场惊叹："这就是真正的意识流呀！"我倒不同意用外国的艺术术语来解释我们自己的艺术成就，但是川剧能产生如此人同此心的效果，是令我高兴的。

我以为川剧中那种刻画入微的心理描写，引人入胜的曲折故事，惊人的艺术夸张手法，幽默而生动的语言，各种精湛的程式表演和荡气回肠的唱腔，的确是雅俗共赏，令人绝倒的。我这样说，也许有人会讥笑我这是可笑的地方偏见和可怜的艺术幼稚，但我并不为此而害羞。我感觉到传统戏中（当然不只是川剧）的确有极其丰富的艺术瑰宝，需要我们去发掘和打磨，绝不可以对川剧抱轻率的虚无主义态度。

最近我对青年作家说，写短篇小说最好看一看川剧折子戏，可以得到许多启发。又请川剧研究院席明真院长去向他们讲解，大家反映不错。不久以前，我不仅听到现代川剧《四姑娘》在北京获奖的消息，而且听到省川剧院的《绣襦记》连演三百场而不衰，还听到一个县川剧团演出做了一些改革尝试的《芙蓉花仙》，历数百场而不衰。这些事实越发坚定了我对川剧的上述看法。那种认为川剧没有前途，青年人不爱看，势必为话剧、歌舞所代替，那种认为川剧的主要欣赏者"老头胡子尖尖脚"们寿终正寝后，川剧也就到了进棺材的时候的危言耸听，是没有根据的。只要我们认真进行改革，打磨出一批震动艺坛的好戏，使川剧真正振兴起来了，真是了不得的好事。

其次，我再说不得了。川剧在解放前受到磨难，几乎濒于毁灭，解放后的十七年，在党的关怀和正确的"百花齐放，推陈出新"的方针指引下，又得到热心川剧事业的李亚群和李宗林两位"老板"的支持和领导，川剧的确有一段蜚声艺坛、兴旺发达的阶段。但是"文化大革命"中，川剧受到严重的摧残，两位李公先后亡故，重要川剧艺人四散飘零，一个不得人心的99号文件出来，达到顶点，使川剧团纷纷解散，艺人流落街头，有的转死沟壑，真是惨不忍睹。川剧几乎垮台了。幸喜得川剧的生命力强，群众基础厚，总算苟延残喘。后来又奉命搞"样板戏"，搞得不成样子，传统戏固然全数禁演，连新编历史剧也不能演了，只能演江青钦定的样板戏。"四人帮"垮台后，川剧往何处去，仍然使人彷徨无计。这时幸喜得邓小平同志来到成都，指名要看为"四人帮"禁演的优秀的传统川剧,指名要看受"四人帮"迫害的名老艺人的演出。这真使人有"一唱雄鸡天下白"的感觉,从此不但传统川剧救活了,川剧艺人的艺术生命复活了,而且全国景从,全盘皆活了。这的确是写中国戏曲史,特别是写川剧史的人不可不大书一笔的事。

川剧从此走上繁荣的道路,本来是好事。但是由于我们抓得不够紧,传统戏虽说不胫而走,却受到另一方面的冲击:票房价值的追求,一些充满封建糟粕的坏戏上台了,一些坏的有的是不堪入目的表演也上台了,连老艺人都不屑一顾的坏台风又出现了。表面看来,川剧十分繁荣,其实川剧又被推入新的危机,把有成就的艺人们二十几年来热心从事的改革也冲击了。新编历史剧和现代戏几乎不值一顾,自由化之风很盛。这两方面的冲击,虽然有根本不同的性质,但是都给川剧的发展带来不良影响。

在这同时,老一代艺术家逐渐凋零,他们的一些艺术瑰宝没有充分献出来,传下去,没有使老干发出新枝。许多有深厚基础的好戏,没有及时研究整理,推陈出新。许多应该研究讨论的改革问题,没有认真系统地抓起来,许多改革的试验没有能得到有力的支持和认真的总结。至于如何表现现代生活,虽有人在孜孜不倦地尝试,也没有得到应有的重视,取得重大的突破。甚至有时是议论多于行动,批评多于帮助,指责多于指导。我碰到过许多老艺人,急切之情,溢于言表。他们对川剧在全国地方剧种中落后于豫剧、越剧等,深感不安,认为甚至不如新起的吉剧那么有生气，至于京剧就更不用说了。他们生怕长此下去，将造成历史性的错误，对子孙后代交代不下去，要受到理所当然的谴责，这事不得了。我也有一些同感。也许这不过是危言耸听吧，但是心所谓危，不得不言，而且不得不张大其词，希望引起广泛的注意。

现在好了，省委十分重视，开常委会专门研究川剧的振兴问题，的确未见先例。文化领导部门也决心抓起来，组织振兴川剧办公室，建立川剧研究院，老一代表演艺术家欢欣鼓舞，中青年一代也跃跃欲试。看来川剧的振兴是大有希望了。现在是看行动的时候了。

川剧的振兴当然还是在"抢救、继承、改革、发展"八个字上做文章。第一方面也是最紧迫的方面，是抢救老艺人们的传统表演艺术，把他们的精湛技艺进行录像，汇点滴以成江河。同时请他们物色可以造就的徒弟，精心传授，承宗接代，使之青出于蓝。还要出一批研究题目，分头请他们悉心研究，在一定时期和一定范围内进行座谈讨论，这些都要在一个一个老艺人身上落实，列入计划，定期检查，帮助解决困难。特别是年事已高的老艺人，更要分别轻重先后，大力抢救。抢救的话已经说了许多年了，似乎成效不大，这一次我希望再不要说在嘴上，写在纸上，不落实在行动上了。

第二方面是从那"唐三千，宋八百，数不清的三列国"的众多传统剧目中，认真选出一批好戏来。比如说先选出五十出好戏来，分头交给省、市和各地川剧团认真打磨，推陈出新。

经过大家审定后，作为第一批保留传统剧目，由各剧团在不断
演出中不断锤炼，在舞台上真正站得住脚，百看不厌。要选好
这一批好戏，不能有主观随意性，要在川剧编、导、演员及川
剧研究人员、戏曲理论家中找出一批"慧眼"来，他们能够区
别出精华和糟粕，特别是能够从污泥中淘出金子来，从糟粕的
污染中挑出精华来。我记得 20 世纪 50 年代中整理发掘出好传
统剧目时，有些老艺术家、编剧和导演以及一些领导同志和川
剧爱好者，硬是从糟粕埋没中发掘出好戏来，有的甚至是不堪
入目的卑俗剧目，竟然妙手回春，化腐朽为神奇，打磨出闪光
的好戏来。这的确需要一批慧目独具的有心人。现在我们一般
认为好的剧目，无一不是那时大家努力发掘、精心打磨的结果。
这一回我们要总结那时的经验，搞得更好一些。即使是已经选
出，并且在舞台上站住了脚，经常演出的剧目，也还要选出若
干来，进一步精益求精，的确做到拿得出来，叫得响，一鸣惊
人。这两年有个现象引起我的注意：为什么在我们舞台上不经
常演出的剧目，被兄弟剧种的有心人看中了，来学了回去，加
以改进，便在全国舞台上叫响了，拍电影，上电视，声色俱茂，
为什么在我们舞台上还不过是平平，没有轰动？这是一个值得
研究的问题。我理解我们的一些剧目中，大概潜在的艺术精华
不少，只是没有很多发现且打磨得也不好，或者精华糟粕并存，
大胆出新的功夫不够，认真琢磨的功夫不够。别人却另具慧眼，
取我们的精华，结合他们剧种的特长，就突然熠熠发光，传播
在四川的电视屏幕上，也不能不叫我们惊羡，同时也使我们深思。

　　所以，我以为我们一定要从几十个好剧目中，再选出几个艺术潜力大，可以较好反映川剧特色的好戏来，认真修改本子，精心加以排练，或者学20世纪50年代那样，集川剧界的精英，共同打磨出一两出好戏，比如一台大戏一台折子戏，或者交由几个大的剧团分头去打磨，拿出几出好戏来。这些戏在省里审查调演并在修改之后，送到北京舞台上去，硬是非叫响不可，像20世纪50年代我们川剧在北京舞台上一鸣惊人那样。这样做，不仅使川剧在全国戏曲界恢复过去的名誉和地位，能受到全国文艺界以至文化领导的评论和支持，而且在四川可以进一步引发和推动川剧改革的热潮。如果每隔一两年，总有一两台好川剧送上北京舞台，得到好评，那对川剧振兴，必将起极大的作用。

　　当然，这不是一件轻而易举的事，无论在领导方法，或是激发编导演职人员，特别是老艺人们的积极性上，要做大量的辛苦工作，更要有锲而不舍、金石为开的决心，要有领导的大力关心，要有像20世纪50年代那样一些老领导和老帅们的关怀，要有至今使川剧界念念不忘的李亚群和李宗林同志那样的川剧后台"老板"。而且我们不能不考虑到，时代变化了，20世纪50年代可以办到的事现在不大好办了。川剧界当年在北京舞台上大显身手的老艺人大半老了，而年轻的一代由于"文化大革命"和我们培养不力，似乎还没有达到他们那样的精湛表演水平。这些都是我们的困难，要认真对待，但是我们一定要有拿得出去打得响的信心和勇气。从外省剧团移植川剧蜚声剧坛的事实，可见我们川剧有尚待发掘的艺术潜力，我们便应该有这样的信心和勇气。

总之，我以为川剧振兴大有希望，但是必须认真努力，埋头苦干。第一要有振兴川剧的紧迫感；第二要认真组织起来；第三要调动一切积极因素，抓出几个拿得出去叫得响的好戏；第四要解放思想，敢于实验，推陈出新。

我最后还想提三点希望：第一点，加强领导。这一点已经大大改善了，现在是具体做领导和组织工作的同志要踏踏实实地行动起来，要钻得进去，做艰苦细致的工作。第二点，希望川剧界团结起来，排除门户之见，要像当年上北京、出国那样，一切积极因素都调动起来，共同来保几出重点戏。不是盲目集中，而是充分发挥各剧院以及各地、县剧团的积极作用。只要搞得好，不是一个县剧团就不可以进京的，过去各地早有过了。第三点，要有一个好的参谋部，好的研究院，好的学校，能够制定战略，出谋划策，言必有中，打在点子上，并且能亲自动手，进行各种可行的改革研究工作。

我实在不是一个川剧的行家，不能提出什么切实可行的具体措施来，但我是振兴川剧的积极拥护者，在大家高唱振兴川剧的时候，也不禁要来谈谈自己的看法和希望。

原刊于《川剧艺术》1982年第4期

外行说川剧改革

　　最近四川省的宣传文化领导部门提出"振兴川剧"的口号，并且开始行动起来，建立办事机构，举行座谈讨论。这是一件深得四川民心的好事。我不禁想起两年多前的一件事情。有一回，王朝闻同志回成都来，我去看他，我们谈了川剧改革的事。事后《戏剧与电影》编辑部要我就此写一篇稿子，我竟然鼓起勇气来写了。但是我自知我说的到底是外行话，未敢送出，把稿子压入积稿的底层。现在大家在讨论振兴川剧问题，我又把旧稿找出来看一下，好像现在讨论的还是那些问题，因此不揣简陋，把原稿打磨一番，仍送《戏剧与电影》发表，参加讨论。

一、川剧不会灭亡，但要前进

我听到过有的同志危言耸听，说川剧以至其他许多传统剧种是没有前途的，势必要为现代的话剧、歌剧、舞剧所代替，因为这些传统戏的内容是陈旧的，很难表现现代生活；表演程式是凝固的，很难推陈出新，这些传统戏越来越不为现代青年所接受了。一等传统戏的主要欣赏者"胡子老头尖尖脚"们寿终正寝了，传统戏也就到了进棺材的时候了，正如你们大锣大钵叫的"紧光紧光紧紧光"，就要"紧光"了，如此等等。这样的话，即使不是光天化日之下讲的，在背地里叽叽喳喳也是有的,有的人则在讨论川剧问题时,曲里拐弯地表达了相同的意思。总之，川剧危险得很，要不来一个彻底革命，离灭亡之期就不远了。而川剧界有的同志从某些传统川剧上座率来看，也颇有忧心忡忡的样子。

难道真是这样吗？当然，如果按照马克思的世界上一切事物都有发生、发展、消亡的过程这条原理说，地球都要灭亡，人类也要灭亡，川剧岂能例外？然而这是扯横筋！我以为，作为人民喜闻乐见的地方戏是属于人民的，只要人民不灭亡，地方戏也不会灭亡。川剧是四川一亿人民喜爱的剧种，只要地球不爆炸，四川不陷落，一亿人还在，川剧就不会灭亡，只要川剧能随四川人民的前进而前进，无论在政治内容或艺术形式上，都不脱离四川人民的政治倾向和艺术爱好，在前进中不断地进行认真的、恰如其分的改革，川剧便会永葆其美妙的青春，悲观的论点、无所作为的论点都是没有根据的。

那么是不是说，川剧反正不会灭亡，就可躺在安乐的舞台上，因循守旧、故步自封地搞下去呢？当然不行。如果川剧一旦脱离四川人民，就会如鱼离水，不灭亡也会逐步衰落，以至苟延残喘，不可终日了。川剧脱离四川人民有两条路：一条是跟不上四川人民前进的步伐，人民的政治水平、思想道德水平和艺术欣赏水平都提高了，欣赏趣味也改变了，我们还是抱残守缺，不求长进，不去适应新的生活形式；一条是胡乱改革，胡诌乱编，弄得川剧面目全非，名存实亡。这两种倾向，都可陷川剧于危难。

二、川剧本来在不断前进，不断改革

我没有研究过戏曲史，更没有考察过川剧的源流变迁。通常有一种说法，好像是川剧的兴起不过两百余年，川剧的昆腔、高腔、弹戏、胡琴腔和灯戏，除灯戏来自本地民间外，其余都来自外省，昆腔自不必说来自苏昆，高腔来自弋阳腔，弹戏来自秦腔，胡琴腔来自徽调和汉调，说得有根有据，有板有眼，不能不令人信服，但我却想问一句：难道两百余年前，本地花灯尚未登于大雅之堂，昆、高、弹、胡尚未进川前，偌大一个四川，就没有川剧（准确地说是地方戏曲）的存在吗？四川自古以来没有地方戏曲吗？

我看过汉砖，就有贵族席地而坐，面前载歌载舞的百戏的场面。我还知道古代三巴早有"巴渝舞"和一唱众和的"竹枝歌"。

我还看过王建墓，上有弹奏各种乐器的石刻。我还读过杜甫的"锦城丝管日纷纷，半入江风半入云"的名句。我还知道那时成都织锦手工业和商业十分发达，为三大都市之一，小市民的出现，使成都的歌舞之盛，甚至超过当时最繁华的通都大邑扬州。那么我们怎能相信四川在两百多年前根本没有舞台，根本没有川剧，只是荒凉一片，只有等到外省传入昆、弋、秦腔和徽、汉调，才突然出现了川剧呢？我不信四川这样一个物产富饶、文化发达、人才辈出的地方，从古直到两百余年前，竟无戏曲的存在。如果有，为什么不是川剧呢？我以为在四川，川剧早就存在了，而且是很有自信心，能够兼收并容外来的和民间的戏曲，博采众长，使自己变得更为生动活泼，更为人民喜闻乐见，因而更有生命力。事实上是本地的川剧融合外来的戏曲，吸收外来戏曲的营养充实了川剧。吸收了苏昆形成川昆，吸收了弋阳腔形成川高腔，吸收了秦腔形成弹戏，吸收了微调汉调形成胡琴腔，吸收了本地民间花灯形成灯戏。这是以原来川剧为主，吸收外地声腔之所长，充实了自己，而不是那些外来戏曲简单地移植进来后，才产生了川剧。

我之所以要班门弄斧地说川剧流变，是想说明，川剧实在是一个源远流长，深深扎根于四川人民之中的剧种，特别富于生命力和灵活性，富于弹性和可塑性，从来不是抱残守缺，凝固不化，它能够随时代而不断演化前进，它善于吸收外来的和本地的新鲜事物，不断改进，使自己更富于生命力。事实上考察一下川剧的历代艺人，无一不是自觉地进行川剧的不断改革。

就说表现现代生活的现代戏吧，恐怕川剧是最早的，并不勉强，20世纪30年代出现过，更不用说解放之后了，在和我接触的川剧艺人中，尽管对于川剧改革有种种不同看法，但是无不积极主张川剧要进行改革。我还没有发现准备带着花岗石脑筋到棺材里去的人。

三、川剧改革要依靠实践来检验

川剧要随时代前进，要不脱离人民，必须进行适当的改革，这是没有人反对的。对于"百花齐放，推陈出新"这个改革原则也是没有异议的。但是一谈改革的具体问题，却是仁者见仁，智者见智，其说不一了，然而这正是百家争鸣嘛，即使在改革的议论和实践中还有分歧，甚至在讨论中难免言语龃龉，以至怄气的时候，并不要紧，只要我们都是为了川剧的发扬光大，都出于一片赤忱，大目标一致，就一定说得拢，用不着怄气，不要老是横扯顺扯，在语言措辞上多所争论，而应切切实实地讨论一些川剧改革的重大问题，认真提出一些改革的实践办法来。

当然，我们在川剧改革的争鸣中，也必须商量出几条为大家一致同意的原则来，不然你说东来我说西，你顺起说，我横起扯，南辕而北辙，牛头不对马嘴，你摸着象的耳朵，我抱住象的大腿，都以为认识了大象，这么讨论下去，真会"议论未定，兵已渡河"，扯了许多年，川剧快衰落了，我们还停留在议论上呢。

以一隅之见，我以这几条贡献于大家：第一条，川剧一定要改革，不改革不能前进，不改革将脱离广大人民，而脱离人民就意味着灭亡。绝不可以抱残守缺，故步自封，好像现有的一切都是祖传衣钵、灵丹妙药，全动不得，事实上川剧界有成就的艺人，无一不是锐意改革，不断出新的。但是我以为不可再提对川剧要"彻底革命"的口号，这样的口号，根据过去的历史经验，总是和"彻底砸烂""完全否定"画等号的，我过去也附和过"川剧革命"的口号，还说过"只有川剧的革命，才有革命的川剧"这种话，很显然是错误的。还是以提"川剧改革"为好。

第二条，川剧改革的指导方针，还是以"百花齐放，推陈出新"为好。所谓推陈出新，是要继承传统，取其精华，去其糟粕，不断创新。推陈是为了出新，继承也是为了创新。所谓百花齐放，就是容许不同风格和不同流派的存在，容许互相竞赛，互相渗透，切磋琢磨，取长补短。容许改革得快一点，慢一点，多一点，少一点，以实践作标准，让观众来评判。

第三条，我赞成川剧要姓"川"，也就是说，无论怎么改革，川剧总是川剧。也就是说要有"川味"，要"挨得拢"，要"不离谱"。什么叫"川味"，什么是"川剧"而不是"川歌"，争论似乎不少，但是我看大家还是同意川剧必须有一种四川地方色彩，有一种浓郁的四川味道，为四川人民所喜闻乐见的新鲜活泼的四川风格。这种风格的形成不是哪一个人或几个人的一朝一夕之功，而是川剧艺人在长期的艺术实践中逐步形成的。如何才是"挨得拢"，怎样才叫"不离谱"，也有许多不同看法和理解，但是川剧之所以为川剧的一个客观上存在的"谱"总是有的吧。那么我们应该从大量的川剧剧目中、各种表演艺术中去寻求川剧有别于其他剧种的特殊性的东西，同时从川剧的不同河道和流派以及每一流派中不同艺人的表演艺术中去发掘其一般性的东西，参之以历史流变的辙迹，找出大家能同意的"川味"和"谱"来，这便是我必须继承和发扬光大的东西。只有大家站在这个共同肯定的立场说话办事，才有共同的语言，才可以言川剧改革。

第四条，川剧靠谁来改革？当然主要靠川剧的编、导、演和舞台工作人员，特别要靠有丰富的舞台经验、甘苦备尝的老艺人和鼓师。他们最热爱用川剧艺术，最懂得川剧的特点，最明白何者为精华，何者为糟粕，他们最具有川剧改革的真知灼见。同时我想，川剧界一定欢迎现代戏剧家、音乐家、文艺理论家也来参加川剧改革工作，他们学有专长，视野广阔，能够索隐发微，道艺人之所不能道，为改革指出前进的捷径来。甚至我想，川剧界也不会拒绝广大川剧爱好者、观众以至像我这种外行人来参加议论，总可以收集思广益之效，说不定还能听到有启发性的意见。

第五条：我还想说一说川剧改革中的作风问题。我们在改革中，必然是议论纷纷，百家争鸣的；在改革的舞台实践上，也必然是纷然杂陈，百花齐放的，这是好事，应该受到鼓励，但是在争鸣和齐放中。似乎也应该有一个大家默契的"君子协定"。比如大家都要虚怀若谷，倾听不同的意见；不要盛气凌人，意气用事；不要讥笑挖苦，幸灾乐祸；不要以己之长，攻人之短；

不要保守固执，坚持门户之见；要解放思想，开动脑筋；要照顾团结，互相支持；要鼓励试验，不怕失败。如此等等，让我们养成一种好的文风和台风。

在目前来说，似乎应该深入一步，切实地提出一些和改革有关的问题，比如表演程式、音乐问题、继承与创新、新编历史剧、表现现代生活等等，一个专题一个专题地展开讨论，一件一件地进行改革的舞台试验，现在的确应该从"一般性辩论"进入到"实质性辩论"了。不仅坐而论，应该立而行了，一打的言论不如一次的实践，最好是从"唐三千，宋八百，数不清的三列国"的众多川剧剧目中，选出几十出公认的好戏，又在其中找出几出最有特色的戏来加以打磨，进行改革实践，最好集中搞好它一两出戏，准备送往北京舞台，让行家和观众看看我们的路子对还是不对，至于新编历史剧和现代戏，也是要抓住一两出戏，反复琢磨，准备改它几年，精益求精。只有在共同的实践中，才能找出川剧改革的前进道路来。

原刊于《戏剧与电影》1983 年第 7 期

从"夕阳艺术""棺材艺术"说起

一段时间，"戏剧危机"之说，甚嚣尘上。而戏剧中传统戏更是被说成岌岌可危的"夕阳艺术"，甚至说是"棺材艺术"，应该放进历史博物馆去供起来，让那些喜欢发思古之幽情的人们去凭吊，一洒同情之泪。总而言之，戏剧可悲也夫！而川剧更是该放进棺材里去的老古董了。

然而我却没有这么悲观。戏剧中京剧、评剧、越剧、黄梅戏等等的命运如何，是不是有什么"危机"，我不敢说，对于川剧就要灭亡之说，却不敢苟同。要说灭亡，从历史唯物主义的观点来说，川剧当然要灭亡，就连地球也要灭亡，说川剧要灭亡的人本身也一定要灭亡嘛。但是不是现在就该装进棺材，就该唱"夕阳无限好，只是近黄昏"的调子？我以为不然。

事实根据之一，四川川剧到西德等国家艺术节演出过，到日本和香港地区演出过，那空前盛况，令人咋舌。这些都有新闻报道（可惜没有抓住进行广泛宣传），有文字图片，有新华社、外国通讯社和国外权威报纸的报道为证，这真是一个奇怪的现象，我们把在国内目为"夕阳艺术"的货色拿出去，到异邦的人民中去演出，而且和有较高水平的西方国家艺术团体同时演出，居然大为轰动，真叫雅俗共赏，老少皆宜，这是怎么回事？

有人背地里说，那是"外行看热闹"，不过是对于《白蛇传》的猎奇，对于水漫金山寺的杂耍变脸之类的技艺少见多怪而已。好吧，能算是外行看热闹吧，可是还有一句话，"内行看门道"呢，在他们的艺术节上，各国的艺术家云集，看门道的人也不少呀。他们为什么也如醉如狂地欣赏和称道中国艺术呢？

据出国回来的同志说，有个外国艺术家未看川剧以前，始终不知道神仙怎么下凡，是掉下来的？是跳下来的？一看我们川剧中只用几朵云片艺术地排列组合起来，在舞台上走几圈，便解决了，是抽象，是象征，比他们的抽象派还抽象，比他们的象征派还象征得好些，他们认为百思不得其解的事情，一看演出便豁然开朗，真算妙绝。其实他真孤陋寡闻，不知道我们一根马鞭代表骑马，一推手就是开门，一纵身便是上了天，一个过场便过了许多年，时间空间都可由我们的艺术家任意摆布，岂不妙哉？他只看到"变脸"代表情绪，还没有看到川剧许多看来几乎是荒诞的夸张手法。如一对情人的凝神相视的目光，另一个人可以用手捏起来，可以拉紧放松，而那一对情人因而前后俯仰，还可以用刀来砍断。至于语言的风趣幽默，表演的简练和准确，各种翎子功、水袖功、扇子功、手帕功的惊人绝技，他们还没有看到呢！

有些青年瞧不起川剧，而崇拜西洋的什么幽默，什么抽象、象征、荒诞，什么意识流，什么时空倒置和打乱等等，其实这些在川剧里都可以找到。对老祖宗的创造却视而不见，真是伤心哉！或者有人说，那是在外国，合于远香近臭的普遍规律，国内如何？

事实之二，川剧在农村直到现在仍是十分叫座的，下乡演出，忙不过来，这也是早为艺术界所清楚的事实。也许有人说，不，那是因为农民的文化水平低，封建意识多，而且乡下别的艺术少，所以还"麻"他们一阵子。

那好吧，请看事实之三。川剧到北京和上海去演出，那可是文化水平和艺术水平都较高的地方，又怎么样呢？不是也为文艺界所百般推崇吗？可见从文化最高、艺术欣赏能力最强的地方到文化水平较低的农村，都对川剧有好评。

现在的事实却是在城市中市民较多的地方，在一般青年工人、学生、知识分子较多的地方，川剧受到某些人的冷落，不大卖座。这固然和有电视、电影、舞厅、茶座、体育表演等吸引了青年学生、职员、知识分子和做生意的一部分人有关。但是和城市中的那些娱乐享受者的文化不怎么高特别是缺乏历史知识，和对戏剧表演艺术没有多少欣赏能力和欣赏习惯也不能说没有关系。特别是和我们没有在青年中进行川剧的普及宣传，没有对他们从历史知识到艺术知识进行讲解，逐渐培养他们的欣赏趣味也很有关。这的确有一个川剧扫盲的问题。有个事实可以引起我们的思考，在艺术馆举行川剧清唱，为什么有那么多青年来听？为什么对川大学生先行进行川剧扫盲，又进行艺术讲解，再请他们来看，他们便看得津津有味？

真正懂得艺术的人欣赏川剧，农村的下里巴人喜欢川剧，唯独城市的市民层和中不溜文化艺术水平的青年不感兴趣。但城市中的这一层人，绝不能代表全体观众，也不能代表将来的观众，其实如果对他们进行戏剧扫盲，说不定也能令他们看得入迷呢。

这就谈到川剧应该进行改革的问题。讨论川剧改革的文章发得已经不少，既要继承传统，又要大胆创新；既不要抱残守缺，又不要一概否定；既演传统剧目，又演新编历史剧及现代剧；既要改革音乐，又要改革唱腔；如此等等。一些有心人已经做出了许多改革的尝试，我没有资格班门弄斧。我在这里只想说一说川剧的演出也应该进行改革的问题。

我以为川剧如何适应城市市民的欣赏习惯，如何对他们普及历史知识和川剧艺术知识，如何拿出若干艺术上的精品，刻意进行打磨，推上舞台，叫人看到真货色，能得到真享受，如果能涌现几个品德和艺术水平都高超的新演员，应集中加以宣传……这都是值得研究的问题。我是主张要捧角儿的。因为角儿是艺术的载体和传人，艺术终归是因有好的角色才会出色，才能出名，才能发展、提高，才能轰动社会，传之久远。把这些艺术载体捧红了，简直红得发紫，叫大家一见他的戏上广告便要争着买票看，甚至有这个川剧明星一出来便像过去看梅兰芳或川剧名角一样，能看上一眼便以为是最大幸福的那种疯狂心理，有什么不好？各种大小报、广告牌、街上打锣打鼓地宣传，电视电台一齐捧，有什么不可以？只要把一批色艺德俱佳的角色捧上去了，川剧也就更便于普及了。

不知道是不是我不识时务的空想，我总觉得只要戏好、演员好、宣传好，戏剧总可以打开新局面的。

原刊于《戏剧与电影》1988 年第 1 期

真大观也

——观四川美术学院工艺美术展览后

我昨天去参观了——或者更准确地说，欣赏了四川美术学院的染织、陶瓷、装潢作品展览。这个展览会开幕时因为我参加省人大常委会去了，没有能够参加，这是在会中抽空来补看的。大概是由于我在欣赏的过程中，不断发出啧啧的赞叹声吧，陪同作介绍的同志要我签名并且题几个字，我欣然同意。其实那时我已自动地走到题签的桌案并且提起毛笔来了，我不是应酬式地去题几个字，而是在美的陶醉之后自发地怀着一种愿望想说点什么，但是提起笔来却又踌躇了，美好的赞评已经被前面参观过的许多同志占用了，我说什么好？于是我择笔写了四个大字"真大观也"。后来为了字幅好看一点，又添了"新颖神

225

奇,巧夺天工"八个字。说实在的,我没有资格冒充内行来评说,这八个字也只是出于随兴,未必准确和恰当。但是"真大观也"这样的赞叹,却准确地反映了我看后的情绪。

这种赞叹,我回忆起 20 世纪 60 年代初在四川美术学院看到沈福文教授的金鱼漆盘时曾经发出过。这一次在钟茂兰教授的扎染作品面前同样出来了,不过这一次不只是在已有成就的老教授的作品面前发出,而且是在许多青年同学的作品面前发出的,真是青出于蓝而胜于蓝。我们在美术创作上,包括工艺美术创作在内,不只是后继有人,而且肯定会是后来居上呀。

我不是美术内行,很难就每一个品种或若干件美不胜收的新作品进行品评,但是我欣赏后总的感受是陶醉于美的享受,我感到恬静和满足,感到灵魂受到净化。看起来,美对于每一个人都是绝对需要的。不,应该说每一个人都有一种天生的美的享受的需要,都有一种为美的事物所陶醉的本能,都有一种人同此心、心同此理的美的感觉。人的灵魂和美有一种天生的亲和力,有一种为美所净化的不可抗拒性。无论王公大人和贩夫走卒,善人和恶人,都同样有一种自发地向缪斯屈膝的本能。我最近看到日本电视剧《命运》中那个杀人犯的灵魂也在女儿的美言、美行、美德中得到净化而宽慰。我们虽然怀着极崇高的美好的理想,然而我们仍然生活在并不很美满的现实生活中,我们还在各种艰苦困难中,各种人世的纷扰和斗争中前进。我们还难免看到烦恼、眼泪和血污,我们还难免看到精神的堕落和恶心的污秽,然而我们仍然能够有信心地前进,这不只是因为我们有一种理想和追求，而且还能从现实生活中发现美的因素、美的光辉、美的形象。虽然有许多是掩盖在痛苦、血泪、污浊和混乱中，然而美的萌芽总是到处存在并且茁壮成长着。美的事物即使带着眼泪，带着不幸，带着悲壮，总是要出现，而且这样一种美的事物特别使人感动，特别能净化人们的灵魂。

生活本身是美的。生活里无处不蕴藏着美。然而使美成为可见可闻可感的，除开大自然以无穷的天然造化、美的景象，除开那些大智大仁大勇的圣哲和英雄以他们非凡的美的行为为我们提供外，最广大的最日常的生活中的美就有赖于文学家、美术家、音乐家、艺术家的发掘、精炼和创造，用恰到好处的形式向我们表示出来，其中美术作品就是最普及的一种，而普及又普及的就是工艺美术。

有一件事我至今不能忘怀。20世纪60年代初那最困难的岁月里，我到农村去，钻进一间低矮污秽的茅屋里去，主人家没有在家，举眼一看，四壁徒立，一无所有。主人家显然正陷于食不果腹、衣不蔽体的困境中。而我突然发现，他把一张梁山伯祝英台的年画挂在土墙上，在窗台上有一件表现"富贵有余"的瓷娃娃。从贴的那一张画一点还没有卷角和那个瓷娃娃洗刷得那么干净，我突然感到这间屋子的主人可以忍受没有吃、没有穿，然而他却不能忍受没有美的享受。我知道他是从这幅年画和那件工艺美术作品中产生出美的憧憬，以期从那里汲取战胜困难的精神力量。对此，我深为感动，有这种对于美的执着，他一定能达到灵魂的净化，战胜一切困难。

一个人在贫困中需要美的享受，一个人在堕落中也需要美的拯救，一个人在生活的优渥中当然更需要美的享受来丰富他的生活。那么我说，提供美好而又适用的工艺美术作品便是广大群众接受美的陶冶最简捷的途径。一个人家里可以没有一本书、一幅画、一盒唱片，然而他不能不从他的衣食住行的日常用品中每时每刻接受美的濡染，这就是工艺美术的伟大作用。可惜的是那些工艺美术家、设计师、画师、工匠、制作工人，每天默默地在为我们提供美的形象，同时又提供精致的生活日用品（现在也许还能提供高额的外汇），却尚未得到广泛的尊敬，我们中国本来有极为深厚的工艺美术传统，有外国人难以望其项背的极其精湛的技艺，而且已经和正在产生令人惊叹不已的作品和产品，但是让我说一句也许不甚得体的话吧，我们还没有发挥出我们的潜力，我们还不能说已经把我们的生活用品（包括实用的和装饰的）做得更美化一些，使每件都成为美的启迪者，就是说，我们的生活需要工艺美术来装饰得更加文明、更加漂亮一些。特别是现在大家的生活都有一些改善，特别是青年在家庭生活中，无论是吃穿用的实用品或作为精神享受的装饰品，都要求更漂亮、更精美。一个人总不能像动物一样只求温饱生存，总是想要过高级文明生活，就是一个原始姑娘也喜欢挂一串闪光的贝壳项链，何况现在的文明人呢。然而我们的工艺品设计是不足的，还没有做到使人们除开享受物质使用价值外，还能从中获得尽可能多的精神享受价值。我们的许多工艺品总显得粗糙、拙劣、不那么大方、精致、美观，不能给人美的启迪，在群众中普及美育上做出更多贡献。工艺美术设计师的队伍也许是不小的，然而脱离"匠"气向"家"发展，具有独创性的人还是太少了。要解决这个问题，我以为加强工艺美术教育是有必要的。

　　令我十分高兴的是从这批展览作品中，发现不少在工艺美术上颇具才华的年轻人。他们的作品许多是新颖别致的。有的颇能用自然之物，循自然之理，夺天然之功，化腐朽为神奇，从平凡中见非凡；有些作品是颇富于独创性和想象力的，甚至是独具慧眼和巧夺天工的。虽然一般的和老的成熟的作品比起来，还难免幼稚，但总是已经脱离一味模仿的匠气而向艺术家腾飞了，这是难能可贵的。我还留心到不墨守成规而仍具有民族和地方色彩这种倾向。一件工艺美术品，如果只追求新奇，甚至去抄袭外国或无出息地模仿而失去了民族风格和地方色彩，肯定在国内外都不会受到欢迎。越是具有民族特点，越是具有世界性，搞艺术的人大概不会忘记这一点。我还注意到有的作品在努力探索和追求，不再是只状其形，而是力求其神；不再是只求惟妙惟肖，而是在追求似与不似之间了。有的也许显得怪诞、荒谬，却很自然。那种夸张和变形，那种新颖的手法，给艺术注入了浪漫主义的精神细胞，使之更有生气，更神化，可以救我们过去许多作品的自然主义的平凡、庸俗之弊。虽然说这些新的创作距"随心所欲，不逾矩"还差得远，然而这是在艺术上追求飞升和突破的征兆，值得鼓励。

　　我这样说，是否有些感情用事，说得过分了？也许是吧。

然而我对新生力量的兴起，看到他们虽还幼稚但却茁壮成长，是很容易感情激动的，我想这是可以得到谅解的吧。我希望我们的美协和美院，不从我这外行的激动之情出发，而是从艺术本身的规律，实事求是地对这些作品进行分析评价，除开指出其好的萌芽外，更是从严要求，挖出他们的缺点和不足之处，以及可能的错误倾向，循循诱导，使之健康成长，而且做到"新枝高于旧枝"，不久的将来，出现许多"十丈龙孙绕凤池"。因此让我抄写郑板桥的一首表面说竹子其实说培养新生力量的诗，以作本文的结束，也表示我的希望。

新竹高于旧竹枝，全凭老干为扶持。
明年再有新生者，十丈龙孙绕凤池。

1985 年 4 月

别开生面的农民版画

前几天，我去看了四川农民版画。这些版画，听说在北京展出时已经得到行家和公众很高的评价，似乎无须我来唠叨，画蛇添足了，但是我看了，很兴奋，真是兴之所至，有不能已于言者。

我看后的印象是这些农民的作品有一种特别令人咀嚼不尽的味道。是那样的似而不似，那样的不合理而又合理，那样的粗犷而又准确，那样的笨拙而又巧妙，那样的朴素而又纷繁，那样的线条简单而又色彩绚丽。一幅新农村的景象是那么跃然纸上，那么淳朴，那么实在，那么天真，那么幽默，像大手笔才能作出有赤子之心的作品，只有造诣很高的书法家才能写出的"童体"。我觉得，这些版画真是应了鲁迅先生的几句关于创作的名言："有真意，去粉饰，少做作，勿卖弄。"

这些版画之可贵，就在于此，其中根本的是"真""意"二字，我忽然又想起李涂的几句话："不难于巧而难于拙，不难于曲而难于直。"这些版画可说得了李涂的真传。

听说北京有的人评论说：何必去外国找现代派，这不就是中国的现代派吗？我以为有几分道理，但不同意这样的说法。我们现代的画家的确不需要热衷于把外国现代派那些连画家自己也莫名其妙的几何画形，那些怪力乱神，那些颜料的泼洒游戏，那些挂在画布上的死老鼠、烂拖把之类的东西移植到中国画苑来。但也不宜说这是我们的现代派艺术。"现代派"几个字已经有其在艺术史上特定的含义，我们大可不必移用。我们不如说，这是"中国老百姓所喜闻乐见的中国作风和中国气派"的艺术，是社会主义内容和民族形式的很好结合。从这儿看出一种特别的风格和启发艺术家深思的一条创新道路。

这样说，我无意于过度溢美，我以为这也不过是一种艺术新创造，并不要求这是唯一的路子。我们应该还要另辟蹊径，各显神通，出更多更好的有特别风格的艺术作品来。对于这些版画的农民作者，我只希望：第一，走自己的路，不管别人说什么，要有自信；第二，百尺竿头更进一步，精益求精，不要自满；第三，要学习艺术创作的基本规律，在布局、构图、色彩上更下功夫。努力提高，但要依自己已经开辟的方向上去提高，千万不要照艺苑大师那么一提高，丧失了自己的真实、朴素和幽默感。最后还寄言为他们做辅导的艺苑园丁们，你们的工作是卓有成效的，你们的路子是对头的，农民画家们不会忘记你们，人民感谢你们。希望更加努力，产生更多更好的农民版画。

1984 年 4 月

选编说明

2024 年 1 月，马识途先生即将迎来自己 110 岁生日。从 1935 年 1 月发表第一篇文学作品《万县》开始，截至 2023 年 6 月，马识途先后出版 730 余万字的各类体裁（小说、诗歌、杂文、电影剧本、文论等）作品。他是我国当代颇具影响力的优秀作家，同时还是一位出色的文艺工作领导者。从 20 世纪 80 年代初起，马识途先后担任四川省作协、四川省文联主席，对四川文艺工作的发展起到了积极推动作用。

编者从马识途创作的众多文论、讲话中，选取了 46 篇有代表性的文章，作品涵盖了文化、文艺、文学等诸多领域。这些文章观点鲜明、极有见地，表现了一个满腔热忱热爱祖国、忠于人民的文艺工作者的初心与使命。

文章排列次序由文化起，依次为文艺、文学、诗歌、戏剧、绘画、影视,重点为文学。围绕中国当代文化、文艺的发展及现状,马识途阐述了自己的观点,他在文中对新中国文化和文艺的特征、本质或原理、规律性及其演变等进行了深入探讨,语言准确、简练。改革开放后,中国文学进入了新阶段,"百花齐放、百家争鸣",但之后由于商品经济、市场经济的发展,中国当代文学不可避免地受到了影响,出现了诸多问题。对于这些文学现象,马识途冷静地观察着、思考着。经过认真思索,他对文学在当代中国社会的作用、地位、意义等给出了自己的独到见解。对于新出现的网络文学、灾难文学等,更是予以了相当大的关注,并提出了要加强引导与帮助的建议。作为一名老地下工作者,马识途对于中国影视谍战剧中出现的不切合实际的"戏说"予以了尖锐的批评,历史不容草率对待,尊重历史就是尊重自己的文化。诗歌、书法领域,马识途造诣极深,对这两个艺术门类,他也谈了自己的一些真知灼见。针对川剧和版画,作为一名文艺爱好者,他也谈了自己的真实感受。

进入新时代,中国正大踏步前进,如何在新的起点上继续推动中国文化繁荣、建设文化强国、建设中华民族现代文明,是我们要思考和实践的。马识途,一位走过百年岁月的作家,也许他在本书中的一些见解,值得我们用心倾听。

慕津锋

2023 年 1 月

附录：马识途大事记

慕津锋

1915 年

1 月 17 日，农历腊月初三，出生于今重庆市忠县石宝寨，原名马千木，父亲马玉之，母亲吴正泽。

1920 年，5 岁

入本家祠堂，开始念《三字经》及"四书"等。

1921 年，6 岁

进马氏家族创办的茂陵学堂。进校后，开始学习以"山、水、田、狗、牛、羊"开头的国文读本，后改学上海出版的以"大狗叫、小狗跳"开头的教本。

1922 年，7 岁

到神滩小学念书。

1925 年，10 岁

转至忠县县里高等小学堂（原名白鹿书院）读书。

1926 年，11 岁

7 月，小学毕业。

8 月，开始在本村马氏家祠读私塾，专攻古文。

1927 年，12 岁

2 月，入忠县东区初中读书。东区初中由马玉之在担任忠县县议会议长后创办。

1931 年，16 岁

7 月，到川东首府万县参加毕业会考，顺利通过。后遵照父亲"本家子弟十六岁必须出峡"教诲，坐英轮到汉口，从汉口坐火车前往北平报考高中。出夔门时，作《出峡》诗一首：

出　峡

辞亲负笈出夔关，三峡长风涌巨澜。

此去燕京磨利剑，国仇不报誓不还。

7 月底 8 月初，到北平，在舅舅的安排下，报考北平大学附属高中。

8 月 31 日，到北平大学附中报到。

9 月下旬，"九一八事变"爆发后，积极参加北平学生抗日活动。先后参加在北大二院举行的抗日集会，后报名参加前往南京国民政府请愿活动，因舅舅劝阻未成行。前往北平东站参加大学生卧轨抗议行动，上街参加为东北义勇军募捐活动。

1932年，17岁

11月27日，与同学张恩柄一起前往北平师大操场聆听鲁迅演讲《再论"第三种人"》，第一次见到鲁迅。

1933年，18岁

夏，因日军在平津一带军事活动频繁，决定从北平乘坐火车前往上海，继续求学。

9月，入上海六里桥浦东中学，在高二年级做插班生。

1935年，20岁

1月，以"马质夫"笔名在叶圣陶主编的《中学生》杂志第51期《地方印象记》中，第一次发表文章《万县》。该文讲述了万县——这个长江边小县城的衰败与繁华，还有这里的"奖券""税关""大烟馆""大兵、流氓和乞丐"。

夏，参加上海高中毕业会考，准备报考上海交通大学和清华大学工科。

12月下旬，受北平"一二·九"学生运动影响，在上海参加学生游行。当示威游行队伍行进至北四川路时，受到国民党反动军警阻拦，学生一拥而上，冲破铁刺网，勇往直前。后随同学坐火车前往南京参加请愿活动。在车站，积极参加学生请愿队伍纠察队，并用粉笔在火车头书写"打倒卖国贼蒋介石"标语，第一次听到"抗日民族统一战线"。

1936年，21岁

初春，入扬州中学"大学先修班"补习功课。因该校"抗日救亡"政治气氛淡薄，便与同学创办宣传抗日的壁报，传阅从上海寄来的进步报刊。因校方挑拨，与扬州本地学生发生"打斗事件"，被强制送进县政府看守所"管制"。一天后，被送进扬州监狱。不久，经三哥马士弘营救脱险回到上海。

夏，再次参加前往南京请愿活动，并做活动纠察队员。

7月，考入南京中央大学工学院化学系。

8月底，到中央大学报到。

9月，开学不久，在中央大学绘图室结识刘惠馨。

10月19日，鲁迅在上海去世，第一时间向学校请假奔赴上海，到鲁迅灵堂祭拜，随后参加了送葬活动。

12月底，入中央大学军事训练集中营。

1937年，22岁

6月底，结束暑期军事训练。其间，为反抗国民党法西斯军训，创作《军训集中营记》。

8月，与刘惠馨一同加入"中央大学农村服务团"，到南京郊区晓庄宣传抗日。最初，在向当地农民、采石场工人宣传抗日时，并没有引起他们的兴趣。后在刘惠馨的建议下，服务团改变只讲大道理的方式，开始为工农解决实际问题，经过一段时间努力，服务团抗日宣传工作取得一些实际效果。因共同志向与信仰，与刘惠馨相恋。

11月，南京学联负责人周金铭到"中央大学农村服务团"，参与活动了解情况。很快，周金铭找马识途、刘惠馨谈话，告知自己是南京傅厚岗六十六号八路军驻南京办事处派来的，准备介绍他与刘惠馨参加中国共产党。不久，他们三人回到南京，准备在傅厚岗六十六号办理马识途、刘惠馨入党手续。但此时，八路军驻南京办事处已搬至汉口，入党手续无法办理。留守人员告知他们赶紧回到晓庄带领"服务团"撤退到武汉。

冬，与刘惠馨随"中央大学农村服务团"从南京下关撤到武汉，就地解散。在汉口时，阅读大量进步书籍。后将服务团在南京晓庄所进行的抗日宣传写成文章《到农村去的初步工作》，向《战时青年》杂志社投稿。不久，经周金铭介绍，前往武汉安仁里十二号拜访董必武。12月底，经董必武介绍，与刘惠馨从武汉出发，经黄冈、黄安前往七里坪。在方毅的安排下，他们参加党训班接受游击战培训，在培训班结识韦君宜，聆听叶剑英等人授课。

1938年，23岁

1月10日，在《战时青年》创刊号发表《到农村去的初步工作》。

1月—2月初，在培训班结业前，中共湖北省委组织部部长钱瑛特地来到七里坪培训班了解学员情况。方毅与马识途、刘惠馨谈话，商谈入党情况。不久，从黄安七里坪党训班结业，带队前往孝感应城，参加陶铸创办的汤池训练班（农村合作训练班）。到达汤池后，陶铸告诉马识途，中共湖北省委组织部部长钱瑛来信点名叫他赶赴武汉从事工人工作，入党手续到武汉后由钱瑛负责办理。马识途立刻前往武汉湖北省委组织部钱瑛处报到。

2月20日，在武汉《新华日报》发表报告文学《武汉第一次空战》。文章发表后第二天，钱瑛对其进行了严肃批评："你是属于党的秘密工作的部分了，因此在报上，特别是在党报上公开发表文章，对你是不适宜的。要发表也必须是化名的。"其后，钱瑛还要求马识途不得与做公开工作的同志有任何来往。这次批评，让马识途对于党的秘密工作原则有了更进一步的了解，这让他在以后的地下工作中十分注意保密要求。

3月初，在中共湖北省委组织部武汉驻地填写入党申请表，正式改名马识途。钱瑛主持入党仪式，面对党旗和马克思像，马识途认真宣读誓词，正式加入中国共产党。入党后不久，接受钱瑛委派，其第一个任务是为周恩来寻找一位可靠的工人司机。经钱瑛安排，马识途被安排进武汉司机工会从事文书工作。经过一个月缜密细致工作，马识途发现了一位名叫祝华的进步司机，经多方考察及上级党组织批准，月底马识途发展祝华为中共党员，并为其办理了入党手续，其组织关系一并转给湖北省委。

5月，到汉口职工区委会工作。在英商颐中烟草公司的卷烟厂、彩印厂建立职工夜校，通过办夜校提高工人觉悟，组织工人为增加工资、改善生活条件而进行有组织的罢工。

7月，调任武汉职工组织"蚁社"，担任党支部书记。通过办工人夜校，在群众中传播革命火种。与胡绳一起创办《大众报》并发表文章，为《抗战青年》创作文章。

在"蚁社"工作期间，还曾通过党组织邀请在国民政府军事委员会政治部第三厅任职的郭沫若到汉口"蚁社"作报告，发表抗日讲演。

10月，随鄂西北省委领导王翰、胡绳、张执一等撤出武汉，前往襄樊，加入李宗仁组织的第五战区文化工作委员会。后被派往枣阳县担任县工委书记，负责清理农村党组织，重建党的地下机构。

不久，以《鄂北日报》记者名义前往随县战场进行战地采访。

1939年，24岁

春，任枣阳县委书记，受鄂中省委陶铸、钱瑛直接领导。后派为南（漳）宜（城）安（康）中心县委书记，并同时担任国民政府南漳县主任秘书及县民教馆馆长，在民教馆主办战时农村青年训练班，培养进步青年。

5月，调任光（化）谷（城）中心县委书记，与刘惠馨重逢。在老河口吉红岗镇工作时，结识"老三姐"。

10月，到宜昌，参加钱瑛主持召开的湘鄂西省委会，初识何功伟。中共恩施特委成立，被任命为特委书记，刘惠馨任特委委员、妇女部长兼特委秘书。

冬，与刘惠馨在恩施结婚，当晚创作诗歌《我们结婚了》。

1940年，25岁

年初，在恩施家中召开第一次鄂西特委会议，组织部部长王栋、青年部长何功楷、秘书郑建安和刘惠馨参加，鄂西特委改名为施巴特委。

上半年，与王栋检查施巴特委所有县委工作。后因日军进攻宜昌，中共湘鄂西省委撤销，施巴特委划归南方局直接领导。

8月16日，钱瑛在恩施向鄂西特委领导人传达中央和南方局的指示，并对鄂西特委成员进行了调整，何功伟任书记，马识途任副书记。

下半年，为更好开展工作，经国民省政府聂国青帮助，担任咸丰军粮督导员。

秋，结识中共鄂西来凤咸丰中心县委副书记张华俊。

12月，从咸丰回到恩施。不久，女儿吴翠兰出生。当月，根据组织要求，为应对国民党反共高潮，前往宣恩、来凤、咸丰、利川，疏散党组织。

1941年，26岁

1月20日，妻子刘惠馨与时任中共鄂西特委书记何功伟被国民党逮捕，女儿随母亲入狱。马识途随后在利川得知刘惠馨、何功伟被捕消息后，立刻把利川县委书记闻立志找来，向他布置工作。除利川县本身采取应变措施外，马识途还要求闻立志向来凤咸丰中心县委紧急传达布置应变措施。为防止何功伟妻子许云落入敌手，马识途紧急前往万县接应，未遇，立即前往重庆南方局汇报工作。

2月，经鄂西特委重庆联络处何功楷联系，到曾家岩南方局驻地，向钱瑛汇报鄂西特委近况，并向组织要求去延安。在曾家岩，第一次见到周恩来。

不久，南方局决定其前往昆明报考西南联大，开展该校党的地下工作。

3 月，在父亲和三哥马士弘陪同下，安全回到忠县平山坝家中，见到何功伟妻子许云。随后，经父亲安排，与许云前往洪雅隐蔽。

7 月，在峨眉山报考四川大学，后到乐山报考西南联大。

8 月中旬，被四川大学外文系录取。

9 月，入四川大学。

10 月下旬，到昆明西南联大外国文学系报到，改名马千禾。不久，在西南联大结识地下党员齐亮。

11 月 17 日，妻子刘惠馨、何功伟在恩施方家坝后山五道涧刑场就义，女儿下落不明。

12 月，"珍珠港事件"爆发，中国进步知名教授从香港欲乘飞机回重庆，但孔祥熙却霸占飞机，将自己私产，甚至洋狗运至重庆。此消息传至昆明后，群情激愤。在学校，马识途怒斥财阀孔祥熙的行径，并与进步同学一起提议游行示威，很快在昆明掀起了"讨孔运动"。

当年，入校后不久便参加了先期成立的"微波社"，并与齐亮逐步将其变为党领导下的革命群众组织，同时还积极参与微波社创办的刊物《微波》，这是一种不定期的铅印文艺刊物，以新诗、杂文、散文为主，也有小说、文艺评论等。读者对象以青年学生为主。

1942 年，27 岁

1 月 6 日，与齐亮、吴国珩等参加西南联大"倒孔运动"。

6 月 7 日，延安各界在八路军大礼堂举行何功伟、刘惠馨二同志追悼会。

6月—8月，与云南大学侯澄到路南县路南中学教书。

9月，在西南联大校门口遇到疏散到昆明的何功楷，得知妻子刘惠馨牺牲消息。后经何功楷联系，其党组织关系转至云南省工委。

当年，开始创作《夜谭十记》第一篇《视察委员来了》(短篇小说，后改名为《破城记》)。

1943年，28岁

初夏，经云南省工委决定，与何功楷、齐亮组建西南联大党支部，担任支部书记。不久，组织党支部对照《新华日报》进行整风学习。随后，积极参加"冬青文艺社"和"微波社"，参与组建"和尚食堂"，结识创办"学生公社"的李储文、章润媛。

9月，作为西南联大中文系学生，选修了语言文字学专业课程。

1944年，29岁

年初，罗广斌从四川来到昆明投靠马识途。马识途安排他住在自己的"三仙洞"，并辅导他学习。

2月，送闻一多回家后，作诗《幽灵的悔恨》。诗中最后引用了闻一多当时痛心的话："这双可以叫大地变色的手，连抗日的枪杆也没有捞上摸一回。"

5月3日，参加西南联大历史系、社会系举办的"五四二十五周年座谈会"，政治系教授张奚若、历史系教授雷海宗、中文系教授闻一多参加。

5月4日,组织中文系举办"纪念五四文艺座谈会",闻一多、罗常培教授参加,因特务捣乱,会议中止。

5月5日,与齐亮拜访闻一多,劝他继续参加"纪念五四文艺座谈会",并建议闻一多主动邀请罗常培前来主持会议。马识途对闻一多说:"要罗先生出来,除非闻先生你亲自上门去请他。同时解释一下昨天晚上的误会。"闻一多同意。稍后,又与齐亮去拜访中文系主任罗常培,以师生之情建议中文系应继续开"纪念五四文艺座谈会"。

当天晚上,马识途、齐亮陪同闻一多一起拜访罗常培。当晚商定,7日重开的"纪念五四文艺座谈会"由闻一多、罗常培共同主持。

7日晚7点,再次在西南联大新教舍广场举办"纪念五四文艺座谈会",罗常培、闻一多、朱自清、沈从文、冯至、卞之琳、李广田等教授参加。

不久,组织成立"西南联大壁报协会"。

初夏,在昆明南屏街书店结识美国飞虎队成员。

后经云南省工委书记郑伯克同意,与张彦、李储文等人加强了和美国飞虎队成员贝尔、海曼、华德、帕斯特的交往。

6月,参与组织欢迎美国副总统华莱士和蒋介石私人顾问拉铁摩尔访问西南联大的壁报工作等活动。

7月7日,为纪念抗战七周年,参与在云南大学至公堂举办的,由"西南联大壁报协会"、云南大学、中法大学、昆明英语专科学校联合主办的时事报告座谈会,闻一多、云大校长著名数学家熊庆来参加会议。

10月10日，参加在昆华女中大操场召开的云南各界人士纪念会。会后，到闻一多家中拜访，提醒闻一多注意个人安全。

10月18日，参加昆明文艺界在云南大学至公堂举行的"鲁迅逝世八周年纪念晚会"。会前，亲自前往闻一多住处，邀请其参加并讲话。

12月25日，参加在云南大学举行的"护国纪念日"。

当年，经刘国鋕介绍，前往翠湖培文中学任教。与吴国珩等人准备创办刊物《新地》，未果，刊物改名为《新地文丛》，并创作了小说《赎》和议论时政的杂文，该文丛只出了一期；后又出版《大陆周刊》（四开）报纸。

1945年，30岁

5月初，参与昆明"纪念五四"系列活动。

5月3日，在西南联大饭堂举行"五四青年座谈会"。

5月4日下午，参加云南大学操场举行的示威游行。大会将要开始，忽然天下大雨，许多学生群众都争着找地方避雨。操场中间的人少了很多。马识途请求闻一多先生上台，号召大家回到操场中间。闻一多站起来，冒着大雨向大家讲述了"天洗兵"的故事。在闻一多的号召下，群众不顾风吹雨打，又都回到操场中。

5月4日—11日，参与组织"五四"纪念大游行活动及"昆明学生联合会"的成立。

5月，刘国鋕从重庆回到昆明，将西南联大学员袁用之的党组织关系转到马识途所在党支部。

7月7日，参与"抗战纪念大会"。

8月15日，日本宣布无条件投降，在昆明参加庆祝活动，作诗《这是为什么？》。

8月16日，云南省工委书记郑伯克到校，商谈到乡下打游击的工作。

不久，因被国民党云南省党部调查室列入黑名单，紧急转移到中华职业学校。

毕业前夕，再次拜访闻一多。

8月下旬，从西南联大毕业，被党组织派到滇南做地下工作。到滇南建水后，以建民中学教员身份为掩护。这时，罗广斌从昆明来到建水，要求与马识途一起展开地下革命工作。

9月，为李晓举行入党仪式。

1946年，31岁

2月17日，参加"一二·一"四烈士灵堂草坪上举行的"庆祝政治协商会议成功，抗议重庆'二·一〇'血案，严惩'一·二一'祸首大会"。

3月17日，参加昆明学联为潘琰、李鲁连、于再、张华昌四烈士举行的发殡安葬活动，聆听闻一多在四烈士墓前演讲。

3月下旬，带着罗广斌等人再度前往云南建水建民中学任教。

7月15日，闻一多被国民党特务刺杀身亡，匆匆赶回昆明祭拜，写下"哲人其萎，我复何言"挽联。

夏，在昆明发展西南联大校友于产入党。

7月底，乘飞机从昆明到重庆。到渝第三天，前往四川省委办事处接受工作任务。随后，在渝拜访吴玉章和法学家张友渔。

9月，奉调成都担任成都工委（原川康特委）副书记，住柿子巷六号，结识王放。不久，为掩护身份，前往华西协中担任高中英语教师。

冬，与仁寿县籍田铺地下党负责人丁地平在成都见面，研究仁寿暴动。

年底，从王宇光家里取走中共南方局交下来隐藏的电台。这部电台因南方局开通了在雅安川军刘文辉部里设立的秘密电台，所以一直没有启用。

1947年，32岁

年初，全面负责成都工委筹备与领导工作。

2月开始，与王放一起筹办成都工委电台和《XNCR》快报的编辑、出版。马识途临时自学无线电的有关知识，试着将这部南方局交下来隐藏的电台改装成了一部收音机，专门收听新华电台播发的广播稿，并将新华广播电台的呼号——XNCR作为油印小报的报名。每天晚上夜深人静的11点钟以后，马识途、王放在柿子巷六号，头戴耳机，持笔伏案，收听新华广播电台的播音，抄录广播的通讯稿；然后马上刻蜡纸，凌晨3点钟左右油印，一直到五六点钟才结束。早上，便把油印好的《XNCR》拿出去分发到各个组织传阅。

夏，接待来蓉的重庆《挺进报》编辑、西南联大同学刘国毡。

夏，根据我党潜伏在四川省特务委员会的地下党员黎强提供的"六一大逮捕"名单，立刻通知名单上的地下党员疏散。

8月底，参加中共成都工委秘密会议。书记蒲华辅（稍前赴上海向钱瑛汇报工作）传达上海局指示：在农村逐步开展游击战争；撤销中共成都工委，恢复中共川康特委，书记蒲华辅、副书记马识途，委员王宇光、贾唯英、华健，领导成都市、川西、川北、西康和川南部分县的中共地方组织，开展城市斗争及农村武装斗争。

8月至次年春，为牵制敌军，马识途在仁寿、荣县、大邑、冕宁组织领导了数次武装暴动。

秋，马识途主持中共成都市工委成立。书记彭塞（彭为商），委员王琴舫（王放）、杨文祥（张应昌）、赵文锦（女）。马识途在成立大会上讲了当前解放战争的形势，并指出工委的任务是：领导和组织群众开展反内战、反饥饿、反迫害的斗争，特别是要把职工方面的工作开展起来，为成立中共成都市委做准备，并为开展农村武装斗争输送干部。

12月27日，奉川康特委的决定，前往四川大学发动学生展开一次反迫害、保障人权的进步运动，以反对国民党四川省政府26日晚以"煽惑群众""诋毁官府"罪名抓捕官篴予，从而进一步揭穿国民党反动派假行宪、真独裁的骗局。

年底，化名"马谦和"到成都华西协中教英文，经贾唯英介绍，与李致认识。

1948 年，33 岁

2 月，派雅乐工委书记陈俊卿秘密到乐山，与乐山中学学生杨子明接上关系。

4 月，前往西昌和冕宁巡视，研究当地武装斗争情况。

6 月，回到成都，了解成都"四九血案"情况。

当月，重庆市委书记刘国定派齐亮前往成都，接洽组织关系。

不久，为适应斗争需要，成都工委改组，恢复川康特委，担任副书记，分管组织、农村工作和各工委联系工作，并直管成都市委。

6 月，代表川康特委到香港向上海分局负责人钱瑛汇报工作。在香港，与张彦、胡绳、何扬等人见面。不久，回到成都，在川康特委会上，传达中央文件及整风要求。

后，为隐蔽身份，转到成都市南中高三年级教英语。

1949 年，34 岁

1 月下旬，因川康特委书记蒲华辅叛变，马识途紧急隐蔽，并及时向香港倪子明、川北（三台通信处）、川南（专署陈离处）、西昌（电信局黄觉庵处）工委发报报警。在与成都市委副书记彭塞联系后，负责转移相关地下工作人员。

2 月，奉命去香港汇报工作。因特务事前已侦悉其行踪，只得搭乘私人汽车，绕道贵阳、柳州、广州到香港。抵达香港后，向钱瑛汇报有关情况，与妻子王放会合。

2 月—3 月，派人向重庆杨子明传达中共中央意见："建立发展武装，迎接解放，加强城市工作。"

3月下旬，在钱瑛带领下，与在港地下党员一起，经台湾海峡、黄海、渤海、烟台、济南北上北平。

在北平，参加周恩来举行的招待茶会，前往清华大学看望老友王松声。

后，随钱瑛前往天津，聆听了刘少奇"天津讲话"。

春夏之交，沿津浦铁路南下，随四野进武汉，担任华中总工会副秘书长，学习城市接管工作，与地下党员曾惆、黎智、舒赛、闻立志等重逢。

9月，奉命赶赴南京，与即将进军四川的二野会合。到南京后，受到邓小平接见，参与编写《入城手册》。在南京，向邓小平等领导汇报了当前四川党的地下工作斗争情况。

9月底，前往西安与一野会合，准备进军四川。在开封火车上，聆听了开国大典。

10月初，到达西安后，与王宇光奉命前往山西临汾一野司令部报到，与贺龙见面。在西安，参与起草向南下干部宣讲四川情况报告。

11月中旬，随一野南下进军四川，经宝鸡、汉中、大散关、剑门。在梓潼，陪同贺龙与当地代表人物召开座谈会。后经涪江、绵阳，直至新都。不久，随江伯言、王宇光秘密进入成都，准备成都解放及迎接一野进城相关事宜。

12月下旬成都解放前夕，在成都署袜南街与王宇光、贾唯英、李致、彭塞等人开会，商谈迎接解放军进城事宜。

12月28日，随贺龙一野总部搬至成都近郊的新都县。当晚，贺龙让马识途准备第二天随成都地下党组织负责人进城准备解放军进城仪式。

12月29日，成都各界123个单位组成四川省会各界庆祝解放大会，欢迎解放军胜利入城。党的地下组织川康特委副书记马识途与参谋长张经武带先遣部队分乘30余辆大、小车辆开进市区。当晚，张经武、马识途回新都向贺龙汇报解放军入城式相关问题。贺龙决定："明天，12月30日，举行解放成都的'解放军入城式'！"

12月30日上午9时，解放军入城式正式开始。马识途坐第一辆吉普车带领解放军经北门入成都，紧随其后的是参加欢迎仪式的起义将领刘文辉、邓锡侯、裴昌会、罗广文等人，最后是率部入城的贺龙、李井泉、周士弟、王新亭等解放军将领。

后入成都军管会工作，保障成都正常运行。

不久，马识途收到国民党十五兵团司令罗广文赴宴请帖。马识途向贺龙请示该事。贺龙建议马识途去，并向马识途布置。按照贺龙要求，马识途按时前去罗广文的公馆赴宴。在宴会上，罗广文提出诸多政策性问题。马识途一一按政策做了解释，并指明利害。最后，罗广文请马识途转告贺龙，他诚心接受改编。

1950年，35岁

1月1日，陪同贺龙等人参加顺城街蓉光大戏院新年联欢会。在会上，贺龙说："成都是解放战争中继北京和平解放以后，保存下来最无破坏、最完整的一座大城市，这是奇迹！"

元旦后，看望云从龙夫妇。

1月3日，在川西区党委礼堂，举行老区南下同志和地下党同志的会师大会，贺龙等一野领导参加大会。

1月4日，参加成都十二桥烈士的起灵封柩仪式。当天，亲笔致信中共乐山地委鲁大东同志，将杨子明（杨彦经）、华文江、陈文治（在沐川）、高静培、喻发峰、毛文成6同志组织关系转至乐山地委。

1月20日，参加由川西北军政委员会主任王维舟主持，贺龙主祭，成都党政军及各界群众出席的36位烈士（十二桥烈士连同被杀于王建墓墓道的刘仲宣、云龙、彭代悌和在重庆渣滓洞牺牲的周从化烈士等）迁葬青羊宫烈士陵园仪式。

不久，担任成都川西区党委组织部副部长和市委组织部部长，负责成都市皇城坝棚户区改造及成都农村土改工作。

4月，参加成都市第一届各界人民代表大会，当选为主席团成员。

10月28日，参加成都市人民监察委员会成立大会，当选监察委主任。

冬，前往重庆参加西南局组织工作会议。在此次会议上，邓小平强调要注意干部中出现的腐化现象，刘伯承批判了"改组派"现象。会议结束回到成都，在召开的成都市干部会议上，马识途传达了西南局组织工作会议精神。

1951年，36岁

参加成都人民代表大会。

1952年，37岁

夏，转业调往成都城市建设委员会，主管成都城市基础建设规划。不久，主持成都下水道工程的建设工作。

7月1日，参加成都庆祝"成渝铁路通车和宝成铁路开工典礼"。

当月，在成都接待来蓉休假的邓小平、胡耀邦。

后奉命组建四川省人民政府建筑工程局，担任局长。

1953年，38岁

10月31日晚，参加四川省委召开的经济工作会议，宣布中央决定"从11月1日，全国将实行粮食统购统销，棉花、食油实行统一政策"。

1954年，39岁

因救济大哥，受到组织部部长批评。"胡风反革命集团"出现后，被派至省公安厅组建的专案组，负责地下党"胡风分子"的甄别工作。

7月，担任四川省工业办公室副主任。

1956年，41岁

每月资助三哥马士弘二十五元，帮助三哥孩子上学。

1957年，42岁

4月，为响应党中央"整风"要求，召开建设厅工程技术人员座谈会，鼓励本单位员工打消顾虑，大鸣大放，畅所欲言。

后帮助四川著名作家李劼人做公开检讨。

不久，负责改建金牛坝省委招待所，准备接待毛泽东等中央领导入住。

7月3日，在《建设月刊》第7期发表《在四川省基本建设工作中的几点体会》。

1958年，43岁

3月"中央成都会议"期间，陪同周恩来参观金牛坝附近新农村建设。

后积极组织四川建设厅大炼钢铁。

"大跃进"初期，前往成都郊区督导"打麻雀"运动。

7月1日，中国科学院四川分院筹备处成立，负责筹备工作。

11月13日，参加四川省科学技术工作跃进会，中国科学院四川分院正式建立。

1959年，44岁

7月，开始担任中国科学院四川分院副院长、党组第一副书记兼管中国科学院四川分院图书馆。提出两大攻关项目，一是"土火箭"上天，解决当地干旱地区无雨少雨问题；二是大搞"人造肉"，以代食品办法解决吃肉问题。

在庆祝新中国成立十周年前夕，为《四川文学》创作新中国成立后的第一篇文章《老三姐》。

10月1日，在《成都日报》发表报告文学《会师》，署名任远。

庐山会议后，前往金牛坝宾馆参加四川省委会议。

1960年，45岁

4月29日当晚，前往北京工业学院与失散二十年的女儿吴翠兰相见。

4月30日，与女儿吴翠兰前往天安门游览。

7 月 1 日，在《四川文学》第 7 期发表短篇小说《老三姐》。

6 月，不再担任中国科学院四川分院副院长、党组第一副书记。

8 月，在《星星》诗刊第 8 期发表《鸡鸣集》（诗五首）。

10 月 8 日，《人民文学》第 10 期转载《老三姐》（《革命斗争回忆录》）。

被任命为中共中央西南局宣传部副部长和西南局科委副主任。

1961 年，46 岁

3 月 12 日，在《人民文学》第 3 期发表短篇小说《找红军》。

5 月 21 日—12 月 14 日，在《成都日报》连载长篇小说《清江壮歌》，共 160 期。

7 月起，在《四川文学》连载长篇小说《清江壮歌》。

9 月 12 日，在《人民文学》第 9 期发表讽刺小说《最有办法的人》。

8 月 1 日，在《解放军文艺》第 8—9 期发表中篇小说《接关系》。

1962 年，47 岁

2 月 12 日，在《人民文学》第 2 期发表短篇小说《两个第一》。

2 月—3 月，在广州参加"广州会议"，全程参加中国科学院科学家高层座谈会，聆听周恩来、陈毅讲话。

3 月，在《中国妇女》第 3 期发表散文《革命的战士和勇敢的母亲》。

6 月 30 日，在《中国青年报》发表《致读者》。

不久，前往北京开会并拜访中纪委副书记钱瑛，钱瑛当面建议《清江壮歌》不要出版。

8 月 12 日，在《人民文学》第 8 期发表短篇小说《小交通员》。

9 月 10 日，在《四川文学》第 9 期发表讽刺小说《挑女婿》。

11 月，开始担任中国科学院西南分院副院长、党组副书记。

1963 年，48 岁

5 月 12 日，在《人民文学》第 5 期发表小说《回来了》。

8 月 27 日—9 月 7 日，在《光明日报》连载散文《走马行》系列。

11 月 1 日，在《四川文学》11 月号发表小说《新来的工地主任》。

当年，全程陪同中国科学院西南综合考察队在四川科学考察。

1964 年，49 岁

主持四川农业科技会议，学习大寨精神。

秋，参加四川"农村社会主义教育运动"（"四清"运动），不久被派往南充。

1965 年，50 岁

9 月，撰写《清江壮歌·后记》。

11 月，在南充县委招待所，拜访彭德怀。

1966 年，51 岁

3 月，在人民文学出版社出版《清江壮歌》（长篇小说）。

5月，从南充回成都，参加西南局"文化大革命"。在会上，被指为"西南局机关走资本主义道路的当权派"。随后，遭到批判，在机关受到监管。

7月初，被打成四川"三家村"——马识途、李亚群、沙汀的"黑掌柜"，周扬"黑帮"。

此后，被下放至双流农场、峨眉山农场、芦山劳改农场。

7月，妻子王放因病去世，三个年幼的孩子被扫地出门，幸得亲友收养。

当年，在苗溪农场偶遇胡风。

1967年，52岁

年初，因西南局和省委领导被打倒，被科分院办公室主任带回成都。不久，因刘结挺、张西挺在四川复出，再次被科分院造反派隔离审查，后又被中国科学院和科学技术大学到蓉造反派批斗。

1968年，53岁

因在成都受到"红成"和"八二六"两个造反派批斗，前往北京避难。后被四川"革筹"从北京带回，进昭觉寺监狱，与邓华将军、杨超、沙汀、艾芜等关押在一起。

1970年，55岁

4月30日，作《我的检查》（初稿）。

1971年，56岁

因被定性为"人民内部矛盾"，从昭觉寺监狱释放。出狱后，又被关进"牛棚"。

1972 年，57 岁

8 月，被"解放"，任命为四川省委宣传部副部长，主管文艺。上任后，开始着手解决全省川剧团的工作及生存问题，并参与创办《四川文艺》。

1973 年，58 岁

5 月，陪同国务院副总理陈永贵一行在四川灌县视察并参观都江堰。

当年，去天津大学看望女儿马万梅，并拜访西南联大老友、天津市委统战部部长李定。

1974 年，59 岁

随着"批林批孔"运动在全国的展开，再次在四川受到批判。

1975 年，60 岁

主抓《寄托》剧本的拍摄工作。

1976 年，61 岁

1 月，作《忆秦娥·悼念周总理》。

4 月，作《念奴娇·悼周公》。

1977 年，62 岁

1 月 8 日，在《四川日报》发表散文《难忘的关怀》，署名华驰。

10 月，在北京参加文化部召开的会议。

在《人民文学》第 10 期发表评论《信念》。

11 月 10 日，在《北京文艺》第 11 期发表《红岩挺立在人间—祝小说〈红岩〉再版》。

1978 年，63 岁

1月5日，在《红旗》杂志第1期发表《红岩——革命英雄的丰碑》。

3月19日，在北京参加全国科学大会开幕式。

3月26日，在《人民日报》发表《向二○○○年进军！——发自科学大会的信》。

3月，与时任四川省委书记杨超以及刘允中等人的奔走呼吁下，国务院批准同意恢复组建中国科学院成都分院。

5月1日，在《光明日报》发表诗歌《七律二首——赠攀登者》。

5月20日，在成都锦江宾馆9楼会议厅，主持召开中国科学院成都数理室成立大会并致辞。

6月，在《四川文学》第6期发表小说《算盘的故事》。

夏，深入温江农村。

8月，在四川人民出版社出版小说集《找红军》。

9月18日，在《人民日报》发表报告文学《杨柳河边看天府》。

9月，将《中国科学院成都生物研究所关于四川建立几个自然保护区》的报告送交国务院副总理兼中国科学院院长方毅，积极保护九寨沟免于破坏。

10月，参加中国科学院欧洲交流考察团，先后前往瑞士、英国、瑞典，在英国东方科技史图书馆拜访英国著名科学家李约瑟教授。

冬，响应中央号召，退居二线，担任四川省人大常委会副主任，主管教科文卫委员会及群众信访、外事活动。

当年，重新动笔创作《夜谭十记》。

1979 年，64 岁

1 月 7 日，在《人民日报》发表散文《关怀》。

1 月 14 日，在《光明日报》发表评述《改革不相适应的生产关系和上层建筑》。

1 月 26 日，四川省委召开大会，公开为其平反。

1 月 30 日，《四川日报》发表《省委宣传部召开平反大会为马识途、李亚群、沙汀、张黎群、李伏伽五同志平反》。

2 月，在人民文学出版社再版《清江壮歌》。

3 月，到北京，参加全国人大常委会组织的各省市区地方人大常委会工作会议。

3 月，在《人民文学》第 3 期发表小说《我的第一个老师》。

3 月 17 日，与在京西南联大同学（王汉斌、张彦、李凌、许师谦、殷汝棠、王松声、严宝瑜、李健吾、胡邦定、陈彰远等）在北京展览馆聚会。

4 月底，陪同美国华裔科学家李政道参观中国科学院四川分院。

5 月 15 日，在《中国妇女》第 5 期发表《坚强的革命女战士钱瑛》。

5 月，在《科学文艺》第 1 期发表《祝科学与文艺的结合》。

在《人民中国》第 5 期发表《出路在哪里——我的生活道路》。

7 月，小说《夜谭十记之一——破城记》在《当代》创刊号发表。

10 月底—11 月中旬，前往北京参加全国第四次文代会、第三次作代会，被选为中国作协理事会理事。

11月11日，参加作家座谈会，见到老友韦君宜、陈白尘等人，聆听周扬的检讨与道歉。

12月1日，收到读者章林义写来的题为《说情节》信函。

12月，在《红岩》第2期发表《伟大的战士和母亲》。

12月下旬，参加四川省人民代表大会五届二次会议，当选为四川省人大常委会副主任。

1980年，65岁

1月5日，在《边疆文艺》第1期发表《关于〈凯旋〉》。

1月，在四川省文联《文艺通讯》发表《我追求中国作风和中国气派》。

2月7日，参加《科学文艺》编辑部召开的作者座谈会，并发言。

3月3日，在成都锦江宾馆与王朝闻、黎本初等讨论川剧改革，发表自己的看法："我是川剧'万岁论'者，认为川剧不会灭亡，但川剧必须随时代的发展而进行改革；改革中要保持川剧的特色，使川剧永远姓川。"

3月，在《四川文学》第3期发表《说情节——复章林义同志的信》。

4月9日，在《恩施报》发表散文《我想你们，恩施的人们》。

4月12日，在《电影作品》第1期发表论文《门外电影杂谈》。

4月27日—28日，会见美籍华裔女作家聂华苓、安格尔夫妇。

4月30日，接待四川电视台创作组李习文、徐正直，谈论自己小说的电视剧改编问题。

5 月 27 日，到四川省作协古典文学讲习班，讲授林觉民的《与妻书》。

5 月，在《海燕》第 3 期发表《马识途同志的两封信》。

· 6 月 16 日—25 日，参加四川省文艺工作者第二次代表大会，被选为四川省文联、作协主席。

6 月 25 日，在《四川日报》发表《解放思想、加强团结、争取我省社会主义文艺的更大繁荣》。

8 月 14 日—9 月 14 日，在《成都日报》连载《西游散记》（散文）。

8 月 15 日，前往卧龙自然保护区参观。

8 月 29 日，中央党校领导找少数老同志座谈征求意见时，在小组讨论会上发言，谈了自己的感想与意见。

8 月，在四川人民出版社出版《景行集》。该书收入《关怀》《贺龙在成都》《我的引路人》《时代的鼓手——闻一多》《永远的怀念》。

8 月底，前往北京参加中央党校高干理论班学习。

9 月 1 日，参加中央党校开学典礼。

10 月，在《四川画报》第 5 期发表《文艺十愿》。

12 月 2 日，在《中国青年报》发表《难忘的战斗岁月——纪念"一二·一运动三十五周年"》。

12 月 5 日，在（四川）《支部生活》连载《贺龙在成都》。

12 月，参加四川省作家协会举办的文学讲习班学习活动、四川省职工业余文艺创作座谈会。

当年，参与创办杂志《龙门阵》。

1981 年，66 岁

1 月 5 日，在中央党校听取宋振庭的报告。

1 月 10 日，在中央党校听取姚依林同志的报告。

1 月 24 日，听取中央党校副校长胡耀邦同志的讲话。

1 月，在《银幕内外》第 1 期发表《多宣传革命传统教育片》。

1 月，开始创作中篇小说《丹心》。

2 月，在四川人民出版社出版《西行散记》。

前往恩施，为何功伟、刘惠馨烈士扫墓。

3 月 10 日，在《乌江》第 2 期发表《马识途写作小传》。

3 月，当选四川作协主席。

4 月，在《重庆日报》连载《巴黎揽胜》系列。

4 月 8 日，与《四川日报》记者艾丰谈自己在鄂西从事地下活动的斗争情况及 "文革" 遭遇。

4 月，在《云南现代史研究资料》第 4 辑发表《谈谈西南联大的学生运动》。

5 月 3 日，在《重庆日报》发表《读者·作者·编者》。

5 月，在《四川文学》第 5 期发表《亚公——蜀中奇人》。

6 月 9 日—12 日，参加中共成都市委召开的党史座谈会。

6 月 10 日，审阅《解放战争时期我党在成都开展革命斗争的几个问题》一文。

6 月 13 日，审阅《在中共成都市委召开的党史座谈会上的第二次发言》。

6月28日,在《四川日报》发表回忆文章《XNCR在成都》。

7月1日,在《银幕内外》第7期发表《好好宣传革命传统教育片》。

7月3日,应云南党史办邀请,到昆明参加"一二·一"运动史座谈会。会议期间,在昆明寻访昔日战斗的遗址,到李公朴、闻一多先生墓前凭吊。

7月下旬,在云南人民出版社副总编刘以、编辑唐振华陪同下,前往瑞丽。

7月,在《四川文学》第7期发表中篇小说《三战华园》。

8月中旬,应中共恩施地委邀请,与女儿吴翠兰、儿子马万方等前往恩施为刘惠馨、何功伟扫墓。

9月25日,在锦江大礼堂,主持四川省暨成都市文化艺术界"纪念鲁迅诞辰一百周年大会"。

10月10日,参加四川抗洪救灾代表大会,并采访抗洪救灾先进人物及其英雄事迹。

10月24日,参加四川省委宣传部召开的"深入抗洪救灾第一线文艺工作者座谈会",并致辞。

10月底—11月初,参加四川省委"思想战线问题座谈会",并作《开展批评与自我批评,繁荣社会主义文学》发言。

11月6日,与艾芜、孔罗荪、高缨、流沙河等在四川文联座谈。

11月7日,在《人民日报》发表《报告:我们打了一个大胜仗》。

11 月 17 日，在《四川日报》发表《到生活中去捕捉美——读反映四川抗洪救灾文艺作品有感》。

11 月 18 日，参加四川省文学评论工作会。

11 月 25 日，在中央党校《理论动态》（315 期）发表《对文艺界资产阶级自由化倾向的一些看法》。

11 月 27 日，到四川电视台与《三战华园》剧组座谈。

11 月 28 日，在《长江日报》发表《追根》。

11 月 30 日，参加四川省作协与《青年作家》编辑部联合举办的"如何培养青年作者座谈会"。

12 月 1 日，在《成都日报》发表《马识途倡议作家同青年作者交心谈心》。

12 月 8 日，参加四川省社会科学联合会成立大会，并作《祝四川省社联成立》发言。

12 月 12 日，前往新都新繁荣校，为四川省作协举办的"文学创作学习班"学员讲话。

12 月 18 日，参加四川省职工业余作家文艺创作座谈会并讲话。

1982 年，67 岁

1 月 1 日，在《青年作家》第 1 期发表《需要更多的关怀——一个倡议》。

1 月 1 日，作《三战华园·后序》。

1 月 14 日，在《光明日报》发表《四川省文联主席马识途倡议要多方面关怀青年作者的成长》。

1月15日，在《社会科学研究》第1期发表《克服资产阶级自由化倾向，促进社会主义文化繁荣》。

2月初，到北京参加全国人大五届二十二次常委会。随后，在京参加中国作协理事会二届二次会议。

2月13日，参加中国作家协会四川分会第二届理事会第二次会议。传达中国作协理事会二届二次会议精神，宣布四川省作协书记处和四个工作委员会成立并公布成员名单。

3月25日，出席四川省作家协会、四川省社科联举办的"毛泽东文艺思想研究会"。

4月1日，在《青年作家》第4期发表《寄〈青年作家〉》。

5月1日，在《青年作家》第5期发表《青年作家需要学习马克思主义》。

5月26日，与四川大学中文系陆文璧座谈，商讨编辑、出版《马识途研究专集》。

5月，在《红岩》第2期发表中篇小说《丹心》。

到北京参加"郭沫若研究学术座谈会"，并当选为郭沫若研究会副会长。

在《科学文艺》第3期发表《科学文艺创作一议》。

6月中旬，应全国文联邀请前往庐山，会见西戎、马烽、孙谦、尹瘦石等人。

6月25日，在《南充师院学报》（哲学社会科学版）第2期发表《在四川省毛泽东文艺思想讨论会闭幕会上的讲话》。

6月，在《四川文学》第6期发表《学习会纪实》。

7月，应中国科学院邀请前往青岛疗养，完成《夜谭十记》。

7月29日—8月4日，出席四川省文联第二届委员会第二次扩大会议，并讲话。

8月21日，在《四川日报》发表《让我们行动起来》。

8月，参加四川省文学艺术界联合会第二届委员会第二次扩大会议。

8月，在《戏剧与电影》第8期发表《答观众问——关于电视剧〈三战华园〉》。

9月1日，参加四川省文化局召开的文物管理委员会相关会议。

9月1日，在《青年作家》第9期发表《我是怎样写起小说来的》。

9月23日，与艾芜、李少言一起接受新华社采访。

9月30日，在《光明日报》发表《宣传共产主义思想是作家的神圣职责》。

10月1日，创作完成《〈夜谭十记〉后记》。

10月20日，在《人民文学》第10期发表《讽刺小说二题 好事》《五粮液奇遇记——大人的童话之一》。

10月，作为中国作家代表团团长，带领刘绍棠、诗人公刘前往贝尔格莱德参加世界笔会组织的国际作家会议。会后前往伏伊伏丁那等地参观，并在中国驻南大使馆作《从四川窗口看全中国形势》发言。

11月16日，参加在乐山举行的"纪念郭沫若诞辰九十周年纪念大会"并发表讲话。

12 月 7 日—14 日，参加四川省社科院召开的中国抗战文艺学术讨论会。在发言中提出：以重庆为中心的国统区和以延安为中心的解放区以及以上海为重点的沦陷区（包括香港、南洋）的抗战文艺活动，都是全世界反法西斯文艺活动的重要组成部分，国统区抗战文艺是对"五四"新文化运动和 20 世纪 30 年代中国左翼文艺运动的继承和发展，它继鲁迅之后树起了郭沫若这第一面旗帜，团结一大批进步作家，做出了不可磨灭的历史贡献。

12 月 25 日—29 日，主持召开四川省作家协会主办的"四川省长篇小说创作座谈会"。

12 月，参加四川省地方志编纂工作会议。

12 月，在《解放军文艺》第 12 期发表讽刺小说《大事和小事》。

1983 年，68 岁

1 月 3 日，在《成都晚报》发表《成都晚报，你好》。

1 月 30 日，在《四川日报》发表《对违法的行为必须进行斗争》。

1 月 31 日，在《四川日报》发表《对违反宪法的行为必须进行斗争——学习宪法的笔记》。

1 月，在《四川文学》第 1 期发表《夜谭十记——〈前记〉〈报销记〉》。

2 月 4 日，参加四川作协召开的青年作者座谈会，并发言。

2 月 21 日，到锦江宾馆参加四川省文联常委扩大会。

2月28日—3月8日，在北京参加全国人大会议。其间，与人民文学出版社韦君宜、黄伊等商谈《夜谭十记》的出版。

2月，在《抗战文艺研究》第1期发表《我也谈抗战文艺》。

2月，在《四川文学》开始连载《夜谭十记》。

3月14日，在《四川日报》发表《他的英名和事业永垂不朽——瞻仰马克思墓追忆》。

3月20日，在《四川师院学报》(社会科学版)第1期发表《关于一篇语文教材的通信》。

4月15日—21日，参加四川省社科院《社会科学研究》编辑部和文学研究所联合举办的首届"《三国演义》学术座谈会"。

4月21日，在《成都晚报》发表《大有进步，还要努力》。

4月，与电影制片厂编辑部饶趣、导演张一谈文学剧本《红叶铺满小路》。

5月4日,前往望江宾馆看望以蔺柳杞为团长,以苏策、柯原、叶知秋、江波、李存葆等为团员的部队作家代表团。

5月7日，在四川省文联礼堂主持欢迎以阳翰笙为团长的中国文联赴川参观访问团。

5月10日，与成都市川剧院编剧徐棻、演员晓艇等座谈，谈及自己对《王熙凤》《跪门鉴》的看法。

5月12日，在乐山大佛寺与阳翰笙、戈宝权、葛一虹、凤子等听取乐山郭沫若研究学会有关开展郭沫若研究及文物收藏的工作汇报。

5月中旬，前往北京参加全国第六届人民代表大会第一次会议。

5月底，在北京参加郭沫若研究会成立大会，被选为副会长。

6月1日，在《青年作家》第6期发表《大有进步，还要努力——祝〈青年作家〉创刊两周年》。

6月，与王维玲前往中国青年出版社与四川《宫闱惊变》的作者吴因易、《华子良传奇》作者张世诚、阚孔壁等人座谈，勉励这些四川青年作家努力创作。

7月，在《戏剧与电影》第7期发表《外行说川剧改革》。

8月22日，参加四川省青年文学创作会议。

8月，出席四川省青年文学创作会。

9月1日，出席在东风礼堂举行的四川省宣传工作会议，并讲话。

9月上旬，出席四川省委召开的思想战线工作座谈会。

9月17日，与四川省社科院副院长谭洛非、郭沫若研究会黄侯兴等人座谈郭沫若研究会工作。

9月20日，创作完成电影文学剧本《这样的人》初稿。

9月，在成都看望林默涵，谈及小说《这样的人》的创作。

10月3日，北京电影制片厂致信马识途，谈及改编《夜谭十记》作品的问题。

10月16日，出席四川省郭沫若研究学会成立大会，当选为该学会主席。

秋季，应邀为四川广安邓小平故居撰写长对联：

　　扶大厦之将倾，此处地灵生人杰，解危济困，安

邦柱国，万民额手寿巨擘；

　　挽狂澜于既倒，斯郡天宝蕴物华，治水秀山，兴

工扶农，千载接踵颂广安。

　　11月，《夜谭十记》(《破城记》《报销记》《盗官记》《娶妾记》《禁烟记》《沉河记》《亲仇记》《观花记》《买牛记》《踢踏记》)在人民文学出版社出版。

　　11月19日—22日，在乐山参加郭沫若学术讨论暨年会。

　　12月20日，电影文学剧本《这样的人》完成修改。

　　12月25日，在《南充师院学报》（哲学社会科学版）第4期发表《坚持实事求是，深入展开郭沫若研究——在四川省郭沫若研究学术讨论会上的讲话》。

　　当年，美国飞虎队成员贝尔到成都拜访马识途。

　　1984年，69岁

　　1月1日，在《青年作家》第1期发表《作家要不要改造世界观》。

　　1月24日，参加四川省古籍整理出版规划小组第一次全体（扩大）会议。

　　1月31日，在《当代文坛》第1期发表《高举社会主义文艺的旗帜》。

　　1月，在《四川文学》第1期发表《且说存在主义》。

　　2月23日，参加中国作家协会四川分会常务理事扩大会议。

3月10日，与中国青年出版社副总编王维玲在成都商谈长篇小说《这样的人》的创作出版。

3月，在《戏剧与电影》第3期发表剧本《这样的人》。

4月4日—6日，接待以德舒什夫人为团长的欧洲议会对华关系代表团。随后，陪同前往灌县、双流参观。

4月13日，在《重庆日报》发表《别开生面的农民版画》。

4月15日，在《四川日报》发表《看八人画展有感》。

4月中旬，在锦江宾馆会见美国洛杉矶市市长助理兼礼宾司长比德利丝·莱沃莉、市议员康宁汉等一行。

4月27日，与谭洛非、雷仲平等人商谈郭沫若研究会有关问题。

5月，在（四川）《支部生活》的《整党见闻杂记》栏目开始撰写文章，署名陶文竞克。

5月15日，在《科学文艺》第3期发表《向科学文艺作者提一点希望》。

5月下旬，前往北京参加全国人大六届二次会议。

7月17日，参加四川省写作学会成立大会。

7月20日，与陆文璧、仲呈祥、吴野、邓仪中等人商谈《中国当代文学资料研究丛书·马识途专集》的编写，着重讲了自己所追求的风格。

7月28日，参加成都武侯祠博物馆成立座谈会。

8月7日，在《文艺报》第8期发表《她在大海拾贝——关于包川的小说》。

8月20日，与盐亭县川剧团商谈将《盗官记》改编为川剧演出相关情况。

9月初，为省人大工作的开展和参加全国五次文代会等做准备，到重庆以及川东、川北各地做调研。

9月，与沙汀、艾芜、李致一起为张秀熟做寿，并作诗《满引金杯寿张老》。

10月中旬，第一次前往九寨沟。

10月22日，出席在江油举办的李白研究学会成立大会。

11月29日，参加《现代作家》主办的城乡集体、个体企业家和文学家恳谈会。

12月8日上午，到四川省川剧学校出席振兴川剧一、二届调演受奖大会。下午，在省文联与曹禺座谈。

12月下旬，前往北京参加中国作家协会第四次代表大会，担任四川代表团副团长。

12月26日，参加中国作协三届三次理事会。

12月28日，上午在京西宾馆参加中国作协第四次代表大会预备会议；下午参加四川代表团讨论《中国作家协会章程》修正案草案。

12月29日，在京西宾馆参加中国作协第四次代表大会开幕式。

1985年，70岁

1月5日，在《当代文坛》第1期发表《且说我追求的风格》。

1月，在《成都晚报》连载《成都解放断忆》。

1 月 21 日，被任命为全国人大十大双边友好小组塞内加尔组的成员。

1 月，在《青年作家》第 1 期发表《讽刺是永远需要的》。

2 月 14 日，在《成都晚报》发表《希望在于将来——看四川自学者中国画研究会首届国画随想》。

3 月中下旬，到北京参加全国人大常委会和六届三次会议。

4 月，参观四川美术学院工艺美术展览。

4 月，在四川省《领导艺术》第 2 期发表《文山会海何时了？》。

5 月 4 日，出席在杜甫草堂举办的"杜甫草堂纪念馆三十周年暨成都杜甫草堂博物馆成立大会"。

5 月上旬，出席四川省人大六届三次代表大会，在会上申请辞去省人大常委会副主任职务。

5 月中旬—6 月初，前往山东泰安参加郭沫若研究学术讨论会，并到青岛、大连、哈尔滨、沈阳等地参观。

5 月 19 日，在曲阜师范学院中文系举行座谈会。

5 月，在（四川）《党的建设》之《观风杂记》栏目开始撰写文章，署名陶文竞克。

5 月，在《电影作品》第 3 期发表《创作需要真诚》。

6 月 12 日，致信沙汀，谈及刘宾雁在《文汇月刊》公开发表文章批判自己，以及自己已将相关材料送交中宣部、中国作协及四川省委宣传部等情况。在信中，马识途谈了自己对中国作协的回复及对刘宾雁的看法。

6 月，在（四川）《领导艺术》第 3 期发表《"坐排排"的习惯还要改》。

7月7日，参加在恩施举行的"鄂西抗战时期党史座谈会"，并发言。

7月，为老友张彦的著作《一个驻美记者的见闻》作序《推荐一本认识美国的书》。

8月，为庆祝我国第一个教师节，创作《我的老师》。

9月1日，在《四川教育》第9期发表《我的老师》。

10月1日，在《小说导报》第10期发表小说《接力》。

10月，在《银幕内外》第10期发表《我再说，创作需要真诚》。

11月24日，参加"三国与诸葛亮"国际学术讨论会。

12月2日，在《四川日报》发表《一个老战士的话》。

12月，前往昆明，参加党史座谈会，研究《"一二·一"运动史》定稿。

1986年，71岁

1月1日，在（四川）《党的建设》第1期发表《理想·纪律·社会主义》。

1月15日，在《文史杂志》第1期发表《〈清江壮歌〉的历史背景》。

2月1日，在《四川教育》第2期发表《祖国的将来就在我们的肩上》。

2月7日，参加《青年作家》编辑部座谈会并讲话。

2月，在《领导艺术》第1期发表《先考法律知识再走马上任好》。

3 月 17 日，参加四川省市、地、州文联工作会议。

3 月 31 日，在《人民日报》发表《全国人大代表手记之一：前进，前进，进！》。

3 月，到北京出席全国人民代表大会六届四次会议。

4 月 1 日，在《人民日报》发表《全国人大代表手记之一：挽起袖子改革》。

4 月 1 日，在《青年作家》第 4 期发表《我说〈青年作家〉——庆祝〈青年作家〉创刊五周年》，并题词："千淘万漉虽辛苦，吹尽狂沙始到金。"

4 月 16 日，在成都参加克非反映农村改革的长篇小说《野草闲花》的讨论会。

4 月 23 日，参加绵阳市文学艺术工作者第一次代表大会。

4 月，在中国青年出版社出版《巴蜀女杰》。

5 月 17 日—22 日，在四川长宁县参加"西南五省区文学座谈会——蜀南竹海笔会"。

6 月，创作完成《〈京华夜谭〉后记》。

9 月 5 日，在《当代文坛》第 5 期发表《竹海笔会拾言》。

11 月，在乐山参加四川郭沫若研究学会年会暨"郭沫若传记文学"讨论会。

当年，参与中华诗词学会的创建。

其小说《盗官记》被导演李华改编成电影《响马县长》。

1987 年，72 岁

1 月 1 日，在《现代作家》第 1 期发表《五猪能人》。

2月1日，在《现代作家》第2期发表《不入党申请书》。

2月7日，在《群言》第2期发表《社会主义精神文明建设与现代化》。

2月，四川大学出版社出版《在地下》。

3月1日，在《现代作家》第3期发表《钱迷的奇遇》。

3月5日，在《当代文坛》第2期发表《振奋精神，开拓前进，迎接四川文学事业的更大繁荣！——在作协四川分会第三次会员代表大会上的报告》。

3月，与刘绍棠一起为《大众小说丛书》作序。

4月1日，在《现代作家》第4期发表《钟懒王的酸甜苦辣》。

4月22日，在《人民日报》发表《真大观也（谈艺录）》。

5月1日，在《现代作家》第5期发表《风声》。

5月31日，端午节，在北京全国政协礼堂参加中华诗词学会成立大会。在成立大会上，作《中华诗词发展之我见》的发言。

5月，在《郭沫若学刊》第1期发表《深入一步开展郭沫若研究——在"郭沫若传记文学"学术讨论会上的讲话》。

6月1日，参加分组讨论《中华诗词学会章程（草案）》及《中华诗词学会1987年和1988年工作设想》，酝酿推举中华诗词学会顾问和理事人选。

6月1日，在《现代作家》第6期发表《我错在哪里》。

6月2日上午，参加中华诗词大会在北太平庄远望楼举行的全体会议，并发言。

6月3日上午，参加中华诗词学会第一次全体理事会议，当选为中华诗词学会副会长。

7月1日，在《现代作家》第7期发表《臭烈士》。

8月1日，在《现代作家》第8期发表《典型迷》。

9月1日，在《现代作家》第9期发表《挑战》。

9月5日，在《当代文坛》第5期发表《谈谈雅文学与俗文学——在〈华子良〉作品讨论会上的讲话》。

10月1日，在《银幕内外》第10期（总第100期）发表《祝贺和希望》。

10月1日，在《现代作家》第10期发表《但愿明年不再见》。

10月6日上午，在成都金牛宾馆拜会巴金。

10月7日，与艾芜、沙汀、张秀熟等陪同巴金游杨升庵故里桂湖。（张秀熟、巴金、沙汀、艾芜、马识途，时称"蜀中五老"）。当天，创作诗歌《五老游桂湖》，并请巴金、张秀熟、沙汀、艾芜、陈之光、李致等签名留念。

当月，创作《五老桂湖集序》，并请巴金、沙汀、艾芜、张秀熟签名留念。

五老桂湖集序

丁卯之秋，八月既望，老作家巴金回川重访故里。八三老人终如夙愿，与同龄老作家沙汀、艾芜暨巴蜀耆宿九三老翁张秀熟欢聚于桂湖，再聚于锦城。怡如也。不才痴长七十有三，幸居老龄，弗愧形秽，亦忝列末座。巴老侄李致及女晓林等与焉。

人生不相见，动如参与商。老年始一聚，鬓发各
已苍。虽无阳澄肥蟹松江鲈莼之美，亦无山阴兰亭曲
水流觞之盛，然则金风送爽，天朗气清，馨香有桂，
傲霜有菊。列坐其间，或游目驰神，饱览秋光秀色；
或话别兴怀，纵谈沧桑往事，诚亦不知老之已至也。
斯乃文坛盛事，不可无记。遵沙老之嘱，于签名前略
叙缘由。因效颦急就《桂湖集序》如右，并诌歪诗以
贻笑大方云尔。

一九八七年卯年秋

10 月 8 日，与沙汀、艾芜、李致、陈之光等陪同巴金访问
了巴金位于成都正通顺街 98 号的故居。

10 月 10 日下午 3 点左右，陪同巴金、张秀熟、沙汀、艾
芜前往成都东大街 153 号著名川菜馆蜀风园品尝川菜。

10 月 13 日，陪同巴金、张秀熟、沙汀拜访刚开放不久的
李劼人故居"菱窠"，并参观了李劼人生平事迹展。在来宾签名
簿上，巴金写下了一行深情的文字："1987 年 10 月 13 日巴金
来看劼人老兄，我来迟了！"之后，巴金同张秀熟、沙汀、马
识途并肩而坐，在劼人塑像前合影留念。

参观快结束时，成都市负责人专程来"菱窠"看望巴金。
当他们邀请巴金多回家乡看看时，巴金说："身体不行啦。"巴
金侄子李致说："他原来说是最后一次回家乡看看，但现在看来，
在老家身体很适合，比预想的好。"马识途接过话题说："他还

要回来。艾芜、沙汀、我和巴老已约定在张秀熟老人百岁之期时，重聚蓉城，为张老做百岁大寿，他岂有不回来之理？"

10 月 14 日下午，陪同巴金与四川文学界见面。

10 月 17 日，参加中国现代文学讨论会并发言，作《谈谈现代文学研究的方法问题》。

10 月 20 日，到双流机场送别巴金。

10 月 24 日，在四川峨眉县参加并主持"郭沫若与中外文化"学术讨论会，北京大学王瑶教授、郭沫若研究会副会长马良春参会。

11 月 1 日，在《现代作家》第 11 期发表《笑死人的故事》。

11 月，为《郭沫若佚文集》作序。

12 月 1 日，在《现代作家》第 12 期发表《在欢送会上》。

当年，回恩施，再次为何功伟、刘惠馨烈士扫墓。

随中国作家代表团访问波兰。

1988 年，73 岁

1 月，在《中国书法》第 1 期发表《书法应该从小学抓起》。

在《戏剧与电影》第 1 期发表《从"夕阳艺术""棺材艺术"说起》。

2 月 7 日，在《群言》第 2 期发表《反思过去，锐意革新——波兰政治体制改革拾零》。

3 月 25 日，在《人民日报》发表《读文随记》。

3 月，参加四川省杂文学会成立大会。

4 月 2 日，在《人民日报》发表《我正在想……》。

4月25日，在《郭沫若学刊》第1期发表《〈郭沫若学术佚文集序〉》。

5月6日—11日，到北京参加中国郭沫若研究会第二届会员代表大会暨"郭沫若在日本"学术研讨会，并作《在文化撞击中深化郭沫若研究》发言，当选为郭沫若研究会副会长。

5月7日，在《群言》第5期发表《〈胡涂大观〉添新章》。

5月11日上午，在中国郭沫若研究会第二届会员代表大会闭幕式上强调，要从文化大背景中研究郭沫若，并指出研究郭沫若在日本的两个十年是研究郭沫若的关键。抓住了这两个十年，就真正抓住了郭沫若研究。

5月30日，在《杂文界》第3期发表《时代需要杂文》。

5月，参加西南五省区作家贵州龙宫笔会。

5月，题《采桑子》赠贵州老作家蹇先艾：

　　沧桑历尽年已逝，戎马悾偬，正气长虹，阅遍风流在剑锋；

　　老来更觉春光好，绵薄全奉，夕照匆匆，留得丹心一点红。

6月15日，在射洪参加"全国首届陈子昂学术讨论会"，作题为《开一代诗风的陈子昂》发言。

6月18日，参加四川省诗词学会成立大会，作题为《中华传统诗词是"夕阳艺术"吗？》发言。

6月20日，在《当代》第3期发表《巴金回家记》。

9月14日，在《人民日报》发表《小题反做》。

9月24日，作《杨升庵先生诞辰五百周年纪念堂嘱文》：

杨升庵先生聪颖过人，见闻赅博，著作等身，古今罕匹，诚我蜀一大才人也。然若非廷议遭谪，远戍云南，潜心学问，安得饮誉为明代第一博洽人，著作四百余种流传后世乎？予尝执教滇南建水，亦曾踵迹至于永昌，三迤士林莫不对杨公教化感恩戴德，有如蜀人之于文翁然。科考以来，状元多矣，道德文章如杨公彪炳千秋者，实未曾见也。人多以杨公流放边疆，终老异乡为不幸，然则幸耶不幸耶？杨公故乡新都于故居桂湖立堂纪念，杨柳依依，荷叶田田，桂花满园，金蕊飘香，慕名踵谒者，终年不绝。文人学士亦多雅聚于此，以文会友。去岁文坛巨子巴金等老亦品茗于此，传为佳话。今年中秋更复有升庵学术讨论会之举。诚盛事也。予虽忝列末座，乏善足陈，唯书"赅博"二字以颂之，并遵嘱著文以记其事，以志不忘云尔。

9月，在《红岩》第5期发表《文学的一点思考》。

10月25日，在《郭沫若学刊》第3期发表《在文化撞击中深化郭沫若研究》。

10月28日起，《官倒五议》在《成都晚报》开始连载。

10月，在《写作》第 10 期发表《要重视通俗文学》。

11月7日，在《群言》第 11 期发表《航道已经开通》。

11月，在《新华文摘》第 11 期发表《小题反做》。

12月 20 日起，在《处女地》第 12 期连载《魔窟十年》。

12月 23 日，参加四川省首届郭沫若文学奖、第二届四川文学奖颁奖大会。

当年，开始电脑写作。

1989 年，74 岁

1月3日，在《人民日报》发表《时代还需要杂文》。

2月1日起，在《成都晚报》连载反腐杂文。

5月，为《红岩春秋》创刊号撰写"卷首语"：

> 我曾在南方局领导下工作过，那些风风雨雨的日子还常常回到我的记忆中来。那些人物，无论生者或死者，常常令我怀念。南方局的老一辈革命家们，特别是周恩来同志，令我景仰不已；他们的工作精神和做人风范，对我的人格铸造和工作方法的养成影响很大。
>
> 在我看来，南方局是党的建设的典型，是马克思主义和国统区具体情况相结合的光辉范例。当时在白色恐怖下，为什么党组织发展得那么快那么多，遍布城乡？为什么群众以入党为愿望，以牺牲为光荣，几经打击，仍然坚持下来？为什么党在群众中威信那么高，在宣传文化战线上一直处于优势地位？为什么我们能

团结那么多民主党派和民主人士共同奋斗？这到底是怎么一回事，不值得我们总结吗？南方局的这些宝贵经验，其实对于现在党的工作也有可资借鉴的地方。

现在有了这个刊物，我愿竭尽驽钝为它撰稿，并望有志同道也来为扶植它而尽力。

6月1日，在《郭沫若研究》（第七辑）发表《深入郭沫若研究的浅议》。

8月，为四川川剧表演艺术家阳友鹤的《一代桐凤——阳友鹤文存》作序。

1990年，75岁

2月7日，在《群言》第2期发表《新年的祝愿》。

3月4日，在《光明日报》发表《四川的茶馆》。

4月，在重庆出版社出版《魔窟十年》。

5月，在成都参加四川省委宣传部、四川省新闻出版局、四川省美协召开的"《王朝闻集》出版暨王朝闻同志创作61周年座谈会"。

10月29日，在乐山主持参加"郭沫若与传统文化"学术研讨会，致开幕词

11月5日，在《当代文坛》第6期发表《悼周克芹同志》。

1991年，76岁

1月25日，在《郭沫若学刊》第4期发表《"郭沫若与传统文化"学术研讨会开幕词》。

2月1日，在《青年作家》第2期发表《走自己的路》。

2月起，《雷神传奇》开始在《四川文学》连载。

3月5日，在《当代文坛》第2期发表《为现实主义一辩——崔桦小说集〈生活拒绝叹息〉序言》。

3月，为张秀熟著作《二声集》作序。

6月1日，参加《红岩》发行三十周年纪念会。

6月2日，参加中国作家协会四川分会第四次会员代表大会闭幕式。

6月底，作《念奴娇·建党七十周年》：

> 开天辟地，振中华、七十峥嵘年月。剑影刀光犹耀眼，风卷红旗猎猎。江汉狂澜，井冈风暴，饮马长城雪。江山如画，几多烈士鲜血。
>
> 古来善始实繁，克终盖寡，应念魏征偈。万里长征才一步，何敢中途停歇？良耜勤操，沾衣足惜，内蠹除须彻。丹书千卷，重评谁是豪杰。

9月5日，在《当代文坛》第5期发表《团结一致，扎实工作，争取我省文学事业的更大繁荣——在中国作家协会四川分会第四次代表大会上的工作报告》。

9月12日，在成都参加巴金国际学术研讨会。

9月21日，在《文艺报》发表《也说现实主义》。

10月7日，在《群言》第10期发表《丹心昭日月——悼念彭迪先同志》。

12月3日，参加沙汀创作六十周年暨沙汀作品研讨会。

1992年，77岁

2月10日，农历正月初七，参加杜甫草堂"人日草堂诗会"，作《七律壬申人日杜甫草堂诗会上急就》《草堂诗会上口号联句诗》。

2月，在《语文学习》第2期发表《关于读书》。

3月，为《少年郭沫若》作序。

4月，参加洛阳牡丹会十周年庆典，结识文怀沙。

参加四川省农村题材创作座谈会。

5月22日，在《新文学史料》第2期发表《应该研究李劼人》。

5月，在《红岩春秋》连载《忆齐亮》。

在《四川文学》连载《秋香外传》。

7月5日，在《当代文坛》第4期发表《为繁荣中国特色的社会主义文艺而努力》《祝贺〈当代文坛〉创刊十周年》。

7月25日，在《文艺报》第29期发表《通俗小说的新尝试——〈雷神传奇〉后记》。

8月28日，在《人民政协报》发表《用电脑写作更觉胜任愉快》。

9月6日，参加首届川剧国际研讨会。

9月26日，参加四川省首届少数民族优秀文学作品奖颁奖大会。

10月20日，在乐山主持召开四川郭沫若研究学会理事会，总结了学会近几年来的工作；提出了进一步加强学会工作的打算，还着重审查了纪念郭沫若诞辰一百周年各项活动的安排和开展情况。

10 月 21 日，在乐山参加"四川省暨乐山市纪念郭沫若诞辰 100 周年大会"及"郭沫若与中国科学文化"学术研讨会。

10 月，在《四川文学》第 10 期发表《报春花的故事》。

11 月 5 日，在《当代文坛》第 6 期发表《〈俏皮话大全〉序》。

11 月 14 日，在《文艺报》第 45 期发表《纪念郭沫若，学习郭沫若——纪念郭沫若诞辰 100 周年》。

11 月 16 日，参加郭沫若诞辰 100 周年纪念活动。

11 月，前往上海，给巴金祝寿，庆祝其九十岁华诞。拜访巴金时，巴金题赠线装本《随想录》。其后，参观浦东新区、浦东中学、鲁迅故居、虹口公园鲁迅墓。

在人民文学出版社出版《雷神传奇》。该书以章回小说形式，采用极其丰富的四川方言，讲述了在国民党反动派统治下的四川大巴山上一段传奇而动人的故事。书中塑造了雷神、秋香等极具乡土气息的英雄形象。这是一部反映革命火种在大巴山上燎原的颂歌，也是赞扬革命英雄主义的长篇小说。

当月，收到"阳翰笙从事文艺工作六十五周年活动"邀请，因事无法前往，特写一首五言律诗赠送阳翰笙：

六十风云际，峥嵘岁月稠。

英雄生草莽，天国演春秋。

道德高文苑，华章系国忧。

南天翘首望，砚耕老黄牛。

12月5日，作《悼艾芜》：

胸怀天下，迹浪滇缅，冒险犯难，一记南行惊士林，
赖有真情动魂魄。

心系中华，狱羁沪蓉，殚精竭思，十卷鸿著献文苑，
尽以热血荐轩辕。

12月14日，作《悼沙汀》：

热情似烈火，铁笔纵横写春秋，人间已除兽道，
死而无憾！

噩耗惊冬雷，伤心风雨黯日月，巴蜀痛陨双星，
生何以堪？

人间已除兽道，其香居里笑魑魅。

巴蜀痛失巨星，红石滩头哭斯人。

1993年，78岁

1月7日，在《群言》第1期发表《坚持基本路线，必须注意防"左"》。

1月，在《红岩春秋》第1期发表《大海阻不断的友谊》。

3月，在《四川文学》第3期发表《悼念沙汀同志》之《忆秦娥》《念奴娇》及《问天赤胆终无悔》。

5月22日，在《新文学史料》第2期发表《青峰点点到天涯——悼念艾芜老作家》《一个问心无愧的人——悼念沙汀同志》。

5月26日—5月30日，前往江西南昌参加"建筑与文学"学术研讨会。其间，参观了井冈山、文天祥纪念馆、八大山人纪念馆。

5月26日，在"建筑与文学"学术研讨会开幕式上讲话。

5月27日，在"建筑与文学"学术研讨会上作《让人们的生活更美好》发言。

5月，参加四川省文联成立四十周年纪念大会。

7月22日，参加四川省写作学会学术讨论会。

8月28日，在《文艺报》第34期发表《我只得站出来说话了》。

9月25日，在《光明日报》发表《孔子曰："必也正名乎"》。

10月7日，在《四川日报》发表《万里云天一片情——祝贺四川省作家协会文学院成立十周年》。

10月12日，随中国作家代表团前往意大利访问。

10月14日，参加意大利第十九届蒙代罗国际文学奖发奖仪式并致辞。

10月19日，在《羊城晚报》发表《旧把戏的新表演》。

10月，在《四川文学》第10期发表《我只得站出来说话了》。

11月5日，在《当代文坛》第6期发表《青松挺且直——

悼念阳翰老》。

11 月 20 日，在《文史杂志》第 6 期发表《德高北斗望重南山——为张秀熟老人祝百岁大寿》。

12 月 25 日，在《郭沫若学刊》第 4 期发表《从中华民族文化研究说到儒学研究》。

1994 年，79 岁

1 月 20 日，在《文史杂志》第 1 期发表《"东坡"之名从何而来——〈白居易与忠州〉序》。

2 月 15 日，在《今日四川》第 1 期发表《毛泽东主席和三个美国兵》。

2 月，在《作品》第 2 期发表《荒唐的建议》。

3 月 19 日，在《光明日报》发表《识途的辩证及品茶之道》。

3 月 22 日，到乐山参加四川省社科联、四川省郭沫若研究会、中共乐山市委宣传部等联合举办的"纪念《甲申三百年祭》50 周年座谈会"，并发言。

3 月 25 日，写《挽张秀熟老》：

> 忠诚无二心，首举红旗，临危不惧，浩气动乾坤，
> 为千秋楷范；
> 廉洁兼三德，伸张正义，维法如山，丹忱昭日月，
> 树百代箴规。

4 月 2 日，作《应该重新阅读〈甲申三百年祭〉》。

5月22日，创作完成电影剧本《十个回合》（故事提纲）。

6月4日，在《人民日报》发表《名著改编和地方特色》。

6月25日，在《郭沫若学刊》第3期发表《应该重新阅读〈甲申三百年祭〉》。

6月，作《解放军军民抢修都江堰记》。

7月15日，在《龙门阵》开始连载《"文革诗"解》。

10月，在成都出版社出版《盛世微言》。

11月15日，在《龙门阵》第6期发表《如今何处找好人》。

11月24日，在《文汇报》发表《狗咬人不是新闻，人咬狗才是新闻》。

12月24日，在《光明日报》发表《未悔斋记》。

12月27日，在乐山大佛寺集凤楼参加四川郭沫若研究会举办的"郭沫若研究及其发展趋势"学术研讨会。

1995年，80岁

1月，作《寿星明·八十自寿词》：

> 红烛高烧，笑语盈庭，寿宴盛张。忆少年报国，
> 南征北战，酸甜苦辣，雪雨风霜。劲节还持，松姿尚挺，
> 赢得寒梅高树香。终无悔，历千难万险，无限沧桑。
>
> 虽云鬓发苍苍，却自许驱驰奔小康。幸志犹慷慨，
> 身犹顽健，心犹耿介，笔走猖狂。检点平生，我行我素，
> 管甚流言飞短长。儿孙辈，满金杯侍候，纵饮华堂。

1月11日，在《光明日报》发表《本末倒置》。

1月15日，在《龙门阵》第1期发表《于危难处见真情》。

1月20日，在《四川党史》第1期发表《革命的友情唤回了青春》。

3月1日，在《广州文艺》第3期发表《从王蒙没有两个面孔说起》。

3月7日，在《群言》第3期发表《我不赞成文化完全商品化》。

3月15日，在《龙门阵》第2期发表《指日重登点将台》。

3月25日，在《文艺报》第11期发表《借题发挥写序言——序〈情系高原〉》。

4月4日，在《人民日报》发表《从一家人看一个时代》。

5月15日，在《龙门阵》第3期发表《是非功罪凭谁论》。

6月20日，在《当代》第3期发表《专车轶闻》。

7月28日，在《文艺报》第29期发表《从一家人看一个时代》。

8月20日，在《当代》第4期发表《坏蛋就是我》。

9月初，参加在重庆举行的南方局党史座谈会，并发言。

9月15日，在《龙门阵》发表第5期《强女人和弱女人》。

9月20日，在《文史杂志》第5期发表《建立有中国特色的社会主义新文化》。

10月14日—16日，在四川乐山沙湾参加"郭沫若与抗战文化"学术研讨会，发表《继往开来，深入开展郭研工作》讲话。

11月，在成都参加李劼人研究会成立大会。

11月底，前往昆明参加"一二·一运动"五十周年纪念活动，创作《七律·昆明遇西南联大老同学》《七律·莲花池畔告别》。

11 月 30 日，在昆明参加"一二·一运动"纪念活动开幕式。

12 月 1 日，参加云南师范大学"一二·一"四烈士陵园揭幕仪式。

12 月 25 日，在《郭沫若研究学刊》第 4 期发表《继往开来，深入开展郭研工作——在"郭沫若与抗战文化"学术研讨会上的总结讲话（摘要）》。

12 月，参加成都市作家协会成立大会，并发言。

1996 年，81 岁

1 月 13 日，在成都参加"比较文学国际学术研讨会"。

1 月 15 日，在《龙门阵》第 1 期发表《文化革命从头说》。

1 月 20 日，在《文史杂志》第 1 期发表《从一家人看一个时代》。

1 月，在《红岩春秋》第 1 期发表《重返红岩村随笔》。

在《红岩》第 1 期发表《作家的神圣职责就是创作：在重庆作家代表大会上的发言》。

3 月 15 日，在《龙门阵》第 2 期发表《家破人亡》。

5 月 15 日，在《龙门阵》第 3 期发表《斗争升级》。

5 月 20 日，在《文史杂志》第 3 期发表《从强国之梦到强国之路——〈强国之梦〉系列丛书读后》。

5 月 23 日，参加四川省杂文学会第八次年会。

6 月 12 日，作《我的老年观》。

6 月 15 日，托好友李致将自己的著作《盛世微言》赠予巴金，并题言：

巴老：

这是一本学着你说真话的书。

过去我说真话，有时也说假话，现在我在你的面前说，从今以后，我要努力说真话，不管为此我将付出什么代价。谢谢你赠书《再思录》。

7月15日，在《龙门阵》4期发表《你这哪里是检讨的问题哟》。

9月16日，到重庆参加以"传统诗词与现代化"为主题的全国第九届中华诗词研讨会，并发表题为《锐意改革，繁荣传统诗词创作》讲话。

10月16日，参加四川大学百年校庆，作《水调歌头·四川大学百年庆会上赠胡绩伟等诸校友》。

10月，在人民文学出版社出版《马识途讽刺小说集》。

在乐山参加"郭沫若与乡土文化"学术研讨会。因故并未参加前面的专题讨论。在其书面发言中，他针对《逢场作戏的悲哀》一文，就当前出现的否定贬低郭沫若思潮提出了自己的批评意见。

11月15日，在《龙门阵》第6期发表《种棉花事件》。

12月18日，在《光明日报》发表《我观风雅文化》。

12月，前往北京，参加中国作家协会第五次作家代表大会，作《沁园春·中国第五次作家代表大会》。

1997 年，82 岁

1 月 15 日，在《龙门阵》第 1 期发表《水利方针争论》。

2 月，作《沁园春·悼邓小平同志》。

3 月 18 日，为《沙汀年谱》作序。

3 月，在《四川文学》第 3 期发表《邓小平二三事》。

6 月 10 日，参加四川省作家协会第五次代表大会，作题为《在新世纪的门口，我们需要的是行动》发言。

7 月 1 日，作《香港回归书楹联》一副，《浣溪沙二首·庆香港回归》。

百年奇耻今终雪；两制新猷此始兴。

浣溪沙二首·庆香港回归

（一）

嗨，快，快些拿酒来，当浮大白满金杯，良辰不醉怎开怀？

奇耻百年终洗雪，新猷两制巧安排，红旗漫卷紫荆开。

（二）

割地丧权国运衰，降幡竟出石头来，少年读史每心哀。

四海炎黄同敌忾，神州大地起风雷，今朝宝岛庆回归。

7月15日，在《龙门阵》连载《周恩来二三事》。

7月，修改1946年创作完成的长诗《路》。

8月，在四川人民出版社出版其长诗《路》。诗歌讲述了一个归国抗战华侨青年和一个摆夷土司公主的生死恋。

12月7日，在《群言》第12期发表《最大的喜和最大的忧》。

冬，学习互联网。

1998年，83岁

1月20日，在《西南旅游》第1期发表《访邓小平故居》。

2月，作《焚余残稿·后记》。

5月4日，在人民大会堂参加北京大学建校一百周年纪念大会，作诗《北京大学百年校庆》：

英才作育此摇篮，百岁狂飙马首瞻。

新国新人新世纪，乘风破浪鼓长帆。

5月15日，在《龙门阵》连载《我和统一战线》。

5月，作诗《西南联大建校六十周年纪念》：

烽烟万里踏征程，桢干移栽茂春城。

弦诵笳吹培国士，土阶茅茨育群英。

丧疆奇耻终前雪，强国宏图看勃兴。

六十周年重聚首，昆明湖畔说峥嵘。

5月，在《红岩春秋》第3期发表《风雨如磐港岛行》。

6月19日，参加中国国际文化交流中心座谈会。

6月，在北大朗润园拜访季羡林，作《七律二首·访季羡林老人》。

8月，前往云南昆明、大理、丽江参观，并作《七律·昆明世界花卉博览会》《自度曲·昆明世界花卉博览会》《七律·重游大理，当年战友多已下世》《五律·大理追思》《七绝·丽江夜》。

秋，作《成都文殊院石刻〈金刚经〉书后跋》。

10月1日，在成都参加中国中外文艺理论学会学术研讨会。

11月5日，参加中国作家协会诗歌座谈会，并发言。

11月20日，参加《巴蜀文化大典》首发式。

11月28日，完成对《没有硝烟的战线》的修改。

11月，为《沙汀艾芜纪念文集》作序。

12月10日，参加"十一届三中全会二十周年"四川省文艺届座谈会。

12月9日，在《光明日报》发表《一份埋藏了46年的〈狱中意见〉》。

1999年，84岁

1月14日，在《文艺报》第6期发表《永不疲倦地为人民而歌唱》。

1月20日，在《四川党史》第1期发表《长篇历史纪实文学〈川西黎明〉序》。

1月，在中央党校出版社出版《沧桑十年》。

2月5日,在《星星》诗刊第2期发表《我对诗歌的一点看法》。

2月，在重庆出版社出版《焚余残稿》(诗集)。

3月5日，在《星星》第3期发表《我的诗：我的没字的诗集的有字的序诗》。

3月25日，为《建国五十年四川文学作品选》作序。

4月15日，在《文艺报》第42期发表《希望在于将来——谈巴金文学院》。

7月，在《四川文学》第7期发表《快哉痛哉本为邻：我的不亦快哉》。

8月15日，参加中国比较文学学会第六届年会暨国际研讨会开幕式。

8月，参观昆明世界花卉博览会，游大理、丽江。

9月7日，在《群言》第9期发表《风雨沧桑50年》。

9月21日，在《人民日报》发表《耄耋之年喜庆辉煌》。

9月,为迎国庆五十周年,创作《沁园春·国庆五十周年》《七绝·五十国庆感赋》：

沁园春·国庆五十周年

半纪风云，五十诞辰，喜庆辉煌。忆坎坷岁月，

艰难时世，山回路转，始见小康。香港已归，澳门在望，

金瓯何能缺一方。高声唱，祝升平万载，国运恒昌。

百年往事沧桑，叹辱国丧权几灭亡。幸仁人志士，

前仆后继，工农奋起，驰骋疆场。礼花齐鸣，天安门下，

血凝红旗天际扬。前程望，远征才一步，道路犹长。

七绝·五十国庆感赋

半纪辉煌何足道，万民忧乐总关情。

正风肃纪更深处，涤浊除污国政清。

作《政协兴，国家兴》。

10月，在《四川文学》第10期发表《永远的遗憾》。

12月9日，在《光明日报》发表《一份埋藏了46年的〈狱中意见〉》。

12月20日，作《七绝迎澳门回归》：

中华统一历新程，香港回归又澳门。

完瓯岂能宝岛缺，群呼落叶早归根。

2000年，85岁

1月7日，在成都参加"郭沫若与新中国"学术研讨会，并作主题发言。

1月，作《七律·八五自寿诗》：

行年八五未衰翁，不瞎不痴亦不聋。

历尽沧桑余铁骨，仍将剩勇刹邪风。

扪心自省无惶愧，有笔还当发昧蒙。

老去传言"三莫"诀：莫贪莫谄莫盲从。

1月，在《中国政协》第1期发表《边沿的话语》。

2月，《马识途文集》编辑工作正式启动。

3月17日，前往乐山参加"郭沫若与新中国"学术研讨会，发表《评价历史人物必须"知人论世"》。

5月10日，参加四川省作家协会五届三次全委会。

5月12日，参加四川省第二次青年创作会议。

5月20日，在《红岩春秋》第3期发表《万县赶考奇观》。

5月，罗广斌遗孀胡蜀兴将罗广斌创作的《红岩》手稿交付马识途，由他代转交至中国现代文学馆。

6月15日，中华诗词学会会长扩大会议在北京金玖大厦举行，会议推举马识途等人为名誉会长。

6月30日，在《郭沫若与二十世纪中国文化》发表《评价历史人物必须"知人论世"》（代序言）。

7月20日，在《四川日报》发表《当年彭总在四川》。

8月25日，参加四川省杂文学会2000年年会并发言。

8月，将自己创作的《清江壮歌》（第五稿）及罗广斌《红岩》手稿捐赠中国现代文学馆。

10月3日，参加《中华儿女》新千年西部大开发作家笔会。

11月，在《龙门阵》第11期发表《把新龙门阵摆好》。

12 月 8 日，参加四川省文学艺术创作杰出贡献表彰会。

12 月 27 日，在《光明日报》发表《世纪回眸》。

2001 年，86 岁

2 月 7 日，在《群言》第 2 期发表《人类是有希望的》。

4 月 19 日，在《文学报》发表《话说阿来与魏明伦》。

4 月 20 日，在《新闻界》第 2 期发表《无冕之王》。

4 月 23 日，在李致拜访时，谈及自己的"遗嘱"：一、他这一生，无愧无悔。二、丧事从简，不搞向遗体告别，不要花圈之类。最多在家里设一灵堂，只让至亲好友来告别。可以发个消息，以免别人再给他寄文稿来，浪费精力。三、骨灰与夫人的葬在一起。四、希望《马识途文集》能出版，仍由作协负责，请李致和王火促进。

5 月 22 日，在《新文学史料》第 2 期发表《〈清江壮歌〉出版的前前后后——我和人民文学出版社的文字缘》。

5 月 25 日，在《四川戏剧》第 3 期发表《新竹高于旧竹枝》。

9 月 10 日，对四川省郭沫若研究会的工作进行了谈话，对新一届研究会班子提出了要求。

9 月 27 日—29 日，在四川省郭沫若研究会换届选举中，被推选为名誉会长。

10 月，在天地出版社出版《马识途诗词钞》。

12 月，在北京参加中国作协第六次全国代表大会。

2002 年，87 岁

1 月 4 日，在《炎黄春秋》第 1 期发表《我因不敢为她说句公道话而遗憾终生——悼念贺惠君同志》。

1月5日，在《文史杂志》第1期发表《也说"不醉乌龟小酒家"的事》。

1月26日，在北京得知韦君宜去世的消息，写下《悼韦君宜》：

国难救国，少年先觉何嫌早；

痛定思痛，老去彻悟不算迟。

1月28日，得知张光年去世，写下《悼张光年》：

五月鲜花伴君魄；

黄河合唱铸国魂。

1月，在北京参加中国作协第六次全国代表大会。

6月28日，参加四川省作家协会第六次代表大会闭幕式。

6月30日，《郭沫若研究也要与时俱进》一文收录进《郭沫若与百年中国学术文化回望》。

7月20日，在《四川党史》第4期发表《留得丹心一点红》。

9月2日，在乐山参加"纪念郭沫若诞辰110周年暨郭沫若与20世纪先进文化学术座谈会"。

11月20日，在北京参加"郭沫若诞辰一百一十周年纪念大会"，并发表讲话《中国先进文化前进方向的伟大代表》。

当年，结识九十七岁语言文字大师周有光。

2003 年，88 岁

3 月下旬，在《郭沫若学刊》第 1 期发表《郭沫若研究也要与时俱进——"郭沫若与百年中国学术文化国际论坛"上的讲话》。

10 月初，回重庆忠县。

11 月 18 日，参加四川省举办的"巴金百年华诞庆祝会"。

12 月 24 日，四川省美术馆隆重举行"马识途九十寿辰书法展"，所有展品义卖，收入全部用于资助四川省贫困大学生。

12 月，出版《马识途书法集》。

2004 年，89 岁

1 月 21 日，在《人民日报》刊登书法："临渊履冰国步幸从危难出；登高望远春风喜自柳梢回。"

1 月，作《寿星明·九十自寿词》《七律·九十自寿》。

5 月 20 日，在《红岩春秋》第 3 期发表《初受考验》。

5 月 26 日，在《华西都市报》发表《叫锦江，不叫府南河》。

6 月 30 日，在《闻一多研究集刊（纪念闻一多诞辰 100 周年）》发表《追思黎智》。

7 月 20 日，在《红岩春秋》第 4 期发表《平林店遇险》。

8 月 7 日，在《纵横》第 8 期发表《我记忆中的邓小平》。

9 月 6 日，撰写《马识途文集·自序》。

9 月 15 日，86 岁的飞虎队队员之一迪克·帕斯特到昆明，与马老在阔别 60 年后重逢叙旧。

9 月 27 日，在成都芙蓉古城参加"人文四川名家论坛"，并与金庸见面。在此次论坛上，马识途提出这样的倡议："有华人的地方就有金庸，这样的'金庸现象'，在文学上，在中国产生如此大的影响，四川作家应该从他的创作中得到何种启示？"马识途认为金庸的成功处在于对中国历史、文化、传统、思想等各方面有深刻的表现和承载。

马识途作诗《七言四句赠金庸》：

> 凡有井水唱"三变"，今日到处说金庸。
>
> 新声本自俚歌出，缪斯殿堂拜查翁。
>
> 注：宋神宗时，有水井处即有歌柳永词者，今日有华人处即有读金庸武侠小说者。竟有无知小子叽叽喳喳，殊可悲也。金庸来蓉，万人空巷。席间有感，立就顺口溜一首，并书以求教。

金庸回赠马老书法一幅：

> 慧增于寿，识途因齿，不喜伏枥，志存万里，腾飞行空，云生足底，千里之行（金庸后注明应为"力"），路遥方知。
>
> 　　　　　拟马字成语四则敬赠马前辈识途先生

9月20日，在《红岩春秋》第5期发表《夜上红岩》。

11月20日，在《红岩春秋》第6期发表《一个人的地下"报馆"》。

2005年，90岁

1月1日，在《美文》（上月刊）第1期发表《祭李白文》。

1月20日，在《红岩春秋》第1期发表《九死一生脱虎口》（上）。

2月7日，在《纵横》第2期发表《常青的六十年异国友谊》。

3月12日，为《马识途文集·盛世二言》作《后记》。

3月20日，在《红岩春秋》第2期发表《九死一生脱虎口》（下）。

3月，参加四川省作家协会六届四次全委会。

4月18日，在北京参加西南联大1945级校友会。

5月30日，"马识途文学创作70年暨《马识途文集》出版座谈会"在北京中国现代文学馆举行，马识途致答谢词。当日"马识途九十寿辰书法展"在中国现代文学馆举办。

5月，在四川文艺出版社出版12卷本《马识途文集》。第1卷《清江壮歌》；第2卷《夜谭十记》；第3卷《巴蜀女杰》；第4卷《京华夜谭》：第5卷《雷神传奇》；第6卷《中短篇小说》；第7卷《讽刺小说及其他》；第8卷《沧桑十年》；第9卷《风雨人生》（上、下）；第10卷《盛世二言》；第11卷《文论·游记》；第12卷《未悔斋诗抄》。

9月7日，在《纵横》第9期发表《抗战拾忆》。

9月15日，作诗《斗室铭》书赠三哥马士弘：

　　人无贵贱，知足则明。事无顺逆，知命则行。斯
　是斗室，惟吾德馨。饮食能果腹，衣被足御冷。谈笑

有闲友，往来多近亲。可以读书报，观视影。无嘈杂之乱耳，无忧烦之劳神。淡泊以明志，宁静而远。士弘云：何陋之有？

注：家兄士弘，居斗室，度寒日，人以为忧，独以为乐。以为室窄心自宽，人穷志自高。箪食壶浆，安步当车。读书养性，知足常乐。余固其有高士之风，盖城隐之人也。古诗云："室雅何须大，书好不在多"，此中韵味唯吾兄得之。因仿刘禹锡《陋室铭》作《斗室铭》并书以奉之。

马识途作并书 2005 年家兄生日（中秋节前三日）

9 月，在人民文出版社出版著作《在地下》。全书一册共分六卷（卷一长路漫漫；卷二江汉风云；卷三清江雷暴；卷四翠湖春晓；卷五锦江血色；卷六天府凯歌）。

10 月 11 日，参加"名家看四川——茅盾文学奖获奖作家四川行座谈会"。马识途代表四川省作协欢迎茅盾文学奖获奖作家，他称作家的到来给四川带来灵气，带来启示，四川作家应当好好向他们学习。他鼓励中青年作家们要从长期的学习和刻苦的训练中获得勇气和扎实的功底，并保持一颗永远热爱祖国、热爱人民的赤子之心。在会上，马识途提出《文学三问》：一问，谁来守望我们的文学家园？二问，谁来保卫我们文学的美学边疆？三问，谁来坚持在马克思主义光照下的社会主义主流意识？

10 月 21 日，巴金逝世，悲痛撰写《告灵》，并写下两副挽联：

磊落坦诚讲真话；冰心玉骨著文章。

文星遽陨，魂兮归来。

在随后撰写的《告灵书》中，这样写道：

巴老：

　　您走了，举国同悲。秋雨淋淋，苦坐斗室，悲斯不已。想起过去我们在历次作代会上的相遇，特别是一九八七年您回到成都的十几天，和张秀老、沙汀、艾芜和我相处，所谓五老相聚的日子，恍如昨日。然而你们四位都走了，留下我一个人，情何以堪。我把您签名送我的几本书找出来，其中有老版的《家》和线装珍藏本《随想录》一函，看到您粗重的签字，浮想联翩。这两天来找我的记者，问起对巴老您的看法，我只回答一句：假如说鲁迅是中国的脊梁的话，我说巴金就是中国的良心。

　　巴老，您走好。

12 月 8 日，在《人民日报》（海外版）发表《作家，社会责任感到底如何》。

2006 年，91 岁

3 月 31 日，参加四川省作家协会六届五次全委会。

3 月，接受《四川戏剧》主编杜建华、副主编李远强的采访，就有关当前川剧发展等问题谈了自己的观点：川剧是一个大剧种，在中国文艺史上有很高的地位，它的辉煌历史是谁也抹杀不了的。川剧振兴，实质上是一个改革的问题。一个剧种不与时俱进、锐意创新改革，必定消亡，一个在艺术上很有根底、在艺苑颇有声誉和生命力的剧种消失了，实在太可惜了。如何把川剧艺术经典中的妙处，如文学性、幽默诙谐的趣味、独特的表演手法等结合到和现实的群众生活及娱乐性的要求上来，演化出新的娱乐行当，蜕化出新的娱乐艺术品种，这很值得重视。

4 月，黄宗江来成都拜访，作《七绝·黄宗江来川》。

6 月 10 日，作《中国共产党诞生八十五周年有感》。

6 月 24 日，在《文艺报》发表《党的生日有感》。

6 月，在中共中央党校出版社出版《沧桑十年（1966—1976）》。

7 月 5 日，在《当代文坛》第 4 期发表《文学创作要追求真善美》。

9 月 22 日，接受中央电视台采访，谈"红岩精神"。

10 月 6 日，参加成都文殊坊名人堂揭幕仪式。

11 月底，到北京参加中国作协第七次全国代表大会。

12 月，在北京同仁医院做眼部手术。当月读到老友李凌在《炎黄春秋》发表的文章《建国初期"三大改造"得失之我见》，称赞其文章"有胆有识"。

2007 年，92 岁

1月26日，在《光明日报》刊登书法："看似平淡实奇崛，成如容易却艰辛。"

2月，将《这样的人》修改意见、座谈记录、电影剧本《干一场》捐赠中国现代文学馆。

3月7日，在《红岩》第2期发表《重庆颂》。

5月4日，在《炎黄春秋》第5期发表《文坛低俗化"三头主义"大行其道》。

7月1日，作《且说"联大精神"——西南联大成立七十周年纪念》。

10月28日，与黄宗江、李致、流沙河一起参观建川博物馆。

2008年，93岁

5月31日，在《文艺报》发表《凤凰曲——记汶川大地震》。

7月1日，参加何其芳研究会成立大会暨学术讨论会并发言。

7月，著名导演姜文到成都家中拜访，商谈《盗官记》改编电影。

8月，作《写字人语》。

12月8日，参加"四川文艺界纪念改革开放三十周年座谈会"。

当年，作诗《七言古风凤凰曲——记汶川大地震》《长寿三字诀》《麦家〈暗算〉获2008年茅盾文学奖》，选录如下：

七言古风凤凰曲——记汶川大地震

去冬才历冰雪苦，喜见春风入我怀。年初又弭"藏

独"乱,八月奥运准时开。不意忽逢大地震,汶川惨
罹亘古灾。庐舍顷刻夷平地,数万生灵化尘埃。噫吁嚱,
痛我四川遭大难,举国半旗为致哀。炎黄子孙同奋起,
气若长虹势如雷。军民星夜奔震区,舍生忘死施大爱。
万众一心呼"挺住",高唱"起来"又"起来"。严冬
过去是新春,风雨之后见虹彩。中华雄魂经磨砺,天
不能死地难埋。凤凰浴火庆新生,地震其奈我何哉!
地震其奈我何哉!

长寿三字诀

不言老,要服老。多达观,去烦恼。勤用脑,多思考。
能知足,品自高。勿孤僻,有知交。常吃素,七分饱。
戒烟癖,饮酒少。多运动,散步好。知天命,乐逍遥。
此可谓,寿之道。

2009 年, 94 岁

2 月 25 日, 在四川省作协七届一次全委会上, 被推举为四
川省作协名誉主席。

2 月 27 日, 参加四川省作协七届省代表大会闭幕式。

5 月, 中国作协党组书记李冰在成都拜访马识途。

10 月 7 日, 在《纵横》第 10 期发表《国庆之际忆贺龙》。

10 月, 作《七律·国庆六十周年有感》《沁园春·国庆
六十周年感怀》:

七律·国庆六十周年有感

艰难创业六零秋，举国欢腾我献筹。

万里长征才一步，百年大计始开头。

小康初跻诚堪庆，贪腐难除尚足忧。

多难兴邦垂古训，中华崛起待新猷。

沁园春·国庆六十周年感怀

举国欢腾，佳节幸逢，六十周年，忆南征北战，

金戈铁马，刀光剑影，勇往直前。嘹亮军歌，奔流热血，

染得红旗分外鲜。须牢记，无艰危过去，怎有今天。

几番成败回旋，识开国非易建更难。历内忧外患，

天灾人祸，山重水复，恶浪险滩。否极泰来，终于赢

得改革开放好指南。喜今日，正国强民富，无限江山。

11月，在成都接待加拿大已故好友云从龙之子，书写条幅赠送。条幅内容为："您的父亲云从龙先生给中国人民解放斗争的热情帮助以及在华西协中所建立的深厚友谊，是永远不能忘记的。"

当年，创作完成电影文学剧本《咫尺天涯》（故事梗概）。

创作《闻一多颂》（参考素材）。

2010年，95岁

1月15日，参加徐菜文艺创作60周年研讨会暨《徐菜剧作精选》首发式。

3月30日，前往重庆歌乐山缅怀西南联大同学、重庆地下工作战友、妹夫齐亮和堂妹马秀英烈士。

5月5日，在《四川文学》开始连载《西窗闲文》。

5月20日，在《新民晚报》发表《古风·观上海世博会》。

7月1日，致信《光明日报》编辑韩小蕙：

小蕙同志：

你好。

谢谢你给我寄来今年5月21日的光明日报《文荟》副刊，吕雷同志写的《聆听烈士的声音》，情文并茂，我几次阅读，每次都不觉潸然泪下。六十几年前的往事，又回到眼前，使我奋然命笔，把齐亮、秀英两烈士鲜为人知的事迹，还有带出烈士们最后的"嘱托八条"的罗广斌同志的更无人知道的遭遇，告诉今天的广大读者。写这样一篇文章以作补充，想必不是多余的事吧？如能在《文荟》刊出，更是我所切盼的了。

我没有想到为齐亮所救的吕坪同志夫妇尚健在，更不知吕雷同志这位作家上次和我同在北京作代会上，却失之交臂。请你将我这篇文章抄寄给他们，向吕坪、夏耘两老祝福，并向吕雷同志致谢！我虽已是进入96岁"日薄西山"的人，却自信还能，或者说

希望参加 2011 年的第八次全国作代会，在那里和吕
雷作家相会。

　　小蕙同志，谢谢你还没有忘记我这个老人，我们
虽然多年不见，我却一直关注你的文学活动，尤注意
你关于散文的见解，望百尺竿头，更进一步。

　　今天是 7 月 1 日，党的生日，特寄此信以为祝贺。

　　此致

文安！

马识途

2010 年 7 月 1 日

8 月，作诗《七律·士弘三兄百岁大庆》：

　　　　桂馥兰香秋气爽，亲朋满座寿期颐。

　　　　风云一纪谁同见，忧乐百年你自知。

　　　　漫道途穷水尽苦，幸逢海晏河清时。

　　　　蛰居斗室听天命，茶寿迎来岂可期。

9 月 17 日，在《光明日报》发表《你的信仰安在？》。

10 月，重访洪雅，登瓦屋山，拜访好友高缨。

11 月 20 日，在崇州参加"第二届陆游文化节开幕式"，并
发表题为《陆游印象》的讲话。

11 月 22 日，在成都参加"祝贺魏明伦从事文艺 60 年座谈

会"。

12 月 14 日，参加《让子弹飞》成都媒体见面会，创作七律书赠姜文。

2011 年，96 岁

1 月 1 日，在《散文》（海外版）第 1 期发表《难得的欢会》。

1 月 25 日，在《四川戏剧》第 1 期发表《魏明伦赞》。

3 月 5 日，在《四川文学》第 3 期发表《刻骨铭心的往事》。

3 月底 4 月初，重回恩施，并作《七律·恩施扫墓》《访恩施鄂西特委故地》《七绝·惠馨就义地告灵》《七绝·重走惠馨汲水小道》。后前往上海参观世博会，并游杭州。

3 月底—5 月底，陆续接受崔永元口述历史采访。

4 月 1 日，在《青年作家》第 4 期发表《走自己的路——祝〈青年作家〉创刊十周年》。

4 月 10 日，在上海见到老友李储文，并作《五律·又见李储文》。

4 月 24 日，到北京人民大会堂，参加清华大学建校 100 周年纪念大会。

4 月，作诗《清华大学百年校庆》：

> 花开桃李满春园，水木清华庆百年。
>
> 茅茨土阶思往昔，笳吹弦育羡今天。
>
> 自强不息追先哲，行胜于言望后贤。
>
> 厚德当能多容物，英才辈出谱新篇。

5月4日，到北大参加西南联大北京校友会活动。

5月24日上午，前往朝阳门内大街后拐棒胡同拜访周有光。进门后，奉上拜门贴："百岁已早过，茶寿已到门，大师曾自许，百十一归田；后学为预卜，百廿老寿仙，春蚕丝未尽，传文待新篇。"及旧作诗："行年九七未衰翁，眼亮心明耳尚聪。西学中文专且博，语言经济贯而通。无心闲侃多风趣，恣意放言见机锋。垂老初交惟憾迟，听君一席坐春风。"

在此次会面中，与周有光谈及了"中国模式"及"拉丁化新文字运动""汉语拼音"等。

5月29日，参加"首届中华辞赋北京高级论坛"，作题为《旧话重说》讲话。

6月，为《炎黄春秋》题字"坚持就是胜利"。

7月1日，在《光明日报》发表《祝贺党90华诞二首》。

7月1日，在《文艺报》发表《纪念建党九十周年》词二首）：

满江红

兴我中华，九十载、峥嵘岁月。惊天地，南征北战，餐风卧雪，荒野长埋先烈骨，神州遍洒英雄血。才赢来、历史人民写，翻新页。

开新国，创伟业，民为本，情弥切。再长征，怎敢半途停歇。善始寡终殷鉴在，守难取易魏征偈。须从头检验，问谁是、真豪杰。

注：魏徵偈，初唐魏征谏唐太宗曰："有善始者
实繁，克终者盖寡，岂取之易而守之难乎？"

念奴娇

开天辟地，立新国，千古英雄伟业。铁马金戈思
往昔，犹听蹄声得得。粤海狂澜，井冈星火，踏碎天
山雪。红旗飞卷，几多先烈鲜血。

自古善始实繁，克终盖寡，应记魏徵偈。万里长
征才一步，何敢中途停歇。改革创新，富民强国，内
蠹除须彻。丹书千卷，重评谁是豪杰。

7月，在中共中央党校出版社出版《党校笔记》。

10月，在四川文艺出版社出版《没有硝烟的战线》。

11月8日，在成都参加四川作家网上线仪式，并表示自己
将积极参与四川作家网的活动，并希望四川的作家都来上网，
支持四川文学自己的平台。

11月，到北京参加第八次中国作家协会全国代表大会。

11月，文怀沙拜访到京的马识途，作《怀沙老来访，即就
顺口溜十二句》。

12月21日，参加北京中国现代文学馆举行的"马识途《党
校笔记》手稿、著作等捐赠仪式"。马识途将他1980年到中央
党校学习时所做的笔记原稿及《党校笔记》《没有硝烟的战线》《夜
谭十记》《马识途诗词钞》等著作全部捐赠中国现代文学馆。中

国现代文学馆馆长、中国作协副主席陈建功接受捐赠，并向马识途颁发入藏证书，赠送了鲁迅塑像纪念品。

《党校笔记》手稿是马识途 1980 年在中央党校学习时所做的笔记，总计五本共 20 万字，记录了当时参加党校学习的马老及许多老同志对中国那一段历史的认识和深刻反思，以及对我们党的看法和希望，许多看法和意见直到现在仍然有现实意义。

2012 年，97 岁

1 月 14 日，参加在北京中国现代文学馆举行的"马识途作品《党校笔记》《没有硝烟的战线》研讨会"。与会著名作家、评论家有王蒙、陈建功、张炯、仲呈祥、胡平、叶梅、阎晶明、王必胜、白烨、施战军、王干等 20 余位，研讨会由中国现代文学馆常务副馆长吴义勤主持。

在研讨会上，马识途谈到当下一些反映隐蔽战线的影视剧编剧对于当时地下斗争的实际了解不多，常有违背原则和纪律，特别是组织原则和秘密工作纪律的地方。在情节和表现方式上与真实的历史有一些出入，造成了观众对党的地下工作和党的地下工作者生活的很大误解。更令人不满意的是，有的"谍战剧"不知在什么原因的催动下，一窝赶风，草率从事，艺术粗糙，歪曲历史，污损形象，令人啼笑皆非。马老指出，"谍战无小事"，在极其危险的前线进行极复杂的战争的情报工作人员，即使微不足道的一句话、一点生活作风，可能会给本人带来杀身之祸，以致给组织带来灭顶之灾。但是有些谍战影视剧，太不注意细节，有些编剧似乎把地下党员和国民党的特务和海外间谍等量齐观。

其实三者有质的区别。另一方面，他还发现，有的编剧把地下工作者神化了，"其实我们并非无所不能，国民党特务也不是豆腐渣，大家知道的《狱中八条》就有一条，'不要轻视敌人'。"

他强调，革命历史斗争剧不只是"谍战剧"，它应有更广阔的天地让作家驰骋；就是"谍战剧"，也要在艺术夸张和虚构中不离原则，不违纪律，特别是秘密工作纪律，注意细节，才能有更好的"谍战剧"满足群众的艺术欣赏。

3月30日，在《光明日报》发表《我看当下的谍战剧》。

4月6日，在成都参加由四川省委宣传部、四川省作家协会主办，当代文坛编辑部、四川文学编辑部承办的"马识途《党校笔记》《没有硝烟的战线》作品研讨会"。

6月，在《郭沫若学刊》第2期（总100期）发表题词"知人论世，以民为本"。

6月，为再版《在地下》作《再版序言》。

7月中旬到7月底，继续接受崔永元口述历史采访组的拍摄。

8月上旬，向中国现代文学馆捐赠自己20世纪90年代的电脑。

9月21日，参加杜甫学术研讨会暨四川省杜甫学会第十六届年会，并发言。

11月初，作《沁园春·祝中共十八大开幕》：

十月小阳，不是春光，胜似春光。正中枢盛会，
全民瞩望，群英汇聚，大计同商。国力增强，黎民增富，

万绪千头待锦囊。寰球望，忽风云骤变，东海振荡。

任他风雨癫狂，尽我自从容奔小康。且千帆齐放，
乘风破浪，万骑并出，驰骋疆场。改革创新，以民为本，
五项文明尽发扬。抬头望，看中华崛起，峙立东方。

11月16日，在四川乐山沙湾参加郭沫若诞辰120周年"郭沫若与文化中国"学术研讨会，作《郭沫若是有争议的人物吗？》的发言，见老友文怀沙。

12月，在《杜甫研究学刊》第4期发表《在杜甫学术研讨会暨四川省杜甫学会第十六届年会开幕式上的发言》。

12月，在《郭沫若学刊》第4期刊发《郭沫若是有争议的人物吗？——在郭沫若诞辰120周年纪念会上的发言》及七律诗。

被聘为《四川文学》名誉主编。

2013年，98岁

1月5日，在《晚霞》第1期发表《九九老人漫谈长寿诀》。

1月5日，在《四川文学》第1期发表《我当名誉主编了》。

1月12日，全美中国作家联谊会会长冰凌在成都向其颁发"东方文豪终身成就奖"。

1月13日，参加四川省文联成立60周年纪念大会暨"百花天府——四川文艺界迎春大联欢"，被授予"巴蜀文艺奖·终身成就奖"。书赠四川文联六十周年：

四川文联六十周年，筚路蓝缕克难渡险；

改革开放文艺春天，百花齐放繁荣昌盛。

1月，作《顺口溜九十九》：

九十九，九十九，老汉今日庆高寿。

儿孙满堂献寿酒，听我说个顺口溜。

百年沧桑曾经历，一生苦乐都尝够。

问天赤胆终无愧，且把忧患付东流。

能吃能睡还能走，能说能写更能受。

白发红颜老弥壮，登攀百城有盼头。有盼头。

注：2013年元月满九十八进九十九，作顺口溜

以自娱。

2月21日，知悉好友中国科学院院士、四川大学教授、我
国"塑料之父"徐僖2月16日去世的消息，写下悼词：

徐僖院士塑料之父，皇家会士名传千古。

多年深交感君嶙骨，猝而长逝我痛何如。

3月5日，在《四川文学》第3期发表《获奖感言》。

4月1日，在《青年作家》第4期发表《七律——长夜不寐，
起坐吟诗一首，以就教于郭沫若乐山学术讨论会诸公》。

5月24日，作《百岁书法展答谢辞》。

5月25日，草拟《百岁拾忆》提纲。

6月，动笔创作《百岁拾忆》。

11月下旬，通过成都市文联文艺服务中心收回《清江壮歌》影视改编权。

12月5日，在《四川文学》第12期发表《饕餮在中国肆虐》《话说"狗咬人不是新闻，人咬狗才是新闻"》《时代还需要杂文》《编者的杂文手法》。

12月9日，《百岁拾忆》完稿。

2014年，99岁

1月3日，在四川省博物馆举行"马识途百岁书法展"，其书法义卖款项全部捐给四川大学文学与新闻学院设立的"马识途文学奖"。

1月，在四川美术出版社出版《马识途百岁书法集》。

作《七律·除夕迎马年》《七律·马年除夕有感》《七律·百岁自寿诗》《寄调寿星明·百岁述怀》，选录如下：

七律·百岁自寿诗

韶光飞逝竟如斯，风雨百年与日驰。

一世沧桑谁共历，平生忧乐我心知。

山重水复疑无路，海晏河清会有时。

鼓荡春风中南海，中华崛起定能期。

寄调寿星明·百岁述怀

过隙白驹，逝者如斯，转眼百年。忆少年出峡，
燕京磨剑，国仇誓报，豪气万千。学浅才疏，难酬壮志，
美梦一朝化幻烟。唯赢得，叹一腔义愤，两鬓萧然。

幸逢革命真传，愿听令驰驱奔马前。看红旗怒卷，
铁骑狂啸，风生水起，揭地翻天。周折几番，复归正道，
整顿乾坤展新颜。终亲见，我中华崛起，美梦成圆。

2月7日，在《光明日报》刊登书法《百岁述怀》。

4月1日，写《〈报春花〉（故事梗概）·前言》。

4月19日，创作《我也有一个梦———一个百岁老人的呼吁》。

5月16日，在《光明日报》发表署名文章《我也有一个梦——一个百岁老人的呼吁》。

5月24日，在北京中国现代文学馆举办百岁书法展，并将《写字人言》《寄调寿星明·百岁述怀》《迎巴金老归》《未遭受人算天魔　惟经历恶水险山》《为天下立言乃真名士　能耐大寂寞是好作家》《天下为公》《为天地立心　为生民立命　为往圣继绝学　为万世开太平》《万马齐奔》《翰墨之妙存乎一心》十幅书法捐赠中国现代文学馆。

5月25日，陪同时任中央政治局委员、中宣部部长刘奇葆在中国现代文学馆参观"马识途百岁书法展"。

5月27日，在北京接受《文艺报》徐可采访。采访中，谈到自己对网络文学、儿童文学、通俗文学的看法。

6月9日晚上，参观北京三联书店。

6月10日，在《人民日报》发表《要善于引导，也要宽容一点——网络文学再认识》。

6月28日，参加首届"马识途文学奖"颁奖典礼，为获奖者颁奖。

7月，将《雷神传奇》《清江壮歌》《百岁追忆》三部手稿，书法《书以载道》及《秋香外传》《风雨巴山》油印资料捐赠中国现代文学馆。

8月8日，中央电视台《艺术人生》栏目组专程来蓉，前往家中拍摄。马识途、三哥马士弘和八弟马子超共同接待。主持人朱军表示，这是他在《艺术人生》中访谈过的最年长名人。与朱军见面时，马识途幽默化地用古诗欢迎："莫愁前路无知己，中国谁人不识'军'。"并赠送三幅书法：《不容易》《自古清谈多误国，埋头苦干乃兴邦》《激浊扬清》。

8月，三联生活书店推出马识途亲笔写就的22万字人生百年回忆录《百岁拾忆》。

8月4日，三联生活书店在成都购书中心举办马识途、马士弘《百岁拾忆》《百岁追忆》新书发布会。马老为发布会题字："异翮齐飞，殊途同归。"

8月14日，向四川省图书馆捐赠《百岁拾忆》。

9月，在《郭沫若学刊》第3期发表《自拟小传》《我怎样写起小说来的？》《我追求中国作风和中国气派》《我也有一个梦——一个百岁老人的呼吁》《〈马识途文集〉自序》《未敢以书法家自命——百岁书法展答谢辞》《马识途百岁书法集:〈寿星明·百岁述怀〉〈七律·百岁自寿〉》。

10 月 5 日, 作《我这一百年》。

10 月 20 日, 参加成都李劼人故居开馆仪式。

10 月 28 日, 接待上海浦东中学负责人, 为母校题字。

10 月, 为《人民文学》六十周年题字:"接人民地气, 守文学天真。"

11 月 19 日, 创作《百岁感言》。

11 月 24 日,参加四川省作家协会与四川出版集团举办的"纪念巴金诞辰 110 周年出版座谈会"。

2015 年, 100 岁

1 月 5 日, 在《四川文学》第 1 期发表《百岁感言》。

1 月,作《寿三公》《七绝·赠王火》《七律·李致八五寿志庆》《七律·贺章玉钧八十寿》) 及《七律·百岁寄远》《七律·百岁怀远》,选录如下:

七律·百岁寄远

年逾百岁意迷茫,绕膝子孙奉寿觞。

蜡烛滴红怀故友,金杯未尽泪满腔。

同舟每忆波澜阔,夙夕常思风雨狂。

每读讣文肝欲裂,几人再聚话炎凉。

七律·百岁怀远

岁月飞驰驹过隙，回头便是百年身。

青春背我悄悄去，白发欺人日日生。

仰望丰碑思烈士，常闻噩耗怀亲人。

皮囊百毁未成土，清气仍将贻子孙。

春，游四川丹棱。

2月4日，在《百年潮》第2期发表《陪邓小平和胡耀邦打桥牌》。

4月13日，接待四川罗汉寺和泉州少林寺方丈。

4月18日，在四川丹棱谒大雅堂，作《谒丹棱大雅堂》。

5月，在文汇出版社出版《西窗札记》。

7月1日，在《诗刊》第13期发表《榴花开得火样鲜明》。

7月，为中国现代文学馆题字："作家之家，书卷之海。"

8月8日，在成都参加北京大学四川校友会活动，作《大学之道修身为本》。

8月，作《七言排律·纪念抗战胜利七十周年》：

凶焰初炽东三省，转瞬铁蹄踏国门。

万户千村鸡犬尽，江南塞北虎狼奔。

屠城白下惊天地，狂炸陪都泣鬼神。

抗战八年歼顽寇，江山万里靖妖氛。

勿忘国耻须警惕，神社有人在唤魂。

9月2日,时任四川省委书记王东明到家中拜访,并颁发"中国人民抗日战争胜利70周年纪念章"。

9月29日,前往成都书画院参加三哥马士弘105岁生日。

10月2日,应宗性方丈邀请,与李致、王火前往文殊院参观,探讨佛学。

11月7日,有感"习马会"召开,作《七绝·习马会,引习语感赋》:

> "打断骨头连着筋",血浓于水弟兄情。
>
> 任他南海风波恶,我却岿然自在行。

2016年,101岁

1月19日,在家中接待成都东城根小学学生。

1月30日,参加四川省作家协会"2016蓉城作家迎春诗话会"。

1月,在巴蜀书社出版《岷峨诗侣·马识途卷》。

5月8日中午,闻三哥马士弘去世,作《士弘三兄千古》。

5月9日,送别三哥马士弘,宣读《告灵文》。

5月18日,参观四川文化产业学院,并赠书。

5月,作诗《贺李锐公百岁寿》。

6月16日,"飞虎队"老兵格伦·本尼达的后代,儿子爱德华·本尼达和孙子若斯华·本尼达,与老兵迪克·帕斯特的儿子迈克尔·帕斯特偕夫人,到成都看望马识途。

7月9日，李致、魏明伦前往新居拜访。

7月，央视《艺术人生》暑期特别节目《人生课堂》摄制组来到成都家中，马老与年轻作家张皓宸畅聊人生。

12月初，与家人去西昌。在邛海边，创作古体诗《西昌美》。

12月7日，参加四川国际文化交流中心第四届理事会第一次全体会议。

12月28日，中国作协副主席、著名文学评论家李敬泽到成都拜访马老，祝其101岁生日。

12月29日，被四川省作家协会推举为四川省作家协会名誉主席。

12月29日，经四川省文联第七届主席团第一次会议通过，被推举为四川省文联第七届名誉主席。

2017年，102岁

1月31日，作《祝李储文老友百岁寿》。

1月25日，接待青年作家张皓宸到访。

2月10日，为纪念北京老友周有光，创作《怀念周有光老人》一文：

怀念周有光老人

我认识周有光先生很晚，慕名已久却无缘识荆。一日在京和老友张彦（《今日中国》原副主编）说起，恰他是周老旧友，于是便引我去周老家拜访。我们寻寻觅觅，终于在人民文学出版社的背后找到了坐落在后拐棒胡同的一幢旧楼，这便是周老家所在地。我们沿楼内陡梯而上到三楼，走进周老的家，来到他窄狭的书房。书房两壁书架的中间，靠窗有一张三尺小桌，周老坐在桌前一边的椅子上。经介绍后，他请我在他对面的木凳上落座，那是一个陈旧的凳子，我坐上去只听得叽叽咯咯一阵响，很担心会把凳子坐垮了，周老似乎并不在意。

虽然当时我和周老是初次见面相识，可他却如见老友一般，像摆家常放言恣肆地高谈阔论起来，语多幽默机智，言人之未能言，言人之未敢言，使我大开脑筋。

周老说他本是研究经济的，1955年周恩来总理把他从上海调到北京，到文字改革委员会，改行研究语言学，创制汉语拼音字母。他后来才悟出，这原来是周总理有意救他，不久上海打右派，他的经济著名同行沈志远辈，全罹大祸，他独在北京而安然无恙。他还说后来"文革"中他年老力衰还被下放宁夏五七干校劳动，十分辛苦，但是他顽固难治的失眠症却不药而愈，至今未犯。他慨然道：人生失意莫自悲，逆顺祸福本相依。山穷水尽似无路，柳暗花明又一村。笑说："塞翁失马安知非福。"我们问他长寿之道，当时他已近百岁，他幽默地说，大概上帝把他忘记了吧，一直没有召唤他。引得大笑。他说，古来皇帝为了长寿，

没有不去求仙的，可哪有一个活过一百岁？现代许多
富豪人家，总是怕死，其实怕死才是催命鬼，任你花
钱吃名贵补药，甚至求神拜佛，但有几个活到一百的？
关键是人到百岁不言老，真到点不请自去，如此达观，
才能长寿。

　　我听了周老关于人生哲学的至理妙言，感佩无已。
回来后作了一首七律诗，写成书法，连我的文集十二
卷送给他。我的七律诗是这样写的："行年九七未衰翁，
眼亮心明耳未聋。西学中文专且博，语言经济贯而通。
随心闲侃多幽默，恣意放言见机锋，垂老初交惟憾晚，
听君一席坐春风。"周老看了很高兴，把我纳入他的
朋友行列。他每出版一本书，都要签名寄我一本，前
后已有三四本，都是文短而意长，言浅而思深，其中
一些幽默而略带辣味的话语，更启人思考。我还把周
老的长寿之道融入我与家兄马士弘斟酌写成的"长寿
三字诀"中，据说此三字诀经报刊登出后，不胫而走，
全国流传，实在是转述周老的要言妙道而已。

　　后来，我只要去北京，必争取去看望他，每次一
见面，必大放"厥辞"，互相交流切磋。还记得大约
是他年已逾百后的某一年，我已经有九十八岁了，到
北京后去看望他，仍是一如既往，放言恣肆。说到不
言老却偏言老的话题，我随口念了我作的顺口溜："老
朽今年九十八，渐聋近盲唯不傻。阎王有请我不去，

小鬼来缠我不怕。人生能得几回搏，栽个筋斗算什么。愁云忧霾已扫尽，国泰民安乐无涯。"他听后拊掌大笑，如一顽童。

现在周老走了，我那与我一起共同拟得"长寿三字诀"兄长也在他进入 105 岁那年走了。我今年已进入一百零三岁，却还老是想起周老的人生哲学和长寿之道，不自惭形秽，也不是鲁迅说的那种无聊之人，借死去的人不能说话之机写纪念文章以自衒，我已近瞎渐聋，还摸索着执笔写这篇纪念文字，了我心愿而已。

马识途

2017 年 2 月 10 日

初春，完成 30 万字《人物印象——那样的时代那样的人》。

4 月 13 日上午，到四川省图书馆参加"百岁文脉，世纪书香"——革命家、作家马识途捐书仪式，向四川省图书馆捐赠部分古籍、手稿以及书法作品。

5 月 8 日，在《人民日报》发表《人民解放军建军九十周年（军旗飘扬）》。

8 月 4 日，到成都购书中心参加《王火文集》首发暨捐赠仪式，作《七律·赠王火》：

> 淡水之交数十春，潭深千尺比汪伦。
>
> 同舟共度风雨夜，相见无言胜有声。

10月19日,为贺即将到来的西南联大八十周年庆,作诗《西南联大八十周年大庆》:

> 烽烟万里启征程,桢干移枝到春城。
>
> 茅草为顶遮雨露,泥墙作屋听书声。
>
> 笳吹弦诵依前彦,继晷焚膏望后生。
>
> 八十周年逢盛世,同圆两梦万年春。

11月6日下午,中国作协主席铁凝到家中拜访。

11月11日上午,参加2017中国科幻大会和第四届中国(成都)国际科幻大会。

12月5日,在《青年作家》第12期发表《我有的是终身遗憾》。

2018年,103岁

1月,入选"天府成都·十大文化名人"。

1月18日上午,在103岁生日即将到来之际,四川省文联党组书记、常务副主席平志英赴马识途先生成都家中看望,为马识途先生送上生日祝福。马老寄语四川省文艺"出作品、出人才、走正路",勉励文艺工作者勇攀艺术高峰。

1月19日,创作七律诗《百零四岁自寿》《百零四岁自警》:

百零四岁自寿

亲朋醵饮怡何如,回首烟云过隙驹。

壮岁曾磨三尺剑,暮年未悔五车书。

砚田种字谋新获，皓首穷经隐旧庐。

犹道夕阳无限好，奋蹄驽马奔长途。

百零四岁自警

年华背我悄然逝，转瞬寿登百逾三。

美梦难圆余遗憾，宏图待展万民欢。

初心不改更坚劲，使命记牢勇承担。

百里之行半九十，只争朝夕莫辞难。

1月，在医院期间完成《夜谭十记》续篇《夜谭续记》。

3月22日，参观成都龙泉驿巴金文学院。

5月5日，参加四川新华文轩"格致书馆"开馆揭牌仪式。

5月25日，在《人民日报》发表《彰显社会主义文艺的中国特色——一位百岁作家的心声》。在文中，马老说道：

……我今年已进入一百零四岁了，年老体衰，已无力在文学创作上再作贡献，但我和一些"心存魏阙常思国，身老江湖永矢志"的老作家一样，对中国当代文学特别是创作思想的走向，寄予深切的关注。……我以为中国的作家都应该在自己的创作中彰显这样的中国特色，而要彰显这样的中国特色，就需要认识和协调以下三个关系：文学与资本的关系，雅文学与通俗文学的关系，文学的思想性、艺术性和娱乐性的关系。……

6月23日，《没有硝烟的战线》导演及制作团队拜访马识途。

6月24日，十八卷本《马识途文集》首发暨赠书仪式在四川省图书馆举行，该文集共700余万字，以长篇小说为主，兼及中短篇小说、散文、随笔、回忆录等，该文集由四川文艺出版社出版。

6月，在四川文艺出版社出版十八卷本《马识途文集》。

第一卷长篇小说《清江壮歌》；第二卷长篇小说《夜谭十记》；第三卷长篇小说《巴蜀女杰》；第四卷长篇小说《京华夜谭》；第五卷长篇小说《雷神传奇》；第六卷长篇小说《没有硝烟的战线》；第七卷《中短篇小说》；第八卷《讽刺小说及其他》；第九卷长篇纪实文学《风雨人生》；第十卷《沧桑十年》；第十一卷《百岁拾忆》；第十二卷《盛世二言》；第十三卷《盛世闲言》；第十四卷《未悔斋诗钞》；第十五卷《笔记史料》；第十六卷《文论讲话》；第十七卷《序跋游记》；第十八卷《毛泽东诗词读解》。

7月，作《夜谭续记·后记》。

8月24日，中国作协副主席、中国现代文学馆馆长李敬泽，四川作协主席阿来拜访马识途。

10月3日，乘坐高铁从成都到北京。

10月10日，参加在中国现代文学馆举办的"马识途书法展暨《马识途文集》北京首发式"，将《勿忘初心、牢记使命》《告白》《中国共产党建党九十七周年纪念》《颂小平》《朱德颂》《抗战七十周年》《劳动创造世界国家属于人民》《悼念周总理》等十幅书法作品捐赠中国现代文学馆。

全国人大常委会原副委员长王汉斌、彭珮云，中国作协主席铁凝，中国作协党组书记、副主席钱小芊，中国作协名誉副主席王蒙、翟泰丰、金炳华、李冰，中国作协副主席陈建功、吉狄马加，中国作协名誉副主席张炯，北京大学教授严家炎等好友百人当天齐聚中国现代文学馆，共同出席"马识途书法展暨《马识途文集》北京首发式"。活动开幕式由中国作协副主席、中国现代文学馆馆长李敬泽主持。

10月15日早晨，在家属陪同下乘坐高铁返回成都。

10月19日，在《文艺报》发表《马识途：没有终身成就只有终身遗憾》。

10月24日，到成都天府新区、郫都区战旗村等地考察学习。

11月25日，在《四川戏剧》第11期发表题词：

> 世界大舞台真真假假真事作假；
> 舞台小世界假假真真假戏真做。

2019年，104岁

1月1日，创作《寿登百五自寿诗》：

> 华年背我悄然去，回首烟云意若何。

> 壮岁曾磨三尺剑，平生喜读半楼书。
>
> 砚田种字谋新获，墨海腾波隐旧庐。
>
> 犹道夕阳无限好，奋蹄驽马终识途。

1月8日，创作《寿登百五自寿词》：

> 寿登百五兮日薄山，蜡炬将烬兮滴红残。
>
> 历尽沧桑兮犹自在，文缘未了兮终身憾。
>
> 回首风云兮无愧怍，浮名浪得兮皆幻烟。
>
> 三年若得兮天假我，党庆百岁兮希能圆。

1月18日，"凌云苍松——马识途105岁书法作品展"在成都诗婢家美术馆举行。

3月18日，著名作家王蒙前往成都拜访马识途。

3月28日，前往四川大学参加"四川大学马识途文学奖学金捐赠签约仪式"。在仪式上，马识途亲自签署文件，将书法义卖所得105万元捐赠给"四川大学马识途文学奖"；并建议将"马识途文学奖"名称改为"青苗文学奖"。随后,参观四川大学"江姐纪念馆"。

4月28日下午2点，在成都锦江剧场参加"笔吐玑珠·心怀时代——徐棻艺术生涯七十周年系列活动"，并为徐棻题诗：

> 笔吐玑珠墨生香，诗心才情任飞翔。
>
> 耄耋不老还笔耕，天府剧坛永芬芳。

6月20日，前往四川大学参加《李致文存》新书首发式，并讲话。

6月，在江苏凤凰文艺出版社出版散文集《西窗琐言》。在这部散文集中，马识途寄语年轻人，谈杂文写作，评生活百态，尽显风趣幽默、智慧豁达。

7月，为中国作家协会创立70周年题诗："文章清似水，气宇峻如山。"

7月17日，在《光明日报》发表《马识途：人生百年初心未改》。

9月17日，获得中国作家协会颁发的"从事文学创作七十周年荣誉证书"。

9月18日，在《人民日报》发表《我爱我的祖国》。

9月20日，获得中共中央、国务院、中央军委颁发的"庆祝中华人民共和国成立70周年"纪念章。欣然命笔：

> 七十年风雨历程改革开放不忘初心；
>
> 十三亿艰苦奋战民富国强牢记使命。

9月20日，为《人民日报》（海外版）《我的国庆记忆》专刊题词"爱我中华"。

9月25日下午，中国作家协会党组书记、副主席钱小芊在四川省委宣传部、四川作家协会相关领导陪同下，前往家中看望马识途并代表中国作家协会颁发"从事文学创作七十周年荣誉证书"。接到证书后，马识途感慨道："我的文学创作，真的经历了70年！我一个半路出家的业余作家，竟然写了70年。"

9月29日，与《放飞梦想——四川大学青春歌会》现场连线，并为四川大学学生题写"爱我中华"。在视频连线中，讲述了自己珍贵的青春记忆，"我原来并不叫马识途，原来叫马千禾，就是在参加共产党的宣誓大会上，在马克思的相片前，我要改我的名字叫马识途。因为从我参加了共产党，我就认为我已经找到了人生的道路了，从我入党一直到解放为止，我一直给自己定下了一个信条——相信胜利，准备牺牲。每一个人，都可以努力地成为英雄，这种英雄，是集体英雄，是和群众密切联系的英雄，是有创造精神和牺牲精神的这样一种英雄。最后我还想送给全国大学生一幅字——'爱我中华'。"

10月10日，接受《故事里的中国·烈火中永生》主持人视频连线采访，谈及自己当年在国统区的地下斗争以及与罗广斌的交往，并给《故事里的中国》题字："登山不落同人后，做事敢为天下先。"

11月11日，为贵州已故老作家蹇先艾题写《蹇先艾全集》书名。

11月14日，为《华西都市报》题词：

　　我对于华西都市报情有独钟，办得好，很好看。
　　不断在创造新的版面，新奇的内容，特有创作造性。

11月16日，前往成都锦江宾馆，参加四川新华发行集团、百年艺尊文化传播合作签约暨纪录片《百年巨匠——马识途》开机仪式。在现场致辞中，他说："我走过的这一百年，正是中国大动荡、大改组、大革命的时代。在这个时代里，我能投身革命，成为中国共产党的一员，成为职业革命家，深感自豪。作为一个已有八十一年党龄的老党员，我曾经历过十分复杂曲折九死一生的地下革命斗争，也在共和国成立后，转战多个岗位，参加了筚路蓝缕艰苦卓绝地建设新中国的工作。这一百年中，我有我的失败与成就，失落与希望，眼泪与欢笑，痛苦与快乐。"

对于这次《百年巨匠》的拍摄，马识途说："我相信节目组一定能够从我百年的生活中，选取真实的细节，做出真实的节目，并借以从这一个小小的侧面反映这百年来中国的社会变迁。……我写有一句诗：'若有三年天假我，百岁党庆或有缘。'我会继续乐观地活下去，看到我们党建党100周年的那一天。"

随后，马识途老人还即兴作诗一首，表达自己的心情：

风烛摇曳近残年，浪得浮名未自惭。

忽地抬升成巨匠，敬陪末座也胆寒。

11月，讲述自己的一个心愿："我想着写出一本书，关于中国现在的文字和过去的文字，追溯字源。"

12月28日（农历腊月初三），迎来自己的105岁生日。好友王火、李致等人一起为其祝寿。马老赋诗一首：

生年不意进百六，老友酿餐祝寿筋。

近瞎近聋惟未傻，能饭能卧尚健康。

有心报国少贡献，无意赋闲多辞章。

若得两年天假我，百岁党庆共琼浆。

2020 年，105 岁

1 月 13 日，为青羊美术馆题写馆名。

2 月 8 日元宵节为抗击新冠疫情，作词一首《借调忆秦娥·元宵》：

元宵节，中华自古称佳节。称佳节，全民欢乐，
笙歌通夜。今年元宵大减色，千门万户守家宅，守家宅，
冠状病毒，城乡肆虐。

战妖孽，中华儿女不畏怯。不畏怯，全民动员，
鏖斗不歇。病毒扩散全阻绝，冠状恶魔尽歼灭。尽歼灭，
大功告成，欢呼祖国。

2 月，响应北大校友会发起的"百万口罩行动"，捐赠 2 万元，支援前线抗疫。

2 月 21 日，在《光明日报》发表《借调忆秦娥·元宵》。

3 月 20 日，在《光明日报》发表《满江红·战疫》：

众志成城，齐奋起、雄心似铁。目眦裂、怒挥利剑，

疫魔斩绝。铁血男儿皆壮士，白衣天使多豪杰。面巨毒、尽救死扶伤，未停歇。

调强师，召义士。救武汉，护湖北。中南海引领，英明决策。守望相助明大义，同舟共济疫能灭。待来日、扫尽新冠毒，报大捷。

6月21日，审阅《马识途百岁感悟——笑傲人生》书稿。

6月，《夜谭续记》（上卷夜谭旧记《狐精记》《树精记》《造人记》《借种记》《天谴记》，下卷夜谭新记《逃亡记》《玉兰记》《方圆记》《重逢记》《重逢又记》）由人民文学出版社出版。

7月2日，题写书名《寻找诗婢家》。

7月5日，发布"封笔告白"，正式宣布封笔：

我年已一百零六岁，老且朽矣，弄笔生涯早该封笔了，因此，拟趁我的新著《夜谭续记》出版并书赠文友之机，特录出概述我生平的近作传统诗五首，未计工拙，随赠书附赠求正，并郑重告白：从此封笔。

并附赠五首传统诗：

自述

生年不意百逾六，回首风云究何如。

壮岁曾磨三尺剑，老来苦恋半楼书。

文缘未了情无已，尽瘁终身心似初。

无悔无愧犹自在，我行我素幸识途。

自况

光阴逝者如斯夫，往事非烟非露珠。

初志救亡钻科技，继随革命步新途。

三灾五难诩铁汉，九死一生铸钢骨。

"报到通知"或上路，悠然自适候召书。

自得

韶光恰似过隙驹，霜鬓雪顶景色殊。

近瞎近聋脑却好，能饭能走体如初。

砚田种字少收获，墨海挥毫多糊涂。

忽发钩沉稽古癖，说文解字读甲骨。

自珍

本是庸才不自量，鼓吹革命写文章。

呕心沥血百万字，黑字白纸一大筐。

敝帚自珍多出版，未交纸厂化成浆。

全皆真话无诳语，臧否任人评短长。

自惭

> 年逾百岁兮日薄山，蜡炬将烬兮滴红残。
>
> 本非江郎兮才怎尽，早该封笔兮复何憾。
>
> 忽为推举兮成"巨匠"，浮名浪得兮未自惭。
>
> 若得二岁兮天假我，百龄党庆兮曷能圆。

7月24日下午，接待四川作协主席阿来。在谈到阿来新作《云中记》时，提到了"灾难文学"。他认为，中国所经历的灾难有很多，但灾难文学没有多少好的作品。阿来的《云中记》，在这方面做了一些深入探索。虽然自己因为眼睛不好没能读完《云中记》，但是他阅读了大量关于这本书的文学评论，"评论里的认可，也是我的认可！"

9月9日，在四川文艺出版社副总编宋玥的陪同下，参观四川文艺出版社。

10月10日晚上，在医院为11日举办的"马识途《夜谭续记》作品研讨会"题写书法"博观约取厚积薄发"。

10月11日，由中国作家协会指导，中国作家协会创作研究部、四川省作家协会、人民文学出版社和四川日报社联合主办的"马识途《夜谭续记》作品研讨会"在成都举行。中国文联主席、中国作协主席铁凝出席并致辞。马识途本计划出席研讨会，但因为旧疾复发，未能到场。他委托家人带来他的答谢词，深情寄语本次研讨会顺利召开。会议结束时，马识途通过视频连线致辞，向与会嘉宾表达了诚挚的谢意。

11月25日，参观杜甫草堂。

11 月 30 日，参加在成都金牛宾馆举行的《没有硝烟的战线》主创交流会。在会上说："我没有想到，年逾百岁的我，在有生之年，还能看到我写的《没有硝烟的战线》被改编并开始拍摄成电视剧。"马识途介绍说，《没有硝烟的战线》小说是根据其朋友黎强的英雄事迹，结合自己当年做地下工作时所见所经历的人和事编写而成的。交流会上，马识途向主办方赠送了亲笔书法题字"酌奇而不失其真，玩华而不坠其实"。

2021 年，106 岁

1 月 5 日，接待成都诗婢家美术馆馆长赵文溱，商谈书法展事宜。

1 月 13 日上午，在家中接待四川省作协党组书记、常务副主席侯志明。在交谈中，提及了自己今年的两个心愿："今年 7 月 1 日是党的 100 岁生日，我去年说希望看到共产党 100 岁生日，不知道能不能赶上。今年中国作协 10 次代表大会应该开了，不知道什么时候开，你帮我打听一下，我想去北京参加，我已经参加了九届，这次去和大家告个别。"

1 月 15 日，农历腊月初三，过 106 岁生日。

1 月 22 日，接待四川人民出版社社长黄立新与编辑蔡林君，商谈自己甲骨文研究专著出版事宜。这部甲骨文研究著作，主要包含上、下两卷和附录。上卷为"马识途拾忆"，下卷为"马氏古字拾忆"，附录"马识途甲骨文形训浅见"等内容。在上卷，回忆了当年在西南联大古文字学专业求学时，罗常培、唐兰、朱德熙、王力等先生讲授的古文字学，尤其是唐兰先生的甲骨文研究精髓，同时记录了自己当年对部分甲骨文的研究，以及他现在对甲骨文做的形训注解。

1月，为阿来题写"阿来书房"。

2月7日，在《故事里的中国——青春之歌》中，接受主持人连线采访，讲述了自己在上海参加"一二·九"学生运动的情形。

3月9日，在家中与成都诗婢家美术馆馆长赵文溱挑选书法，为6月庆祝中国共产党建党百年在重庆的个人书法展做准备。

3月28日，校阅完毕《马识途西南联大甲骨文笔记》。当天编辑蔡林君来家取稿。告诉蔡林君，书稿里的那些甲骨文最好是放字典里正规的甲骨文，后面排好后一定要再给他审阅。

3月，为《马识途西南联大甲骨文笔记》写《后记》。

4月—6月，创作小说《最有办法的人》。

4月，作诗《满江红·中国共产党成立百年志庆》：

> 建党百年，航指向、千秋伟业。回首望、几多苦战，艰辛岁月。十亿神州全脱贫，万亿超百真奇绝。应记取、环视犹眈眈，金瓯缺。
>
> 定方向，划长策。大开放，深改革。肃党风政纪，更当严格。船到中流浪更高，登山半道须防跌。十回忆、奋勇齐前行，尽豪杰！

4月20日，参加所在党支部活动，前往成都东郊猛追湾社区等地参观。

4月23日，世界读书日，应四川省全民阅读活动指导委员会办公室之邀，通过视频方式，分享自己阅读与生活的关系。

5月19日，四川省档案馆负责人来访，将1949年12月底中共川西地下党组织会师大会签名红旗复制件及马识途为党的地下工作同志介绍工作的两封信件高仿件送交马识途。

6月3日，在《人民日报》发表《讲述革命故事　弘扬红岩精神》。

6月，为"魂系中华——马识途书法展"书写《告白》：

> 余自幼学隶临池汉碑，垂九十载，因未得神韵，无大进步。及长，忙于公务及文学创作，未亲翰墨。惟公余之暇，兴之所至，偶操笔墨以自娱耳，迄未敢以书法家自命也。
>
> 今正当党庆百年之际，四川省文联、四川省作协、重庆市文联，与著名诗婢家合作，于重庆市举办余之书法展。余感佩之余，尤多惶愧，兹敦请书界同仁及至亲好友光临赐教，余不胜感激之至。
>
> 二〇二一年六月
>
> 写字人马识途谨白，时年百〇七岁

6月，为"陈俊卿纪念馆"题写馆名。

7月1日上午，收看庆祝中国共产党建党成立100周年大会直播。观看结束后，写道："我是马识途，我今年已经进入107 岁，我是 1938 年入的党，我在入党誓词所许诺的义务和责任已经实现了，我无愧亦无悔。"

7 月，为庆祝建党百年，书写对联：

> 心存魏阙常思国，身老江湖仍矢忠；
>
> 开疆建党仰先彦，强国富民待后贤。

9 月 11 日，在成都家中接受《百年巨匠》栏目组采访拍摄。

9 月 30 日，烈士纪念日，前往四川大学革命烈士纪念碑祭拜曾与他一起并肩战斗过的家人和朋友，并参观四川大学"中国共产党在川大百年历程专题展"。

国庆期间，收到《马识途西南联大甲骨文笔记》样书并审阅。

10 月 17 日，中国作协主席铁凝到家中拜访。再次表达希望能前往北京参加中国作协十代会的愿望。

11 月 2 日，四川省作家协会第九届主席团第一次全体会议在成都举行，再次当选四川省作家协会第九届主席团名誉主席。四川省文联第八届主席团第一次全体会议在成都举行，再次当选四川省文联第八届主席团名誉主席。

11 月 2 日，在四川人民出版社出版《马识途西南联大甲骨文笔记》。

12 月 9 日，在家中录制视频，预祝中国作协第十次代表大会胜利召开，并写下：我是马识途，我是一个快满一百零七岁的老作家，我本来是想来参加第十届全国作家代表大会的，但因疫情，不能到会，十分遗憾。在这里，我衷心祝贺第十届作家代表大会取得圆满成功。

当日，作诗《调寄沁园春》，贺中国作协第十次作代会在北京召开。

12月29日，接待四川大学文新学院古立峰书记、李怡院长，川大教育基金会副秘书长贾秀娥、周毅博士，成都诗婢家美术馆馆长赵文溱，商谈"马识途文学奖学金签约仪式"相关事宜。

2022年，107岁

1月，在人民出版社出版《那样的时代，那样的人》。

1月5日，农历腊月初三，过108岁生日，邀请好友李致、朱丹枫等人来家中叙话。当天收到一封来自138位马识途文学奖获奖学子的感谢信和一条祝福视频。

1月6日，收到著名作家王火送来的寿礼——一副手书对联。

1月，作四首诗词：

自寿

行年蓦意进〇八，岁月飞逝却自夸。

能饭能行何得意，擅书擅写老作家。

初心不改情无已，使命勿忘意不邪。

正道夕阳无限好，晚晴喜读漫天霞。

检点

青春背我悄然去，回首烟云似幻霞。

偶得浮名何足羡，著书立说愿犹赊。

是非得失由人说，检点平生未愧怍。

得暇闲吟娱晚景，重翻古典读龟甲。

致友人

为谢至交祝寿忱，清茶代酒说陈年。

曾于虎口微悻出，继拜红旗步新尘。

三灾五难寻常事，九死一生残体存。

得失生前何必论，是非功过待来贤。

杂感（排律）

时光飞逝虎年来，大苑迎春景色佳。

龙钟老叟不言老，凭窗欣赏蜡梅花。

岁逾百龄犹未憩，四处逢缘就地家。

素食布衣聊自得，读书写字还潇洒。

琢句雕章觅贫字，挥毫泼墨乐涂鸦。

说古鉴今惊盛败，研经读史辨正邪。

乡谚俚语无雅俗，奇闻逸事分真假。

公理自在天地人，正气昂然我你他。

文缘未了终身憾，革命到底且慢夸。

喜得知交重醵饮，平安互道乐无涯。

1月22日，《马识途西南联大甲骨文笔记》新书发布会在"阿来书房"举办。因年事已高加之疫情影响，马识途特录制一段视频，并委托外孙刘晓远到场宣读他的答谢词。

1月24日下午，马识途接待中国作协副主席、四川省作协主席阿来和四川省作协党组书记侯志明来访。马老一再叮嘱阿来，要将四川青年作家的创作抓起来，四川省作协要做好对新文学群体的引导工作，激励四川作家努力创作，推进四川文学高质量发展，从高原到高峰，继续冲在全国文学战线的前列。

2月，《告慰亡妻刘惠馨》在《炎黄春秋》2022年第2期发表。

3月8日，为川大附小题词"明德明道至善至美"。

3月14日，马识途将家中种植的两株菩提树捐赠巴金文学院。早晨在移植过程中，马识途拄着拐杖，坐在树下，说："希望它们能在巴老的院子里长得更大更壮，明年有机会，我去看看它们，看看新的巴院。"上午10点，菩提树运至位于成都的巴金文学院，马老家属和巴金文学院相关人员一起将菩提树种下。

4月6日，《夜谭十记（四川话版）》由中央广播电视台四川总站和云听联合出品。

4月下旬，为《四川日报》创刊七十周年题字："勿忘初心、牢记使命，中国特色人民为本。"

4月25日，为重庆南川区金佛寺题写"燃灯宝刹"。

5月13日，第八届马识途文学奖颁奖典礼暨《马识途西南联大甲骨文笔记》学术研讨会在四川大学举行。中国作协副主席李敬泽，中国作协副主席、四川省作协主席阿来等通过线上或线下方式，参与本次颁奖典礼。颁奖典礼上，马识途以视频形式向获奖学生发表寄语。马老表示："我祝贺这次的获奖的青年同学，我希望大家好好学习，努力练习文学创作，不要跟风、追潮流，要从自觉走向自信。"

6月22日下午，马识途邀请老友王火来到家中，要提前为王火过生日。一进门，两位许久未见的老友紧紧相拥。为了给老友祝寿，马老特意书写了一幅"寿"字，并赋诗一首：

> 恭祝至交百寿翁，根深叶茂不老松。
> 百尺竿头进一步，攀登艺苑更高峰。

此外，他还为王老写了一副对联以示庆贺：

> 君子之交何妨淡似水；文缘之谊早已重如山。

两位老友听力早已大不如前，但这丝毫没有阻碍他们的交流。他们要来一块小白板和一支笔，把自己想说的话都写上去。一个刚写完，另一个便拿过去看，而后另一个写，一个再拿过来读。

7月8日，在家中接受中央电视台《吾家吾国》栏目组采访。在采访中，马老向主持人讲述了自己入党、从事地下革命工作、对待写作的态度等。采访结束时，欣然题字：

> 人民可以忘记我，我永远不会忘记人民。

他的精彩人生，仍在书写着……